SICHERHEIT FÜR ELIZABETH

BADGE OF HONOR: DIE TEXAS HEROES
BUCH 5

SUSAN STOKER

Copyright © 2024 Susan Stoker
Englischer Originaltitel: »Shelter for Elizabeth (Badge of Honor: Texas Heroes Book 5)«
Deutsche Übersetzung: Ute Heinzel für Daniela Mansfield Translations 2024
Alle Rechte vorbehalten. Dies ist ein Werk der Fiktion. Namen, Darsteller, Orte und Handlung entspringen entweder der Fantasie der Autorin oder werden fiktiv eingesetzt. Jegliche Ähnlichkeit mit tatsächlichen Vorkommnissen, Schauplätzen oder Personen, lebend oder verstorben, ist rein zufällig.
Dieses Buch darf ohne die ausdrückliche schriftliche Genehmigung der Autorin weder in seiner Gesamtheit noch in Auszügen auf keinerlei Art mithilfe elektronischer oder mechanischer Mittel vervielfältigt oder weitergegeben werden.
Ohne die ausschließlichen Rechte der Autorin [und des Herausgebers], die sich aus dem Urheberrecht ableiten lassen, auf irgendeine Weise einzuschränken, ist jegliche Verwendung dieser Veröffentlichung zum »Training« generativer Technologien der Künstlichen Intelligenz mit dem Ziel der Generierung von Texten ausdrücklich untersagt. Die Autorin behält sich das Recht vor, Lizenzen für den Gebrauch dieses Werkes für das Training generativer Künstlicher Intelligenz und die Entwicklung von Sprachmodellen für maschinelles Lernen zu vergeben.
Titelbild entworfen von: Chris Mackey, AURA Design Group
ISBN Taschenbuch: 978-1-64499-419-1
Besuchen Sie Susan im Netz!
www.stokeraces.com
facebook.com/authorsusanstoker
twitter.com/Susan_Stoker
bookbub.com/authors/susan-stoker
instagram.com/authorsusanstoker
Email: Susan@StokerAces.com

EBENFALLS VON SUSAN STOKER

Badge of Honor: Die Texas Heroes
Gerechtigkeit für Mackenzie (1 Dez)
Gerechtigkeit für Mickie (1 Dez)
Gerechtigkeit für Corrie (1 Mar)
Gerechtigkeit für Laine (1 Mar)
Sicherheit für Elizabeth (1 Apr)
Gerechtigkeit für Boone (1 Apr)
Sicherheit für Adeline (1 Jun)
Sicherheit für Sophie (1 Jun)
Gerechtigkeit für Erin
Gerechtigkeit für Milena
Sicherheit für Blythe
Gerechtigkeit für Hope
Sicherheit für Quinn
Sicherheit für Koren
Sicherheit für Penelope

Die Männer von Alpha Cove
Ein Soldat für Britt (12 Aug)

Ein Seemann für Marit (3 Mar)
Ein Pilot für Harper
Ein Wächter für Jordan

Ein Spiel des Glücks
Ein Beschützer für Carlise
Ein Prinz für June
Ein Held für Marlowe
Ein Holzfäller für April

Die Männer von Silverstone
Vertrauen in Skylar
Vertrauen in Taylor
Vertrauen in Molly
Vertrauen in Cassidy

SEALs of Protection: Alliance
Schutz für Remi
Schutz für Wren
Schutz für Josie
Schutz für Maggie
Schutz für Addison
Schutz für Kelli
Schutz für Bree

Die Rescue Angels
Hilfe für Laryn (1 Jul)
Hilfe für Amanda (4 Nov)
Hilfe für Zita
Hilfe für Penny
Hilfe für Kara
Hilfe für Jennifer

Das Bergungsteam vom Eagle Point
Ein Retter für Lilly
Ein Retter für Elsie
Ein Retter für Bristol
Ein Retter für Caryn
Ein Retter für Finley
Ein Retter für Heather
Ein Retter für Khloe

Die SEALs von Hawaii:
Die Suche nach Elodie
Die Suche nach Lexie
Die Suche nach Kenna
Die Suche nach Monica
Die Suche nach Carly
Die Suche nach Ashlyn
Die Suche nach Jodelle

Die Zuflucht in den Bergen
Zuflucht für Alaska
Zuflucht für Henley
Zuflucht für Reese
Zuflucht für Cora
Zuflucht für Lara
Zuflucht für Maisy
Zuflucht für Ryleigh

SEALs of Protection: Legacy
Ein Beschützer für Caite
Ein Beschützer für Brenae
Ein Beschützer für Sidney
Ein Beschützer für Piper

Ein Beschützer für Zoey
Ein Beschützer für Avery
Ein Beschützer für Kalee
Ein Beschützer für Jane

Mountain Mercenaries:
Die Befreiung von Allye
Die Befreiung von Chloe
Die Befreiung von Morgan
Die Befreiung von Harlow
Die Befreiung von Everly
Die Befreiung von Zara
Die Befreiung von Raven

Ace Security Reihe:
Anspruch auf Grace
Anspruch auf Alexis
Anspruch auf Bailey
Anspruch auf Felicity
Anspruch auf Sarah

Die Delta Force Heroes:
Die Rettung von Rayne
Die Rettung von Emily
Die Rettung von Harley
Die Hochzeit von Emily
Die Rettung von Kassie
Die Rettung von Bryn
Die Rettung von Casey
Die Rettung von Wendy
Die Rettung von Sadie
Die Rettung von Mary

Die Rettung von Macie
Die Rettung von Annie

Delta Team Zwei
Ein Held für Gillian
Ein Held für Kinley
Ein Held für Aspen
Ein Held für Jayme
Ein Held für Riley
Ein Held für Devyn
Ein Held für Ember
Ein Held für Sierra

SEALs of Protection:
Schutz für Caroline
Schutz für Alabama
Schutz für Fiona
Die Hochzeit von Caroline
Schutz für Summer
Schutz für Cheyenne
Schutz für Jessyka
Schutz für Julie
Schutz für Melody
Schutz für die Zukunft
Schutz für Kiera
Schutz für Alabamas Kinder
Schutz für Dakota
Schutz für Tex

Eine Sammlung von Kurzgeschichten
Ein langer kurzer Augenblick

KAPITEL EINS

Mit einer Mischung aus Unglauben, Entsetzen und Faszination sah Beth zu, wie die Flammen zischten und spuckten, als sie höher und höher aus der Pfanne auf ihrem Herd stiegen. Sobald das Öl Feuer gefangen hatte, hatte sie Wasser darüber gegossen, aber das hatte es selbstverständlich nur noch schlimmer gemacht. Sie hatte den Notruf gewählt, wie es ihr mit fünf Jahren beigebracht worden war, aber anstatt ihre Wohnung zu verlassen, wie der Telefonist sie angewiesen hatte, konnte Beth einzig rückwärts aus der Küche gehen und zusehen, wie das Feuer sich ausbreitete.

In Wahrheit hätte sie nicht einmal nach draußen gehen können, wenn die gesamte Wohnung in Brand gestanden hätte. Ihr Körper wollte es, aber ihr Verstand hielt sie dort gefangen. Eine Agoraphobie – auch Platzangst genannt – zu haben war an den meisten Tagen sowieso schon sehr nervig, in diesem Moment aber ganz besonders. Allein der Gedanke, die Wohnung zu verlassen, löste eine Panikattacke aus, bei der es für gewöhnlich einen Tag dauerte, bis sie vorbei war und Beth sich wieder normal fühlte.

Sie hatte nicht immer Angst gehabt, aber nachdem sie entführt und gefoltert worden war, war ihr Leben, so wie sie es gekannt hatte, vollkommen auf den Kopf gestellt worden. Sie hatte eine Therapie gemacht, machte sie tatsächlich immer noch, wenngleich online, doch das Einzige, was ihr wirklich half, war das vollständige Vermeiden von unbekannten Situationen.

Beth hörte das wilde Klopfen an der Tür, konnte sich jedoch nicht dazu bringen, die dreieinhalb Meter zu gehen, um sie zu öffnen. Es war ihr nicht einmal möglich, ausreichend Sauerstoff in ihre Lunge zu saugen, um den Feuerwehrmännern, die verzweifelt versuchten, ins Innere zu gelangen, etwas zuzurufen.

Irgendwann wurde die Tür mit einer Ramme aufgestoßen, einem ein Meter langen Stahlrohr mit einem Durchmesser von etwa zwölf Zentimetern und einer stumpfen Vorderseite, und drei Feuerwehrmänner, die von Kopf bis Fuß in ihre feuerfesten Uniformen gekleidet waren, stürmten herein. Ohne sie auch nur eines Blickes zu würdigen, eilte der Mann mit dem großen Feuerlöscher in ihre winzige Küche und sprühte einen Stoß Trockenchemikalien auf die Flammen.

Beth sah zu, wie sie knisterten, bevor sie schließlich nur noch zuckten und erloschen, als die Chemikalien ihre Arbeit taten.

Die gesamte Erfahrung war faszinierend.

Beth hatte das Gefühl, sie sollte durchdrehen – verdammt, heutzutage hatte sie vor so gut wie allem Angst –, aber das Feuer, das sie fasziniert hatte, hatte etwas Hypnotisierendes an sich. Die Art und Weise, wie die Flammen so schnell außer Kontrolle geraten und dann mit einem Sprühstoß des Feuerlöschers sofort erloschen waren. Es kam ihr vor, als könnte ihnen je nach Laune der Menschen befohlen werden, aufzusteigen oder abzufallen.

Beth wurde durch einen Mann, der vor ihr stand und sie erwartungsvoll ansah, aus ihrer Halbtrance gerissen. Offensichtlich hatte sie nicht mitbekommen, was er zu ihr gesagt hatte.

»Tut mir leid, was?«

»Ich habe gefragt, ob Sie in Ordnung sind. Haben Sie sich verbrannt?«

Beth schüttelte den Kopf. »Nein, es geht mir gut.«

»Kommen Sie, wir werden nach draußen gehen, damit Sie frische Luft bekommen. Der Notarzt wird jeden Moment eintreffen, um Sie zu untersuchen.« Er streckte die Hand aus, als wollte er sie am Arm ergreifen und aus der Wohnung führen.

Noch bevor der Mann zu Ende sprechen konnte, schüttelte Beth bereits den Kopf. »Nein, es geht mir gut. Ich brauche nichts.« Ihre Worte waren nicht so bestimmt, wie sie es gern gehabt hätte, da sie ihren Satz mit einem lauten Husten beendete, als der Rauch in der Luft in ihre Ecke des Raumes wehte.

»Sie klingen nicht danach, als ginge es Ihnen gut. Wie war noch mal Ihr Name?«

Beth wusste, dass sie dem Feuerwehrmann ihren Namen nicht genannt hatte, sagte ihm aber trotzdem, was er wissen wollte. »Ich heiße Beth und ich bin wirklich in Ordnung. Ich werde nicht nach draußen gehen.«

Der Mann besaß die Nerven, sie am Oberarm zu packen und in Richtung Wohnungstür zu zerren, während er ihr mitteilte: »Nachdem Sie untersucht wurden, können Sie unterschreiben, dass Sie gegen ärztlichen Rat handeln.«

Die Vorstellung, ihre sichere Wohnung zu verlassen, wo vermutlich Menschenhorden zusammenstanden, die die Löschzüge und Rettungswagen anstarrten, war mehr, als Beth ertragen konnte. Sie spürte, wie ihr Herzschlag beschleunigte und das Schwindelgefühl, das normalerweise damit einherging, sie übermannte. Sie riss ihren Arm aus dem Griff des Mannes und wich schnell vor ihm zurück.

Wieder sah sie, wie er mit ihr sprach, aber sie konnte seine Worte nicht hören ... nur das wilde Klopfen ihres Herzens. Auf ihrer Stirn brach der Schweiß aus und sie schwankte. Beth wusste, dass sie umfallen würde, wenn sie sich nicht hinsetzte. Und wenn sie ohnmächtig war, würden sie sie ganz sicher nach draußen bringen, wo sie vollkommen schutzlos wäre.

»Hier, setzen Sie sich.«

Die Worte drangen kaum in ihr Bewusstsein ein, doch sie fügte sich ihnen, ohne nachzudenken. Sie spürte, wie das Sofapolster unter ihr nachgab, und dann eine sanfte Hand in ihrem Nacken, die ihren Kopf nach unten zwischen die Knie drückte.

»Atmen Sie tief ein und aus ... genau so. Entspannen Sie sich. Mit Ihnen ist alles in Ordnung, bleiben Sie einfach nur sitzen und beruhigen Sie sich wieder.«

Beth tat, was die tiefe Stimme von ihr verlangte, und konzentrierte sich darauf, die Luft in tiefen Atemzügen in die Lunge zu saugen. Als sie die Panikattacke unter Kontrolle hatte, hörte sie, wie die beiden Männer über sie sprachen.

»... du Vollidiot. Hast du nicht gesehen, dass Sie Panik hatte? Du kannst Menschen nicht dazu zwingen, das zu tun, was du willst. Das solltest du besser wissen.«

»Ich habe versucht, sie zum Notarzt zu bringen.«

»Das verstehe ich, aber du musst dir besser bewusst sein, was in dem Kopf deines Opfers vorgeht.«

Beth hob den Kopf. Zur Hölle damit. Sie hatte vielleicht Angst, ihre Wohnung zu verlassen und rauszugehen, aber sie würde nicht zulassen, jemals wieder als Opfer abgestempelt zu werden. Davon hatte sie für mindestens ein ganzes Leben genug gehabt. Sie versuchte, die Hand in ihrem Nacken abzuschütteln, hatte aber nur teilweise Erfolg damit. Der Mann bewegte sie bloß zu ihrer Schulter, als sie sich aufsetzte.

»Sie haben wieder etwas Farbe bekommen ... ist Ihnen immer noch schwindelig? Möchten Sie ein Glas Wasser?«, fragte er mit ruhiger Stimme. Der Zorn, der in ihr mitgeschwungen hatte, als er mit dem anderen Feuerwehrmann sprach, war nun verschwunden.

Beth krächzte: »Ja bitte.«

Der Mann, der als Erstes auf sie zugekommen war, entfernte sich, vermutlich, um ihr etwas zu trinken zu besorgen, aber der zweite Mann blieb an ihrer Seite.

»Sie sollten sich wirklich untersuchen lassen.«

Beth wusste, dass er recht hatte, aber sie wusste ebenfalls, dass das nicht passieren würde. Als sie die Diagnose erhalten hatte, hatte sie sich geschworen, sich deshalb nicht zu schämen. Was ihr vor drei Jahren zugestoßen war, war *nicht* ihre Schuld gewesen. Genau wie bei allem anderen würde sie auch dafür keine Verantwortung tragen. »Ich kann nicht ... zumindest nicht, ohne durchzudrehen. Ich habe Agoraphobie. Bitte zwingen Sie mich nicht, nach draußen zu gehen.«

Sie sah zu, wie der Feuerwehrmann über das nachdachte, was sie gesagt hatte. Sie erwartete, dass er sie fragen würde, was Agoraphobie war, oder ihre Worte abtun würde, aber sie bekam eine bessere Meinung von ihm, als er einfach nur nickte. Er hatte den Helm abgenommen und hockte neben ihren Füßen auf dem Boden. Er hatte die typische schwarz-gelbe Einsatzuniform an, die die meisten Feuerwehrleute trugen. Er schwitzte ein wenig, aber die kurzen Strähnen seines schwarzen Haares, die ihm an der Stirn klebten, waren alles andere als abtörnend. Er richtete den Blick aus seinen grauen Augen auf sie und musterte sie überraschenderweise, ohne sie zu verurteilen.

»Okay. Ich denke, dafür können wir eine Lösung finden. Wäre es in Ordnung, wenn die Sanitäter reinkämen, um Sie zu untersuchen? Sie klingen in Ordnung, Sie husten nicht und wenn wir die Fenster und die Wohnungstür erst öffnen, sollte der Rauch schnell abziehen. Wenn Sie die Bestätigung erhalten, dass mit Ihnen alles okay ist, müssen Sie das Formular unterschreiben, dass Sie keine weitere Behandlung wünschen.«

Beth weinte fast. Abgesehen von den Leuten in ihrer Therapiegruppe hatte sie in letzter Zeit niemanden getroffen, der so verständnisvoll wie dieser Mann war. Vor Erleichterung schluchzte sie ihre Worte beinahe. »Ja, sie können reinkommen.«

»Wunderbar. Ich werde sie holen.«

Bevor Beth sie zurücknehmen konnte, sprach sie bereits die nächsten Worte aus. »Kommen Sie mit den Sanitätern zurück?«

Der Feuerwehrmann war aufgestanden, hielt jedoch inne und schaute sie von oben an. »Wenn Sie das möchten.«

»Ja bitte.«

»Dann bin ich gleich wieder da. Bleiben Sie ganz ruhig. Stehen Sie nicht auf. Sie haben zwar wieder etwas Farbe, sind für meinen Geschmack aber immer noch zu blass.«

Beth sah dem Mann nach, wie er mit langen, selbstbewussten Schritten ihre Wohnung verließ, und atmete tief durch. Sie wünschte, sie hätte den Mann nach seinem Namen gefragt, aber er hatte versprochen zurückzukommen. Sie würde ihn später fragen. Irgendetwas an ihm gab ihr das Gefühl von … Sicherheit. Angefangen bei seiner ausgeprägten, kantigen Kieferpartie und den Bartstoppeln in seinem Gesicht bis hin zu der Tatsache, dass er etwas größer war als sie mit ihren eins zweiundsiebzig. Beth nahm an, dass er unter der Einsatzuniform, die er trug, vermutlich sehr kräftig war. Er erweckte in ihr das Gefühl, sich an seine Brust drücken zu wollen, während er die Arme um sie schlang und sie festhielt und vor der Welt beschützte.

Sie beugte sich nach vorn, legte die Stirn auf den Knien ab und versuchte, sich zusammenzureißen. Sie konnte sich nicht auf Hilfe von anderen verlassen, sie musste sich selbst helfen. Es war ihr möglich, diese Sache durchzustehen. Sie konnte es schaffen. Eine Minute nach der anderen. Solange niemand sie dazu zwang, ihre Wohnung zu verlassen, war alles in Ordnung.

SICHERHEIT FÜR ELIZABETH

Cade »Sledge« Turner, der so genannt wurde, weil er einmal einen Vorschlaghammer genommen und sich damit Zugang zu einem zerstörten Fahrzeugwrack verschafft hatte, bevor es wenige Sekunden danach in Flammen aufgegangen war, sah zu, wie die Rettungssanitäter Beth untersuchten. Er hatte Mitleid mit ihr. Anscheinend hatte sie ein neues Brathähnchen-Rezept ausprobiert, aber bei zu großer Flamme zu viel Öl in die Pfanne gegeben und das ganze Ding hatte Feuer gefangen.

Er kannte sich mit Agoraphobie aus. Seine Schwester hatte eine gute Freundin in ihrer Therapiegruppe, die darunter litt. Sie hatten sich eines Abends lange darüber unterhalten, wie es sich wohl anfühlte, wenn man Angst hatte, nach draußen zu gehen. Cade konnte es sich nicht vorstellen. Er liebte Zelten, Angeln, Sport ... generell alles, was mit der freien Natur zu tun hatte. Drinnen gefangen zu sein kam für ihn einem Horrorfilm gleich.

Cade arbeitete mit einigen großartigen Feuerwehrleuten zusammen, aber der Mann, der Beth beinahe dazu gezwungen hatte, nach draußen zu gehen, war einer der neueren Kerle in der Wache. Er war von irgendwo aus dem Norden hierher versetzt worden. In der Vergangenheit hatte er einige kleine Fehler begangen, die ausreichten, damit Cade dem Mann gegenüber misstrauisch war, aber dieser war fast unverzeihlich gewesen. Als er über die Angst nachdachte, die er in Beth hätte auslösen können, obwohl er ihr einfach nur ein paar Fragen hätte stellen müssen, um herauszufinden, warum sie sich geweigert hatte, sich von einem Sanitäter untersuchen zu lassen, hatte Cade rotgesehen. Bei der nächsten Gelegenheit würde er definitiv mit seinem Captain über diesen Kerl sprechen.

Als Beth zögernd gefragt hatte, ob es Cade etwas ausmachen würde zurückzukommen, während sie untersucht wird, hatte etwas in ihrer Stimme ihn berührt. Er war kein Frauenheld, das war er noch nie gewesen. Er hatte Freundinnen gehabt, sogar einige ernste Beziehungen geführt, hatte mit vierunddreißig aber immer noch nicht die richtige Partnerin gefunden.

Doch diese Frau hatte etwas an sich und es lag nicht nur daran, dass sie sich in diesem Moment verletzlich fühlte. Er hatte während seiner Karriere Hunderte Patientinnen behandelt. Er hatte alleinerziehende Mütter mit Kindern gesehen, scharfe Collegemädchen, selbst Frauen, die fünfzehn Jahre älter waren als er – alle waren in ähnlichen Situationen wie Beth gewesen –, aber keine hatte die Gefühle in ihm erweckt, die er in diesem Augenblick empfand. Es war nicht so, als hätte ihn ein Blitz vom Himmel getroffen und ihm gesagt, dass die Frau ihm gehörte, aber er fühlte sich tatsächlich zu ihr hingezogen.

Cade war sich bis ins Mark darüber bewusst, dass er etwas besaß, was viele für eine Charakterschwäche hielten. Er genoss es, ein Ritter in glänzender Rüstung zu sein. Vermutlich war es nicht gesund und bislang einer langfristigen Beziehung nicht zuträglich gewesen, aber es war Teil dessen, was ihn ausmachte. Irgendetwas gab ihm einfach das Gefühl, vollkommen zu sein, wenn er jemanden hatte, um den er sich kümmern konnte. In der Vergangenheit war er mehr als einmal als überfürsorglich bezeichnet worden, aber Cade wusste, dass er sich so bald nicht ändern würde.

Er hatte jedoch das Gefühl, dass es Zeitverschwendung sei, Beth besser kennenlernen zu wollen. Ganz egal, wie stark sein Bedürfnis war, ihre Dämonen für sie bekämpfen zu wollen, die beiden waren einfach zu verschieden. Er liebte es, in der Natur zu sein, sie kam damit nicht klar. Er arbeitete lange Schichten und wollte wirklich nicht Feierabend machen, um sich in seiner freien Zeit zu Hause zu verkriechen. Er fragte sich, ob sie überhaupt Freundinnen hatte. Wie konnte sie Freundinnen haben, wenn sie nie die Wohnung verließ?

»Oh mein Gott! Beth? Geht es dir gut?«

Cade drehte sich überrascht zur Tür um und sah, wie seine Schwester und Feuerwehrkollegin Penelope ins Zimmer stürmte. Beth schaute auf.

»Hey, Pen. Ja, ich habe es geschafft, das Rezept meiner Mutter total zu versauen, und hätte beinahe die Wohnung abgefackelt.« In ihrer Stimme schwangen Belustigung und Selbstkritik mit.

Penelope nahm Beth lange in die Arme, bevor sie sich neben sie setzte und ihre Hand hielt. »Ich war zu Hause und hätte fast einen Herzinfarkt bekommen, als ich gehört habe, wie deine Adresse über Funk durchgesagt wurde. Ich bin so schnell wie ich konnte hergekommen. Ich hatte gehofft, dass der Einsatz nicht dir gilt, aber dann habe ich deine Wohnungsnummer über Funk gehört und dass du dich geweigert hast, nach draußen zu gehen.«

Beth legte den Kopf schief und machte eine verlegene Geste mit ihrer freien Hand. »Ich bin's wohl.«

»Schöne Scheiße, Mädchen. Wenn du Brathähnchen haben wolltest, hättest du mich einfach anrufen sollen. Ich hätte es dir vorbeigebracht.«

Als beide lachten, räusperte Cade sich, um Penelopes Aufmerksamkeit zu bekommen. Es funktionierte.

»Oh, Beth, das hier ist Cade, auch als Sledge bekannt. Wir arbeiten nicht nur in Wache sieben zusammen, er kann sich ebenfalls glücklich schätzen, mein Bruder zu sein.«

»Wir haben uns vorhin getroffen, ich habe seinen Namen aber nicht mitbekommen.« Beth lächelte ihn schüchtern an. »Ich wusste, dass Pen einen Bruder hat, aber ich wusste nicht, dass ihr beide auch zusammenarbeitet.«

Cade nahm entfernt zur Kenntnis, dass sie nun etwas ruhiger wirkte. Er war sich nicht sicher, ob es daran lag, dass sie nicht nach draußen gehen musste oder dass Penelope jetzt bei ihr war. Was auch immer es war, ihm gefiel es. Ihre Augen glitzerten mit Humor und Intelligenz und das Lächeln, das sie ihm zuwarf, erhellte ihr Gesicht. Er mochte diese nicht zahme Version von ihr.

»Es freut mich, dich offiziell kennenzulernen, Beth. Ich wusste ebenfalls nicht, dass du die Beth bist, von der Penelope ständig erzählt ... selbstverständlich nur Gutes.«

»Natüüüürlich.« Beth lachte. Sie sah ihre Freundin an. »Vergiss nur nicht, Pen, dass ich genauso viele Geheimnisse über dich weiß wie du über mich.«

Penelope warf den Kopf zurück und lachte laut los. »Das bezweifele ich stark, meine Liebe. Cade, Beth ist der klügste Mensch, den ich kenne. Sie ist zwar erst fünfundzwanzig, aber ich schwöre, sie weiß mehr über Computer, das Internet und Programmiersprachen als jeder andere, den ich kenne. Ich wette, wenn sie zusammen mit Garcia von *Criminal Minds* in einem Raum säße, würde Beth sie um Längen schlagen.«

»Du weißt schon, dass Penelope Garcia eine erfundene Serienrolle ist, nicht wahr?«, kam Beth einer Antwort von Cade zuvor, als hätte sie ihrer Freundin schon tausendmal das Gleiche gesagt.

Penelope kicherte kopfschüttelnd und antwortete, als sei ihr Bruder gar nicht anwesend. »Ich weiß, aber das, was du machst, ist *echt*.« Sie senkte die Stimme. »Ich habe es durchgemacht, und du weißt es.«

Beth legte den Arm um Penelopes Schultern und drückte sie. »Ich weiß. Ich wünschte, ich hätte dich gekannt, bevor du ins Ausland gegangen bist. Ich hätte alles getan, was ich hätte tun müssen, um zu helfen. Diese Arschlöcher hätten keine Chance gehabt.«

Cade beobachtete fasziniert seine Schwester und Beth. Seit Penelope aus dem Ausland zurück war, schien sie verschlossen und weniger seine lebendige Schwester zu sein, die sich von nichts und niemandem kleinkriegen lässt. Es frustrierte ihn ungemein, weil es absolut nichts gab, was er dagegen tun konnte, außer, für seine Schwester da zu sein, ganz egal, was sie brauchte. Von der Terrororganisation ISIS entführt zu werden hatte Penelopes Persönlichkeit definitiv verändert, und Cade war begeistert, einen kleinen Blick auf die alte Penelope zu erhaschen, die er kannte und liebte.

»Ich weiß«, sagte Penelope seufzend, »und ich weiß es zu schätzen. Heutzutage ist es ausreichend, dass du meine Pizzabestellung an erste Stelle schiebst.«

Die beiden Frauen lachten, bevor sie vom Rettungssanitäter unterbrochen wurden. Er hielt Beth ein Klemmbrett mit einem Zettel hin. »Ich hasse es, Sie zu unterbrechen, aber wir müssen los. Ich empfehle Ihnen weiterhin dringend, sich von einem Arzt untersuchen zu lassen. Da Sie uns mitgeteilt haben, dass Sie keinen Transport wünschen, möchte ich Sie bitten, dieses Formular zu unterschreiben, in dem Sie bestätigen, dass Sie den Rettungsdienst von jeglicher Verantwortung entbinden, die eine Weigerung, sich ins Krankenhaus bringen zu lassen, nach sich ziehen könnte.«

Beth nahm das Klemmbrett und balancierte es auf den Knien, ohne Penelopes Hand loszulassen. Sie unterschrieb das Formular und gab es dem Rettungssanitäter zurück. »Danke. Ich weiß Ihre Hilfe zu schätzen. Ich verspreche Ihnen, sollte es mir schlechter gehen, werde ich meinen Arzt kontaktieren.«

Als der Mann gegangen war, wandte Penelope sich an Beth. »Wenn du zum Arzt musst, ruf mich einfach an. Du weißt, dass ich dich begleiten werde.«

»Das weiß ich, und ich danke dir dafür.«

»Bist du vorerst okay? Brauchst du irgendwas? Warst du kürzlich einkaufen?«

Cade war von der schnellen Unterhaltung zwischen seiner Schwester und Beth gefesselt. Es gab einmal eine Zeit, in der Penelope ihm alles erzählt hatte, was in ihrem Leben passierte. Obwohl sie ihre Freundin mit der Agoraphobie erwähnt hatte, hatte sie jedoch nie etwas davon gesagt, dass sie sie besuchte oder ihr auf andere Weise behilflich war.

»Es gibt da diese Sache namens Internet, Pen. Vielleicht hast du davon schon mal gehört.«

Penelope lachte. »Okay, aber ich weiß, dass es schwierig ist, frisches Obst und Gemüse bei Amazon zu bestellen. Ich weiß, dass du dir einige Male deine Lebensmittel hast liefern lassen, aber der Großteil des Obstes stand kurz davor, schlecht zu werden. Ruf mich einfach an und wir können abends nach meiner Schicht zusammen gehen.«

»Ich weiß das zu schätzen. Danke.«

»Kein Problem.«

Nachdem Penelope ihre Freundin umarmt hatte, stand sie auf und ging zur Tür. »Los, Brüderchen, geh voran. Ich denke, du bist an der Reihe, das Mittagessen zu kochen.«

Cade zögerte, bevor er seiner Schwester folgte. Er sah Beth an. Sie stand noch immer neben ihrem Sofa. Sie sah erneut besorgt und nervös aus, und er hasste das. Sie war eine Frau, die er problemlos lachen und lächeln sehen konnte. Eine Frau, die lachen und lächeln *sollte*. Er hatte während ihres Gesprächs mit Penelope einen kurzen Blick darauf erhalten und ihm hatte dieser Anblick von ihr gefallen.

Er trat einen Schritt auf sie zu, denn unterbewusst wollte er ihr näher sein. »Bist du sicher, dass es dir gut geht? Kann ich irgendwas für dich tun?«

Beth musterte ihn einen Moment lang, dann schaute sie in Richtung Küche und nickte mit dem Kopf dorthin. »Gibt es eine einfache Methode, um das da sauber zu machen?«

Froh darüber, dass sie ihn nicht zurückgewiesen hatte, lächelte Cade. »Also, du kannst im Internet suchen und eine Antwort bekommen, bevor ich es dir vollständig erklärt habe, aber generell würde ich dir raten, so viel wie möglich von dem Pulver wegzusaugen. Sorge dafür, dass du zuerst die Edelstahloberflächen reinigst, denn diese Chemikalien können ätzend sein.«

»Brauche ich irgendetwas Spezielles, um sie zu reinigen?«

Cade zuckte mit den Schultern. »Wahrscheinlich, wenn du es richtig angehen willst.«

Sie ließ ein klein wenig die Schultern hängen, fing sich aber schnell wieder. »Okay, ich werde sehen, was ich online finden kann, und bestellen, was ich brauche. Danke.«

»Ich kann später noch einmal vorbeikommen, um dir zu helfen, die Tür zu reparieren, und dir spezielles Reinigungsmittel mitbringen, das wir in der Wache haben ... wenn du willst.« Cade hatte nicht gewusst, dass er dieses Angebot machen würde, bis die Worte seinen Mund verlassen hatten. Aber es tat ihm nicht leid.

Beth wurde nervös und biss sich auf die Lippe. Schließlich stimmte sie schüchtern zu. »Okay, wenn du dir sicher bist. Dafür wäre ich dankbar. Wenn ich die Mittel bestelle, würde es ein paar Tage dauern, bis sie geliefert werden. Aber nur, wenn es dir nichts ausmacht.«

»Es macht mir nichts aus.« Cade wusste nicht, warum er so zufrieden war. Er hatte sich so gut wie ausgeredet, Beth als jemanden zu sehen, an dem er Interesse haben sollte, bevor seine Schwester das Zimmer betreten hatte. Und hier war er nun und war glücklich, dass sie sein Angebot angenommen hatte. Innerlich zuckte er mit den Schultern. Was machte es schon? Wenn nichts dabei herauskam, tat er der Freundin seiner Schwester einen Gefallen. Es war menschlich, das zu tun.

»Dann danke ich dir. Mir ist es recht, wann immer du herkommen kannst.«

»Ich habe gegen einundzwanzig Uhr Feierabend. Ist das zu spät?«

»Nein. Ich schlafe nicht besonders viel und erledige den Großteil meiner Arbeit sowieso nachts, das ist also perfekt.«

Ohne eine Bemerkung darüber zu machen, dass sie nicht gut schlief, obwohl er es aus irgendeinem Grund wollte, stimmt Cade zu. »Wunderbar. Ich kann fragen, ob Penelope mitkommen kann, wenn du dich dann wohler fühlst.«

»Nein«, lehnte Beth sofort ab. »Sie geht abends nicht gern raus. Aber wenn du Pens Bruder bist, bekommst du in Sachen Vertrauen einen Freifahrtschein.«

Diese Eigenschaft an seiner Schwester war Cade entfallen. Penelope ließ sich nie etwas anmerken, aber sie hatte ihm einmal erzählt, dass sie nach allem, was ihr im Nahen Osten zugestoßen war, nur mit eingeschaltetem Licht schlief. Er hätte eins und eins zusammenzählen sollen, hatte es aber nicht getan.

Er lächelte. »Okay, dann sehen wir uns später.«

»Tschüss.«

Cade schloss die Tür hinter sich und joggte zum Löschzug, in dem seine Freunde auf ihn warteten. Zum ersten Mal seit langer Zeit lastete etwas anderes als die Arbeit schwer auf ihm.

Nachdem er seine Aufgabe erfüllt und das Mittagessen zubereitet hatte, würde er online über Agoraphobie recherchieren. Wenn er Zeit mit Beth verbrachte, wollte er nichts tun oder sagen, bei dem sie sich unbehaglich fühlen könnte.

KAPITEL ZWEI

»Erzähl mir von Beth«, forderte Cade seine Schwester auf, als sie es sich nach dem Mittagessen im Pausenraum bequem gemacht hatten. Die anderen Teammitglieder hatten sich in der Feuerwache verteilt. Crash und Squirrel warfen sich draußen vor der Wache einen Football zu. Chief und Taco stemmten im Trainingsraum Gewichte und Driftwood und Moose waren in der Küche, wo sie das Abendessen vorbereiteten und sich darüber stritten, wer der bessere Koch war.

Cade konnte nichts für die Faszination, die er für die Freundin seiner Schwester empfand. Er hatte von ihr gehört, aber als er in ihre verängstigten Augen geblickt hatte, war ihm aufgefallen, wie hübsch sie war. Es war nicht so, als hätte Pen vom Aussehen ihrer Freundin geschwärmt, aber er war trotzdem erstaunt gewesen. Sie war relativ groß, nur wenige Zentimeter kleiner als er. Das gefiel ihm. Ihm gefiel ebenfalls ihr langes Haar. Es war vermutlich schwierig für sie, wenn nicht unmöglich, zum Frisör zu gehen, aber er war dankbar, dass sie es nicht hatte abschneiden lassen. Die langen braunen Strähnen hingen über ihren Oberkörper und verbargen die Rundungen ihrer Brüste, während sie sie gleichzeitig hervorhoben. Sie hatte ihn aus ihren großen braunen Augen angesehen, als seien darin tiefe, dunkle Geheimnisse verborgen, was in Cade einzig den Wunsch erweckte, alle ihre Drachen für sie zu töten.

Ihre Nase hatte einen kleinen Höcker in der Mitte, als sei sie irgendwann einmal gebrochen gewesen. In den Ohren hatte sie kleine Creolen getragen und ihre Lippen waren voll und üppig. Sie hatte sich auf die Lippe gebissen, als sie mit ihm sprach, und er hatte sich vorgestellt, wie er sie zwischen seine eigenen Lippen einsaugte und jeden Schmerz wegstreichelte, den sie sich selbst zugefügt hatte. Sie hatte gerade, weiße Zähne und hatte dazu geneigt, sich nervös vor ihm zu bewegen, während sie mit ihm sprach.

Alles in allem war sie eine Mischung aus Tapferkeit und Verletzlichkeit und absolut sein Typ.

Penelope sah ihren Bruder mit einem traurigen Blick an. »Sie ist großartig. Ich habe keine Ahnung, wie sie es geschafft hat, alles zu verarbeiten, was sie durchgemacht hat, und weiterhin so freundlich und souverän zu sein. Bevor ich angefangen habe, ihr zur Hand zu gehen, hat sie mit Hilfe des Internets gelebt. Damit meine ich, dass sie alles, was sie gegessen und getragen hat oder zum Leben brauchte, online bestellt hat.«

Es gab noch vieles mehr, worüber Cade weitere Informationen bekommen wollte, aber er konzentrierte sich auf die eine Sache, die ihm am meisten Kopfzerbrechen bereitete. »Alles, was sie durchgemacht hat?«

Die Stimme seiner Schwester wurde sanft. »Ja. Was

mir passiert ist, war hart ... aber was *sie* erfahren musste, hat meine drei Monate in Gefangenschaft wie ein Spaziergang im Grünen aussehen lassen.«

Cade fuhr aufgeregt mit der Hand durch sein kurzes braunes Haar. Er wusste, dass er es nicht hören wollte, aber er *musste* es trotzdem wissen. »Sie wurde vergewaltigt.« Es war keine Frage.

»Ja. Und gewürgt. Und mit Zigaretten verbrannt. Und ihr wurden Stichwunden zugefügt.«

»Oh Gott.«

Penelope sprach weiter, als hätte Cade nichts gesagt. »Sie wurde vor einigen Jahren von einem Serienmörder in Kalifornien entführt. Sie war nichtsahnend auf dem Weg zu ihrem Wagen gewesen, nachdem sie bei Walmart eingekauft hatte. Er hat sie sich geschnappt und in eine Hütte im Wald verschleppt.«

»Was wollte er?«

»Abgesehen von der offensichtlichen Sache? Laut dem, was sie in unserer Therapiegruppe erzählt hat, war er nicht speziell an *ihr* interessiert gewesen. Er hatte einfach nur einen warmen Körper gebraucht. Er hatte eine weitere Frau gefoltert, die er vorher bereits von ihrer Arbeitsstelle entführt hatte. Er hat Beth nicht einmal angesehen, während er ihr wehtat ... er beobachtete diese andere Frau und erzählte ihr, dass er alles, was er Beth antat, als Nächstes mit ihr tun würde.«

Cade konnte nicht länger sitzen bleiben. Er stand auf und ging vor Penelope auf und ab, während er versuchte, die Wut und Frustration zu kontrollieren, die ihn übermannten. »Offensichtlich ist sie davongekommen. Wie?«

Penelope zuckte mit den Schultern. »Beth sagte, dass

der Freund dieser anderen Frau mit seinem SEAL-Team erschienen ist und sie den Kerl getötet haben.«

»Gut. Und die Agoraphobie?«

»Cade, es steht mir wirklich nicht zu, dir diese Geschichte zu erzählen«, protestierte Penelope etwas zu spät. »Ich weiß, dass ich dir bereits zu viel gesagt habe.«

Er hatte es zwar erwartet, war aber trotzdem überrascht, wie viel Penelope ihm erzählt hatte, bevor sie sich geweigert hatte weiterzusprechen, deshalb nahm er es ihr nicht allzu übel. »Nur noch eine Frage, dann höre ich auf. Du gehst zu ihr und hilfst ihr? Wie?«

Penelope schwieg kurz und dachte offensichtlich darüber nach, was sie sagen wollte. Endlich antwortete sie: »Sie hat Angst, sich draußen aufzuhalten, aber sie hat keine typische Agoraphobie, glaube ich. Ich gebe zu, dass ich nicht besonders viel darüber weiß, nur das, was sie mir und der Gruppe mitgeteilt hat. Ich weiß nicht, wie es ihr ging, bevor wir uns kennengelernt haben, aber zumindest kann sie jetzt Orte aufsuchen und Dinge tun, es muss nur jemand bei ihr sein, dem sie vertraut. Sie schafft es bloß nicht allein, deshalb begleite ich sie. Wir gehen beispielsweise in den Supermarkt und ins Einkaufszentrum. *Nie* zu Walmart, das ist ein großer Trigger für sie. Während wir draußen sind, muss sie körperlichen Kontakt zu mir haben, aber sie *ist* dazu in der Lage. Sie tut so, als sei es keine große Sache, aber es fällt ihr offensichtlich sehr schwer.«

»Das Halten ihrer Hand«, sagte Cade verständnisvoll.

»Ja. Am Anfang war sie unsicher, aber mir ist es vollkommen egal, und das habe ich ihr auch gesagt. Ich denke, es ist ihr peinlich, Händchen zu halten, aber sie wurde einfach aus dem Nichts entführt. Sie ist der

Meinung, wenn es ihr einmal passieren konnte, vollkommen ohne Vorwarnung, dann könnte es ihr noch einmal zustoßen, auch wenn es statistisch gesehen so gut wie unmöglich ist.«

»Dann fühlt sie sich in einer Gruppe also sicher.«

Penelope nickte. »Ja, ich glaube so etwas in der Art.«

Cade setzte sich wieder neben seine Schwester und drehte seinen Körper auf dem Sofa so, dass er sie ansah. Er wollte nicht zu sehr in Beths Vergangenheit herumstochern. Aus irgendeinem Grund wollte er, dass sie sich öffnete und es ihm selbst erzählte. Er war interessiert. Sehr interessiert. Es war zu viel und noch zu früh, aber die kleine Stimme in seinem Inneren wollte es nicht zulassen, dass er die starke Frau einfach abschrieb, die er an jenem Tag getroffen hatte.

In diesem Moment musste Cade jedoch noch etwas anderes ansprechen, bevor die anderen sie unterbrachen. »Und du? Wie schlägst *du* dich?«

»Mir geht es gut.« Penelope antwortete umgehend und wie erwartet. Doch Cade glaubte es ihr keine Sekunde lang.

»Das Licht?«

Penelope fluchte leise. »Ich schätze, wenn ich *ihre* Geheimnisse ausplaudere, ist es nur fair, dass meine auch rauskommen, was?«

»Ich habe ihr gesagt, dass ich heute Abend zu ihr fahre und ihr helfe, das Chaos zu beseitigen, das wir angerichtet haben. Ich habe gefragt, ob sie es lieber hätte, wenn du mitkämst, damit sie sich wohler fühlt, und sie hat gesagt, dass du es vorziehst, nachts nicht rauszugehen.«

»Es ist alles in Ordnung, Cade. Ich komme damit klar.«

»Womit kommst du klar?«, fragte Moose, als er ins Zimmer schlenderte.

»Nichts«, entgegnete Penelope schnell, ohne einen der beiden Männer anzusehen. Sie stand auf und ging in die Küche.

»Was habe ich verpasst?«, fragte der andere Feuerwehrmann.

Cade schüttelte den Kopf und zuckte mit den Schultern.

»Du würdest es mir doch sagen, wenn ich irgendwas für deine Schwester tun könnte, nicht wahr? Ich mache mir Sorgen um sie.«

Cade sah Tucker »Moose« Jacobs an. Er wusste, wie viele Kerle sich darum sorgten, dass ihre Freunde mit ihrer Schwester zusammen waren, aber Cade interessierte das überhaupt nicht. Er fände es toll, wenn Penelope sich in einen der Jungs von der Wache verlieben würde. Er kannte seinen engen Freundeskreis so gut, als seien sie zusammen aufgewachsen, er vertraute ihnen allen und sie waren absolut aufrichtige Männer. Er konnte sie sich mit jemandem wie Taco oder Driftwood vorstellen, weil sie so intensiv waren wie sie und ihren Job beinahe so sehr liebten, wie Penelope es tat.

Doch jetzt, da er darüber nachdachte ... Moose war perfekt für seine Schwester. Er war ein großer Mann, fast dreißig Zentimeter größer als Penelope, und er passte bei Einsätzen fast so gut auf sie auf, wie Cade es tat. Er war der Meinung, dass zwischen den beiden vielleicht etwas laufen könnte, aber er würde nicht den Kuppler spielen. Moose war auf sich allein gestellt.

»Ich denke, wir müssen alle einfach Geduld mit ihr haben. Angesichts dessen, was ihr passiert ist, schlägt sie sich großartig, aber es wird Zeit brauchen.«

»Du würdest es mir aber sagen, oder? Wenn sie irgendetwas braucht?«

»Das würde ich.«

»Danke. Ich ... sie bedeutet mir sehr viel.«

Cade öffnete den Mund, um etwas zu sagen, aber die Geräusche der Zentrale drangen laut durch das Zimmer und beide Männer setzten sich bereits in Bewegung, bevor die Telefonistin angefangen hatte, die Adresse der Person vorzulesen, die Hilfe benötigte. Alle Gedanken an Beth und Penelope, die sich mit der Scheiße herumschlagen mussten, die das Leben ihnen vor die Füße geworfen hatte, wurden beiseitegeschoben, als die Männer in die Umkleidekabine eilten, um sich ihre Einsatzuniformen anzuziehen, und dann raus zum Feuerwehrwagen liefen.

»Hey, Mom, ich wollte dich anrufen, um dir zu sagen, dass ich heute dein Brathähnchenrezept vermasselt habe.«

»Was ist passiert?«, fragte Mary Parkins in einem Tonfall, der immerzu beruhigend auf Beth wirkte. Sie vermisste ihre Mutter so sehr.

»Ich glaube, ich habe das Öl zu lange auf dem Herd gelassen.«

»Autsch. Lass mich raten, du hast Flammen gesehen?«

Beth schauderte, als sie sich daran erinnerte, wie

faszinierend das Feuer gewesen war, als es auf der Suche nach etwas, das es nähren konnte, nach oben explodiert war.

»Das ist noch untertrieben. Ich musste die Feuerwehr rufen.«

»Bethy ... hattest du wieder eine ... Attacke?«

»Nein, Mom. Zum Glück ist sie schnell eingetroffen und hat das Feuer gelöscht, sodass ich die Wohnung nicht verlassen musste.«

»Ich mache mir Sorgen um dich.«

»Ich weiß. Und ich weiß das zu schätzen. Aber ich arbeite daran. Ich mag meine Therapiegruppe und es ist toll, dass die anderen mich online über den Computer teilnehmen lassen. Oh, und einer der Feuerwehrleute war Penelope aus meiner Gruppe.«

»Die Armeeprinzessin?«

Beth rollte in Solidarität mit ihrer Freundin mit den Augen. Penelope hasste diesen Spitznamen und er passte überhaupt nicht zu der Frau, die Beth kennengelernt hatte. Sie sah vielleicht aus wie eine Prinzessin ... sie war klein und sehr hübsch mit ihrem blonden Haar und der zierlichen Statur, aber jetzt, da Beth sie persönlich kannte, war sie so weit von einer Prinzessin entfernt, wie eine Frau es nur sein konnte. »Ja, Penelope ist großartig. Erinnerst du dich an das Interview, das sie Barbara Walters gegeben hat? Das, in dem sie *nicht* geweint hat? Sie ist knallhart, nicht einmal Barbara konnte sie brechen.« Beide lachten und Beth fuhr fort: »Sie ist stark, aber sie versteckt auch sehr viel Schmerz.«

»Du musst ja wissen, wovon du sprichst, nicht wahr, Schatz?«

Beth biss sich auf die Lippe. »Ja, Mom. Das stimmt. Ist

es euch möglich, mich bald zu besuchen?« Beth wünschte ständig, dass sie in der Läge wäre, normaler zu funktionieren, ganz besonders wenn es um ihre Familie ging. Sie wäre liebend gern in ein Flugzeug gestiegen, um ihre Eltern oder ihren Bruder zu besuchen, musste sich aber stattdessen auf *sie* verlassen, sich freizunehmen und einen Besuch bei ihr in ihren Terminkalendern einzuplanen.

»Leider hat dein Vater gerade ein neues Projekt begonnen. Die Firma wollte ihn als Vorarbeiter haben, der für die Baustelle verantwortlich ist.«

Beth wusste, dass ihr Vater das Bauunternehmen liebte. Er hatte als Teenager angefangen, für einen Freund zu arbeiten, und sich so weit hochgearbeitet, dass er nun ein Team leitete, das mehrere Hundert Arbeiter umfasste. Sie war sehr stolz auf ihn. »Das ist großartig! Ich weiß, dass er davon begeistert ist. Und es ist in Ordnung. Ich verstehe schon. Richte ihm liebe Grüße aus.«

»Das werde ich tun.«

»Und jetzt erkläre mir bitte noch einmal Schritt für Schritt das Brathähnchen-Rezept. Ich bin fest entschlossen, dieses Mal zu gewinnen.«

Beth verbrachte die nächsten dreißig Minuten damit, mit ihrer Mutter zu sprechen und sich von ihrem anstrengenden Tag zu erholen.

Stunden später, als sie nervös in ihrem Wohnzimmer auf und ab ging, war sämtliche Entspannung von der Unterhaltung mit ihrer Mutter verschwunden. Es war zweiundzwanzig Uhr und sie erwartete, dass Penelopes Bruder jeden Moment an die Tür klopfen würde. Warum um alles in der Welt sie zugestimmt hatte, dass er noch einmal zu ihr kam und ihr beim Saubermachen half, wusste sie nicht.

Nun, sie wusste es schon ... es war ein Moment der Schwäche gewesen.

Penelope war ihre beste Freundin, ihre einzige Freundin hier in San Antonio, und sie vertraute ihr bedingungslos. Pen war der einzige Grund, dass sie dazu in der Lage war, ein halbwegs normales Leben zu führen. Beth hatte es geschafft, persönlich zu einer Therapiesitzung zu gehen, und fälschlicherweise gedacht, dass es ihr gut gehen würde, wenn sie erst dort eingetroffen wäre. Was für ein großer Fehler das gewesen war. Sie war vollkommen durchgedreht, als sie gehen sollte, woraufhin Penelope, auf Anraten der Psychologin, die die Gruppensitzungen leitete, ihre Hand ergriffen hatte, bis sie sich wieder stärker fühlte.

Nachdem sie erfahren hatte, dass Penelope nervös war, im Dunkeln allein zu ihrem Wagen zu gehen, fühlte Beth sich wegen ihrer Panikattacke besser. Es war vielleicht nicht besonders freundlich von ihr, gab ihr aber das Gefühl, in ihren Momenten des Kontrollverlusts nicht ganz so allein zu sein. Wenn jemand, der so stark war wie Penelope, Phobien hatte, dann war Beth vielleicht nicht ganz so seltsam, wie sie sich fühlte.

Pen war es gewesen, die vorgeschlagen hatte, sie könne online an den Therapiesitzungen teilnehmen, und nach nur wenigen Monaten ging es Beth schon besser. Sie konnte ihre Wohnung zwar immer noch nicht allein verlassen, ohne einen Zusammenbruch zu erleiden, doch es war ihr möglich, im Supermarkt einkaufen zu gehen, solange Penelope bei ihr war.

Vielleicht hatte ihr Vertrauen zu Cade – sie konnte

sich nicht vorstellen, ihn jemals Sledge zu nennen, dieser Name war lächerlich – einzig damit zu tun, dass er mit Penelope verwandt war. Vielleicht lag es daran, dass er der bestaussehende Mann war, der ihr seit Langem über den Weg gelaufen war. Er hatte braunes Haar, ähnlich dem ihren, das ihm etwas zu lang in die Stirn hing, und hellgraue Augen. Als sie ihn vorhin gesehen hatte, hatte er einen Dreitagebart gehabt, der ihm gut stand. Er war größer als sie und muskulös. Sie hatte sich schon immer zu muskulösen Männern hingezogen gefühlt und Cade entsprach definitiv diesen Anforderungen.

Vielleicht lag es daran, dass er der erste Mann war, zu dem sie sich hingezogen gefühlt hatte, seit ... die Sache passiert war. Verdammt, vielleicht lag es an der Uniform. Was auch immer es war, es hatte dazu geführt, dass sie vorhin gedacht hatte, es sei die richtige Entscheidung, ihm zu gestatten vorbeizukommen, doch jetzt zweifelte Beth daran.

Penelope würde mit Sicherheit ihrem Bruder von ihr erzählen und darüber sprechen, was ihr zugestoßen war, und das war mehr als nur peinlich. Nachdem er von ihrer Vergangenheit erfahren hatte, würde Cade vermutlich eher aus Mitleid als aus irgendeinem anderen Grund bei ihr auftauchen. Und es gab nichts, das sie weniger mochte als Menschen, die sie bemitleideten.

Das Klopfen an der Tür erschrak Beth so sehr, dass sie spüren konnte, wie ihr Herzschlag beschleunigte und anfing, außer Kontrolle zu geraten. Sie nahm einen tiefen, kräftigenden Atemzug und zwang sich, zur Tür zu gehen und durch den winzigen Spion zu schauen.

Sie sah, wie Cade lächelnd vor ihrer Tür stand.

Während sie ihn beobachtete, hielt er zwei große Flaschen hoch, die aussahen wie Reinigungsmittel. Beth nahm einen weiteren tiefen, beruhigenden Atemzug, entriegelte die zwei Bolzenschlösser, das Schloss am Türgriff und löste die Kette, bevor sie die Tür öffnete. Zum Glück hatte die Ramme hauptsächlich das Hauptschloss zerbrochen und der Tür selbst keinen großen Schaden zugefügt.

»Hey.«

»Selber hey.«

»Komm rein.« Beth trat von der Tür zurück, um Cade Platz zu machen. Er schlenderte in ihre kleine Wohnung hinein, als sei er schon hundertmal zuvor hier gewesen und nicht erst zum zweiten Mal. Sie machte die Tür hinter ihm zu und sorgte dafür, alle Schlösser wieder zu aktivieren, bevor sie sich zu ihm umdrehte. Cade hatte etwa anderthalb Meter hinter ihr angehalten und wartete anscheinend auf ein Signal, mit dem sie ihm mitteilte, wo er hingehen oder was er tun sollte. Sie wusste diese Höflichkeit zu schätzen. Ihre Wohnung war ihr sicherer Ort und sie hätte sich unwohl gefühlt, wenn er einfach eingetreten wäre und es sich gemütlich gemacht hätte.

Es war nicht der teuerste Gebäudekomplex in San Antonio, aber es war auch kein heruntergekommenes Loch. Er hatte drei Stockwerke, Beth wohnte im Erdgeschoss und ihre Nachbarn kümmerten sich größtenteils um ihre eigenen Angelegenheiten. In ihrem Geschoss lebte ein alleinstehender, älterer Mann, den sie manchmal sah, wenn sie mit Pen einkaufen ging, aber ansonsten bekam sie viele der anderen Menschen, die um sie herum wohnten, eigentlich nicht zu Gesicht.

»Ich habe ein paar alte Handtücher gefunden, die wir benutzen können. Außerdem habe ich schon so viel von dem Pulver weggesaugt, wie ich konnte«, teilte Beth Cade in einer, wie sie hoffte, normal klingenden Stimme mit.

»Klingt gut. Dann wollen wir uns den Schaden mal ansehen. Ich denke, es sollte nicht allzu lange dauern, da das Feuer nicht besonders groß war und wir es schnell unter Kontrolle bekommen haben.«

Beth ging voran in die Küche und zuckte beim Anblick des Chaos erneut zusammen. Das meiste Pulver war weg, aber der Geruch der Chemikalien war geblieben und es war offensichtlich, dass jede einzelne Oberfläche sauber geschrubbt werden musste.

»Hast du einen Eimer oder Behälter, den wir benutzen können? Ich muss dieses fettlösende Reinigungsmittel verdünnen.«

Beth nickte und griff unter die Spüle, um den Eimer hervorzuholen, den sie beim Wischen benutzt hatte. Sie war nicht unbedingt die Sauberste, aber wenn sie nicht schlafen konnte, putzte sie stattdessen sehr häufig ihre Wohnung.

Sie sah zu, wie Cade etwas von dem fettlösenden Mittel in den Eimer goss und ihn dann mit Wasser füllte, um es zu verdünnen. Sein Bizeps spannte sich an, als er den nun schweren Behälter auf die Arbeitsplatte hievte. Beth reichte ihm einen Lappen und gemeinsam machten sie sich an die Arbeit, den Herd und die Oberflächen abzuwischen, die von den Chemikalien bedeckt waren. Die Teller und Schüsseln wanderten in die Spülmaschine und die Pfanne, die überhaupt erst für das Feuerchaos gesorgt hatte, landete im Müll. Während sie putzten, unterhielten sie sich nicht, aber die Stille war nicht unangenehm.

Nachdem sie die Küche von dem fettigen Schmutz befreit hatten, entleerte Cade den Eimer und gab etwas von der Flüssigkeit aus der anderen Flasche hinein, die er mitgebracht hatte, bevor er auch diese mit Wasser verdünnte. Dann verbrachten die beiden die nächsten vierzig Minuten damit, den Raum mit der neuen Mischung zu putzen.

Beth fand es entspannend und einfach, mit Cade zu arbeiten. Er sagte nicht viel, aber sie fühlte sich auch nicht unwohl. Es war, als hätten die beiden schon ihr gesamtes Erwachsenenleben Seite an Seite gearbeitet und nicht erst die letzten anderthalb Stunden.

Endlich drückte Cade den Rücken durch und stöhnte. »Ich glaube, wir haben alles wegbekommen. Um sicher zu gehen, würde ich an deiner Stelle eine Zeit lang keine Lebensmittel auf diese Oberflächen legen. Nicht, bis du sie einige Male abgewischt hast.«

»Das klingt vernünftig. Ich weiß es zu schätzen, dass du mir geholfen hast.«

»Gern geschehen. Es tut mir leid, dass es überhaupt passiert ist. Du hattest Glück. Wenn du mit Öl kochst, musst du sehr vorsichtig sein. Ich habe schon zu viele Feuer gesehen, die in der Küche begonnen haben und bei denen die Menschen alles verloren haben.«

»Ja, ich habe heute mit meiner Mom gesprochen und sie hat mir noch einmal erklärt, wie man ihr Rezept zubereitet. Ich bin mir sicher, dass ich es beim nächsten Mal besser machen werde. Ich war allerdings ziemlich erstaunt, wie schnell die Flammen hochgeschlagen sind, so viel ist sicher.«

»Wenn du einen Fettbrand hast, darfst du niemals Wasser darüber gießen. Bedecke die Pfanne mit einem Deckel und nimm sie von der Flamme, wenn du kannst. Hast du einen Feuerlöscher?«

»Nein.«

»Ich werde dafür sorgen, dass du einen bekommst. Das ist wichtig.«

»*Jetzt* verstehe ich es. Wenn ich einen gehabt hätte, hätte ich euch Jungs den Weg ersparen können. Aber ich kann mir online einen bestellen. Es ist keine große Sache.«

»Auf keinen Fall, ich werde dir einen erstklassigen Feuerlöscher besorgen. Aber selbst wenn du einen hast, scheue dich niemals, die Feuerwehr zu rufen. Es ist immer besser, auf der sicheren Seite zu sein, als es hinterher zu bereuen.«

»Ja.« Beth sah auf ihre Armbanduhr. Es war dreiundzwanzig Uhr dreißig. »Es wird schon spät. Du bist sicherlich müde.«

Cade zuckte mit den Schultern.

Beth wusste nicht, was das bedeutete. Er war nicht müde? Er wollte bleiben? Warum würde er bei ihr bleiben wollen? Es war ja nicht so, als sei das hier eine Verabredung oder so was, und abgesehen davon hatte sie ihm geradeheraus von ihrer Phobie erzählt. Warum war er immer noch da?

Plötzlich verstand sie es. »Pen hat dir erzählt, was mir passiert ist, nicht wahr? Du brauchst kein Mitleid mit mir zu haben. Es geht mir gut.«

Cade lehnte sich an ihre Arbeitsplatte und verschränkte die Arme vor der Brust. Seine Haltung hätte sie nervös machen sollen, aber sie sorgte einzig dafür, dass ihr Bauch Purzelbäume schlug. Er trug keine Uniform, nur ein simples, dunkelblaues T-Shirt und eine Jeans, aber so, wie seine Muskeln sich anspannten, erweckten sie die Aufmerksamkeit ihrer Geschlechtsteile, von denen sie geglaubt hatte, dass sie schon lange tot seien.

»Sie hat mir einige Sachen erzählt, aber deswegen bin ich nicht hier.« Seine Stimme war gleichmäßig und gefasst und er wirkte angesichts ihrer Frage weder verärgert oder angespannt. »Wenn ich mich für eine Frau interessiere, versuche ich normalerweise, so viel wie möglich über sie herauszufinden. Meine Schwester kennt dich, und weil ich sie liebe und ihr vertraue, war sie die perfekte Person, um sie nach dir zu fragen.«

»Was hat sie gesagt? Dass ich zerbrechlich bin? Hat sie dir erzählt, dass sie mich wie eine Dreijährige an die Hand nehmen muss, damit ich einen Fuß aus dieser verdammten Wohnung setzen kann? Hat sie dir erzählt, wie ich aussehe, wenn ich eine Panikattacke habe?«

Beth bemerkte nicht, dass Cade sich bewegt hatte, bis er direkt vor ihr stand. Sie schnappte nach Luft, als er ihr das Haar nach hinten strich, die Hände auf ihre Schultern legte und sich zu ihr beugte.

»Nein. Sie hat mir erzählt, wie verdammt stolz sie auf dich ist. Sie hat mir erzählt, dass du eine der tapfersten Frauen bist, die sie kennt.« Seine Worte verloren etwas von ihrer Bissigkeit, als er weitersprach. »Sie hat mir erzählt, dass deine Tapferkeit sie inspiriert hat, gegen ihre eigenen Dämonen zu kämpfen.«

Beth schaute schockiert zu Cade auf. »Das hat sie gesagt?«

Cade nickte. »Sie hat nicht diese Worte benutzt, aber

ich kenne meine Schwester. Glaub mir, wenn ich dir sage, dass sie niemals schlecht von dir sprechen würde. Und bitte, lass es einsinken. Du denkst vielleicht, dass du sie benutzt, um Sachen außerhalb dieser Wohnung erledigen zu können, aber glaub mir, sie benutzt dich genauso. Dir zu helfen gibt *ihr* das Gefühl, nützlich und wichtig zu sein. Ihr beide hattet vielleicht unterschiedliche Erfahrungen, während ihr gegen euren Willen festgehalten wurdet, aber ich denke, dass es dir genauso schwer fällt wie ihr, Menschen zu vertrauen. Und die Tatsache, dass du es ihr gestattest, dir zu helfen, ist für sie eine große Sache. Verstehst du?«

Cades Worte ließen Beths Herz in der Brust anschwellen, doch sie bohrte weiter nach. »Ich habe keinen Witz gemacht, als ich sagte, dass ich nicht allein rausgehen kann.«

»Ich weiß.«

»Wieso bist du dann immer noch hier?«

Cade richtete sich auf, wich aber nicht vor ihr zurück. »Weil ich hier sein will. Weil ich heute Nachmittag etwas gesehen habe, das mir gefallen hat, und wenn mir etwas gefällt, dann gehe ich ihm nach.«

»Du bist mir gerade erst begegnet. Du weißt nichts über mich.«

»Und deswegen bin ich hier. Ich möchte dich kennenlernen.«

»Weiß Pen, dass ihr Bruder mental instabil ist?«

Cade ließ die Hände sinken, legte den Kopf in den Nacken und lachte. Als er sich wieder unter Kontrolle hatte, griff er kühn nach Beths Hand. »Ja, ich denke, sie hat eine Ahnung. Sie kennt mich schon ziemlich lange.«

Beth konnte darauf nichts entgegnen, da sie von Cade ins Wohnzimmer gezogen wurde.

Seit ihr bewusst geworden war, dass das Halten von Penelopes Hand und der Hautkontakt ihr dabei halfen, ihre Dämonen im Zaum zu halten, und ihr das Gefühl gaben, nicht ganz so allein zu sein, wenn sie draußen war, hatte das Händchenhalten eine ganz neue Bedeutung für sie bekommen. Sie erschrak, als sie bemerkte, dass das Gefühl, das sie mit Penelope hatte, mit Cade noch verzehnfacht wurde. Seine Hand war schwielig und sehr viel größer als ihre eigene. Seine Handfläche umschloss ihre, seine Hitze drang in ihre Poren ein und Beth hätte schwören können, dass sie als Folge spüren konnte, wie ihr Blutdruck sank.

Cade setzte sich aufs Sofa und zog sie auf das Polster neben sich. Als sie saßen, ließ er ihre Hand los, lehnte sich zurück und entspannte sich, als würde er das jeden Tag tun. »Und jetzt erzähl mir von dir. Wenn meine Schwester dich mit Penelope Garcia vergleicht, ihrer absoluten Lieblingsdarstellerin im Fernsehen, dann musst du gut sein.«

Beth fühlte sich zwar seltsam, aber sicher und lehnte sich lächelnd zurück. »Sie übertreibt, aber dafür liebe ich sie. Du fragst dich sicherlich, wie ich mir diese Wohnung leisten kann oder mein Essen, wenn ich nicht allein rausgehen kann. Ich arbeite von zu Hause. Ich bin nicht unbedingt auf der Suche nach Mördern, wie Garcia es bei *Criminal Minds* tut. Tagsüber arbeite ich im Kundenservice für eine Webseite und beantworte Fragen, die über die Chatfunktion gestellt werden.«

»Und abends?«

»Du bist Feuerwehrmann, richtig?«

»Äh, ja. Du hast mich doch heute gesehen, oder? Wie ich in voller Kostümierung vor dir stand?«

Beth lachte laut auf. »Tut mir leid, so war es nicht gemeint. Ich wollte dich nicht beleidigen.«

»Du hast mich nicht beleidigt, Süße, nur überrascht.«

»Ich meinte bloß, du bist nicht zusätzlich noch Polizist oder so was, richtig?«

Cade blickte einen Moment lang ernst drein. »Nein, aber ich muss sagen, dass ich Freunde habe, die im Gesetzesvollzug arbeiten ... und ich hoffe wirklich *sehr stark*, dass du nicht bis spätnachts aufbleibst, um online das Gesetz zu brechen.«

»Nein«, gab Beth sofort zurück, bevor sie klarstellte: »Nicht ganz.«

»Was genau tust du dann?«

Beth schaute nach unten auf ihre Hände. Sie zupfte nervös an einem Faden am Saum ihres T-Shirts. »Deine Schwester hatte recht, ich kenne mich mit Computern gut aus. Es gab einmal eine Zeit, in der ich Informatik studiert habe und einfach wusste, dass ich einen Job bei Apple oder IBM bekommen würde. Ich wusste, dass ich etwas Supercooles erfinden und jeder meine App runterladen würde, und dass ich dann reich wäre. Aber dann ... du weißt schon ... und dann konnte ich nicht mehr zurück zur Uni gehen und musste weg aus Kalifornien und den ganzen mitleidigen Blicken entfliehen, mit denen ich angesehen wurde. Als die Panikattacken so schlimm wurden, dass ich nicht mehr arbeiten konnte, fing ich an, im Internet herumzuspielen. Ich wurde gut im Codieren. Richtig gut. Es hat Spaß gemacht und war etwas, das ich tun konnte, um mich spätabends zu beschäftigen, wenn ich nicht schlafen konnte. Ich weiß, ich könnte vermutlich immer noch Apps entwickeln, aber irgendwie hat das seinen Reiz verloren.«

»Okay, das klingt soweit alles ganz gut«, bemerkte Cade.

»Hast du vom Dark Web gehört?«

»Nein.«

»Nun, es ist das Internet, nur versteckt. Es gibt sogenannte Overlay-Netzwerke, die den regulären Internetzugang nutzen, aber für den Zugang spezifische Konfigurationen oder Autorisationen benötigen. Das Dark Web ist tatsächlich Teil des Deep Web, welches im Grunde genommen ein Teil des Internets ist, das nicht von Suchmaschinen indiziert ist. Es ist –«

»Du klingst wirklich wie Garcia und ich glaube, ich habe nur jedes zweite Wort verstanden, das du gerade gesagt hast. Erklär es mir. Ist es legal?«

Beth biss sich auf die Lippe. »Nun ja, Teile davon sind legal, ja.«

»Hmmmmm.«

Als sie die Missbilligung in Cades Tonfall hörte, sprach Beth eilig weiter. »Ich tue nichts, was gegen das Gesetz verstößt. Nichts, bei dem andere zu Schaden kommen. Man kann dort eine Menge Pornos und Schwarzmarktware finden, aber darüber mache ich mir nicht allzu viele Gedanken ... es sei denn, ich finde irgendeine richtig kranke Scheiße, dann tue ich alles, was in meiner Macht steht, um diese Schweine zur Strecke zu bringen. Aber woran ich wirklich Freude habe, ist entweder, Löcher in der Firewall anderer Leute zu finden, oder zu sehen, ob ich diese seltsamen Betrüger ausfindig machen kann, die E-Mails an Menschen verschicken, in denen sie um Geld bitten oder ihnen erzählen, sie hätten in Afrika im Lotto gewonnen. Dann ändere ich den Code so, dass die bösen Jungs von jedem, der naiv genug ist, darauf zu reagieren, die Antwort nicht erhalten.«

Beth riskierte es, zu Cade aufzublicken. Sie hatte keine Ahnung, was ihm durch den Kopf ging. Er starrte sie bloß ausdruckslos an. Sie zuckte mit den Schultern und versuchte, es herunterzuspielen. »Es ist wirklich keine große Sache. Ich mache das nur zum Spaß.«

»Wie hast du das gelernt?«

»Wie ich gelernt habe, auf das Dark Web zuzugreifen oder die Betrüger zu finden?«

»Beides.«

Beth zuckte mit den Schultern. »Hauptsächlich durch Herumprobieren. Und sehr viel Recherche.« Sie zuckte zusammen, als Cade nach ihrer Hand griff und sie erneut in seine nahm. Er führte sie an seine Lippen und küsste ihre Fingerknöchel.

»Ich habe keine Ahnung, was ich sagen soll. Du bist großartig.«

Beth schüttelte sofort abwehrend den Kopf. »Nein, das bin ich nicht.«

»Das bist du. Du hast nicht nur überlebt, was dir zugestoßen ist, du hast dir selbst auch etwas beigebracht, von dessen Existenz neunundneunzig Komma neun Prozent der Menschen nicht einmal wissen. Ich kann nicht behaupten, dass ich den Großteil dessen toll finde, da das meiste den Anschein erweckt, es könnte gefährlich sein, sollte jemals irgendwer rausfinden, dass du es warst, die ihn verraten hat, aber ich bewundere deine Intelligenz.«

Beth errötete und wandte den Blick ab. »Dann wirst

du mich also nicht in Handschellen legen und deinen Freunden ausliefern?«

»Nein, du bist zu hübsch, um ins Gefängnis zu gehen. Aber mir ist aufgefallen, dass du meine Bemerkung darüber ignoriert hast, dass es gefährlich ist, was du tust.«

»Es ist wirklich nicht gefährlich. Ich spiele nur ein wenig herum.«

»Du kannst es leugnen, aber das ändert nichts an den Fakten, Beth. Und ich weiß, du denkst, dass du psychisch versehrt bist, aber das bist du nicht. Du bist vielleicht etwas angeschlagen, aber ich bewundere, dass du mit aller Kraft dagegen ankämpfst. Ich würde gern an deiner Seite sein, während du diesen Kampf austrägst.«

»Äh ...«

»Und noch etwas«, fuhr Cade fort. »Ich möchte dich einigen Leuten vorstellen. Nein, schüttele nicht den Kopf. Ich spreche nicht von morgen oder übermorgen. Ich lasse es so langsam angehen, wie du es brauchst.«

Beth konnte Cade einzig verwirrt anstarren. Was wollte er langsam angehen? Wovon redete er?

»Aber wie ich bereits sagte, ich habe Freunde im Gesetzesvollzug und weiß, dass sie töten würden, um deine Fähigkeiten zu haben. Ich weiß, dass du nicht Penelope Garcia bist, und das hier ist nicht *Criminal Minds*, aber ich bin mir sicher, dass die Polizei von San Antonio oder das Büro des Sheriffs liebend gern jemanden wie dich an ihrer Seite hätte. Selbst mein Freund Cruz, der für das FBI arbeitet, würde Himmel und Hölle in Bewegung setzen, um mit dir zusammenzuarbeiten. Und ich werde dir noch etwas verraten ...«

Er hielt inne, als wartete er darauf, dass sie seine

Worte zur Kenntnis nahm, weshalb Beth die Augenbrauen hochzog, als fragte sie: »Was?«

»Apple und IBM könnten sich glücklich schätzen, wenn du für sie arbeiten würdest. Wenn du tatsächlich Schwachstellen in Firewalls finden kannst, würde jedes Unternehmen dir die Tür einrennen, um dich einzustellen.«

»Einige Leute, die ich aus dem Netz kenne, waren tatsächlich wild darauf, mit mir zusammenzuarbeiten, aber ich habe mich von solchen Dingen immer ferngehalten, da ich nicht weiß, wer diese Menschen sind und ob sie für die Guten oder die Bösen arbeiten. Ohne sie persönlich zu treffen, ist es unmöglich, das zu sagen.«

»Klug. Aber mal ernsthaft, wenn du es versuchen willst, lass es mich einfach wissen, und dann verschaffe ich dir die Kontakte. Ich kann dir keinen Job versprechen, aber ich *kann* dich den richtigen Leuten vorstellen. Der Rest liegt dann an dir, sie mit deinem Wissen umzuhauen.«

»Cade, es ist keine –«

»Doch, das ist es.«

»Du weißt nicht einmal, was ich sagen wollte«, protestierte Beth.

»Du wolltest sagen, dass es keine große Sache ist.«

Beth errötete. Genau das hatte sie sagen wollen. Sie schwieg.

Cade lachte leise und drückte ihre Hand, dann senkte er die Stimme zu einem Flüstern. »Lass nicht zu, dass deine Dämonen die Kontrolle übernehmen, Beth. Ich sage nicht, dass es einfach ist, ich glaube, das weißt du selbst, aber du bist ein viel zu toller Mensch, um in dieser

Wohnung eingeschlossen zu bleiben und für irgendeinen Kundenservice zu arbeiten.«

Beth biss sich fest auf die Lippe, um ihre Tränen zurückzuhalten. »Du kennst mich nicht einmal richtig, aber trotzdem danke«, flüsterte sie zurück. »Warum bist du so nett zu mir? Ich meine, versteh mich nicht falsch, ich bin dankbar, dass du mir heute Abend geholfen hast, aber ich kenne dich nicht. Das ist keine typische Reaktion, die Menschen haben, wenn sie mich treffen. Die meiste Zeit entfernen sie sich langsam von mir in der Hoffnung, dass das, was ich habe, nicht ansteckend ist.«

»Es ist das Mindeste, was ich für jemanden tun kann, der meiner Schwester so sehr geholfen hat wie du –«

»Ja, das ergibt Sinn. Wenn es für deine Schwester ist.«

»Du hast mich nicht aussprechen lassen.«

»Oh, entschuldige.« Beth winkte mit der Hand durch die Luft. »Sprich weiter.«

»Ich mag dich, Beth. Manchmal, wenn man jemandem begegnet, weiß man einfach, dass es ein guter Mensch ist, und man möchte ihn besser kennenlernen. Bei dir hatte ich vorhin dieses Gefühl. Dass du Penelope kennst, war nur ein Bonus. Wenn du sie für dich gewinnen konntest, weiß ich, dass du jemand bist, den ich kennenlernen will.«

»Was, wenn ich dich nicht kennenlernen will? Du bist schrecklich anmaßend.«

»Das bin ich.« Es war keine Frage.

»Mehr hast du dazu nicht zu sagen?«

»Nein.«

»Hmmmm. Also gut. Wenn du es wissen musst, jetzt bin ich neugierig auf dich. Ich meine, alle diese Geschichten, die Pen mir über ihren Bruder und seine

G.I.-Joe-Phase erzählt hat, machen jetzt so viel mehr Sinn.«

Cade grinste. »Hey, G.I. Joe war der Knaller.«

Beth lachte und entgegnete: »Ja, okay, da muss ich dir zustimmen.«

»Okay, jetzt, da wir das geklärt haben, muss ich wirklich los. Ich bin mir sicher, dass du auch irgendwelche Hacker finden musst, denn ich muss vor meiner morgigen Schicht etwas Schlaf bekommen. Aber ich verspreche dir, beim nächsten Mal sprechen wir über mich, in Ordnung?«, sagte Cade lächelnd zu ihr.

Erschrocken wurde Beth klar, dass sie nichts weiter über den Mann wusste, der neben ihr saß und so sanft ihre Hand hielt, als das, was sie bereits wusste, als sie ihn vorhin in ihre Wohnung gebeten hatte. Sie wusste einzig, dass er Feuerwehrmann und Pens Bruder war. »Tut mir leid, ich bin furchtbar. Sorgt ein Mensch, der pausenlos von sich selbst erzählt, nicht dafür, dass die Leute sich während des Essens aus dem Restaurant schleichen?« Sie ging nicht so weit, das, was sie taten, als eine Verabredung zu bezeichnen, aber schätzungsweise deutete sie es an.

Cade lachte. »Ich finde dich weitaus faszinierender als mich. Aber es ist nur fair, dass du meine dunklen Geheimnisse kennst. Darf ich dich anrufen?«

Beth zuckte mit den Schultern. »Es wäre einfacher, wenn du mir SMS oder E-Mails schreibst. Ich bin immer online. Außerdem habe ich kein Handy. Da ich die Wohnung nicht sehr oft verlasse, habe ich keinen Bedarf dafür. Das altmodische Telefon, das in der Wand eingesteckt ist, reicht mir aus.«

»In Ordnung.« Cade grinste sie breit an. »Das hätte

ich mir denken sollen. Gib mir deine E-Mail-Adresse, dann finde ich dich bei Facebook.«

»Ich habe mein Profil unter Elizabeth Parkins. Von uns gibt es allerdings etwa eine Million, es wäre also einfacher, wenn ich nach *dir* suche.«

»Ich glaube, es gibt ungefähr zwei Millionen Cade Turners. Ich weiß nicht, ob es einfacher für dich wäre, mich zu finden.«

Beth grinste. »Turners vielleicht. *Cade* Turners? Das bezweifele ich. Aber ernsthaft, wenn ich ein Loch in einer Firewall finden kann, dann finde ich dich auch bei Facebook.«

Cade erwiderte das Lächeln. »Richtig. Eine Sekunde lang dachte ich, ich würde mit Garcias Zwillingsschwester sprechen«, neckte er, dann stand er auf und zog Beth mit sich, weil er ihre Hand nicht losgelassen hatte. Die beiden gingen zu ihrer Wohnungstür und er sah zu, wie sie die Schlösser mit einer Hand entriegelte.

Als alle Schlösser geöffnet waren, blickte sie zu Cade auf. Er beugte sich hinunter, gab ihr rasch einen Kuss auf die Wange und zog sich zurück. Mit dem Daumen streichelte er über ihren Handrücken, bevor er sie losließ. »Ich melde mich, Beth. Schlaf gut.«

Sie schlief nie gut, trotzdem sagte sie bloß: »Du auch.«

Er bückte sich, hob die beiden Flaschen mit Reinigungsmittel auf, die er mitgebracht hatte, und verschwand durch den Flur. Beim Anblick des langen Flurs spürte Beth, wie ihr Herzschlag beschleunigte. Sie schloss schnell die Tür zu ihrer Wohnung und verriegelte sich wieder im Inneren. Als sie sich sicherer fühlte, ging sie zurück zum Sofa und ließ sich darauf fallen. Sie saß genau dort, wo Cade gesessen hatte, und spürte, wie die Wärme seines Körpers in ihre Haut eindrang.

Der Tag war lang und seltsam gewesen ... aber auch interessant. Und Beth hatte schon lange keinen interessanten Tag mehr gehabt.

Und sich vorzustellen, dass alles mit einem Feuer angefangen hatte. Das musste etwas bedeuten, aber sie war momentan zu aufgeregt, um darüber nachzudenken, was es war.

KAPITEL DREI

»Bleib da, ich komme«, sagte Penelope eine Woche später mit beruhigender Stimme.

Beth nickte kurz und atmete tief durch. Sie zählte im Kopf von eins bis zehn und versuchte, entspannt zu bleiben, was jedoch hoffnungslos war. Sie hatte gedacht, dass es einfacher werden würde rauszugehen, aber je mehr Zeit verging, desto schwieriger schien es tatsächlich zu werden.

Vom Verstand her wusste sie, wie unwahrscheinlich es war, dass jemand aus einem Wagen oder Kleintransporter springen und sie entführen würde, wie Ben Hurst es getan hatte, aber sie konnte die Angst einfach nicht abschütteln. Wer hätte gedacht, dass es ihr beim ersten Mal hätte passieren können? Es war ein Zufall gewesen, aber wenn es einmal ein Zufall war, konnte es auch zweimal ein Zufall sein.

Als ihre Tür geöffnet wurde, zuckte Beth sichtlich zusammen und wich zur Seite.

»Ganz ruhig, Beth. Ich bin's.«

Scheiße. »Tut mir leid, Pen. Ich weiß, dass du es bist.«
»Schon gut. Gib mir die Hand.«

Sie mochte an Penelope, dass sie sich von Beths seltsamen Macken nicht beeindrucken ließ. Sie tat so, als würde sie das Starren der Menschen nicht bemerken, die vermutlich davon ausgingen, dass sie Lesben sein müssten, weil sie Händchen hielten, und nicht bloß gute Freundinnen. Penelope war es egal, ob Beth bei lauten Geräuschen zusammenzuckte, denn genau wie jetzt hatte Beth wegen ihrer Ängste vollkommen vergessen, dass Penelope ihr zehn Sekunden zuvor gesagt hatte, sie würde zur Beifahrerseite des Wagens kommen, um ihr beim Aussteigen zu helfen.

Beth streckte ihre Hand aus und seufzte erleichtert auf, als Penelope ihre warme Hand um ihre schloss. Die Panik verschwand nicht, aber das Gefühl der Handfläche eines anderen Menschen an ihrer eigenen half ihr sehr, sie so weit zu beruhigen, dass sie nicht einfach so entführt werden konnte, ohne dass es jemand bemerkte.

Und genau das war die Krux an der Sache. Sie war von diesem Walmart-Parkplatz entführt worden und keiner hatte es mitbekommen. Ihr Verschwinden war einzig deshalb so schnell bemerkt worden, weil dieses Navy-SEAL-Team bereits auf der Suche nach Summer gewesen war, der Frau, die von Hurst als Erstes entführt worden war. Da Beth in Kalifornien allein gelebt hatte, hätten ihre Eltern ihr Verschwinden erst nach einigen Tagen bemerkt, und weil ihr Bruder in Pennsylvania lebte, hätte er davon ebenfalls nichts gewusst. Beth schauderte, als sie darüber nachdachte, was Hurst ihr hätte antun können, wenn sie und Summer nicht gefunden worden wären.

Beths Gedankengänge wurden von Penelopes Geplapper unterbrochen, als sie zum Supermarkt gingen.

»Ich schwöre bei Gott, die Kerle machen mich noch verrückt. Crash hat sogar auf mich gewartet, nachdem wir neulich Abend am Krankenhaus angekommen waren, weil er nicht wollte, dass ich allein im Dunkeln nach Hause gehen muss. Sie beglucken mich und es ist vollkommen unnötig. Ich fühle mich genau wie nach meinem Abschluss von der Akademie, als das Team mir noch nicht vollständig vertraut hat.«

»Sie machen sich Sorgen um dich.«

»Ich weiß, aber es nervt trotzdem.«

»Wie geht es Moose?« Beth war in Bezug auf Männer nicht die Erfahrenste, aber selbst sie konnte sehen, dass Pen eine Schwäche für ihren Feuerwehrkollegen hatte.

Penelope zuckte mit den Schultern. »Gut.«

»Gut, was?« Beth lächelte. Penelope hatte für gewöhnlich kein Problem damit, sich über ihre Freunde zu beklagen, wenn sie ihr auf die Nerven gingen, aber alles, was Beth über den großen, extrem gut aussehenden Mann herausbekommen konnte, war: »Gut.«

»Ja. Wieso?«

»Nur so.«

»Du bist heute schrecklich gut gelaunt«, beobachtete Penelope, als sie den großen Supermarkt betraten.

»Nicht wirklich. Ich kann es nicht abwarten, diese Sache hinter mich zu bringen, aber über *dich* zu sprechen scheint meine Angst verschwinden zu lassen.«

»Typisch«, klagte Penelope freundlich.

Beth beschloss, dass es besser sei, das Thema auf sich beruhen zu lassen, bevor Penelope die Aufmerksamkeit von Moose auf ihren Bruder lenkte und fragte, wie sie sich mit Cade verstand, und lächelte ihre Freundin deshalb einfach nur an.

Es war nämlich so, dass Beth mit Cade seit ihrem Treffen letzte Woche mehrere Male kommuniziert hatte. Sie hatte ihn problemlos bei Facebook gefunden und er hatte sofort ihre Freundschaftsanfrage angenommen. Sie hätte es seltsam gefunden, dass er so aktiv bei Facebook war, aber seine Social-Media-Gewohnheiten waren gut für sie, da sie es ihnen erlaubten, sich oft miteinander zu unterhalten.

Er veröffentlichte nie persönliche Informationen, teilte aber urkomische Videos und einige lustige Memes und Feuerwehr-Comics, wobei seine Favoriten von einem Kerl namens Paul Combs stammten.

Am ersten Abend hatten sie sich zwei Stunden lang Nachrichten hin und her geschickt, bevor Beth ihn widerwillig hatte gehen lassen. Er hatte Wort gehalten und alle ihre Fragen über ihn beantwortet. Beth erfuhr, dass er seinen Abschluss an der A&M Universität in Texas gemacht hatte und im dortigen weltbekannten *Emergency Operations Training Center* ausgebildet worden war. Er hatte erklärt, dass dem Institut mehrere Hektar zur Verfügung stehen, um das Personal zusätzlich zum jährlich benötigten Feuerwehrtraining in allem zu schulen, angefangen bei Gefahrengutunfällen bis hin zu Zugentgleisungen. Alles klang faszinierend, ganz besonders weil es Welten von Beths gewohntem Leben entfernt war.

Als er sie zum zweiten Mal online erwischte, war sie gerade dabei, Exxons umfangreiche Firewall zu durchbrechen. Sie hatte bloß sehen wollen, ob es ihr gelingen würde – was der Fall gewesen war, doch sie hatte schon vorher im Hinterkopf gehabt, dass ihre Handlungen einige sehr intensive Anti-Hacking-Angriffe nach sich ziehen würden. Sie hatte alle Hände voll zu tun, um dafür zu sorgen, dass sie mit einer weißen Weste aus der Sache herauskam, ohne ihre Identität preiszugeben.

Cade hatte es nicht gefallen, aber Beth hatte versprochen, dass sie mit den Daten nichts tun würde. Er hatte ihr einen Vortrag gehalten, dass sie durch ihre Handlungen im Gefängnis landen könnte und dass es sicherere – und legale – Wege gab, wenn sie mit ihren Hacking-Fähigkeiten arbeiten wollte. Er hatte ihr erneut gesagt, er würde sie seinen Officer-Freunden vorstellen … aber nur, wenn sie damit aufhörte, sich in die größten Unternehmen weltweit einzuhacken. Sie konnte an seinem Tonfall hören, dass es ihm ernst war, wenngleich er sie weiterhin damit aufzog, dass ihm die Vorstellung, sie im Gefängnis zu besuchen, nicht unbedingt Freude bereitete.

An Cade zu denken reichte aus, um sie von der Tatsache abzulenken, dass sie sich nicht in ihrer sicheren Wohnung befand, sondern im Eingangsbereich des Supermarktes stand. Penelope musste zweimal ihren Namen sagen, um ihre Aufmerksamkeit zu bekommen. Da es unmöglich war, einen Einkaufswagen mit einer Hand zu schieben, nahmen sich beide einen Einkaufskorb und gingen in die Obst- und Gemüseabteilung. Beth hatte kein Problem damit, lange haltbare Lebensmittel über das Internet zu bestellen und sich in ihre Wohnung liefern zu lassen, aber frisches Obst, Gemüse und Fleisch waren eine andere Geschichte.

Sie war Penelope dankbarer, als sie jemals ausdrücken konnte. Wenn sie nicht wäre, würde Beth ihre

Wohnung wahrscheinlich nie verlassen. Beth hatte sie einmal gefragt, wie sie sie dafür bezahlen könne, doch Penelope war sauer geworden und hatte gesagt, dass sie Freundinnen seien und Freundinnen sich nicht dafür bezahlten, einander Gefallen zu tun.

Da Beth aber weiterhin das Gefühl hatte, *irgendwas* tun zu müssen, hatte sie ihre Computerfähigkeiten benutzt, um Journalisten und andere nervige, unausstehliche Menschen abzulenken, die Penelope ständig mit Interviewanfragen und Bitten um exklusive Aussagen über ihre Zeit als Geisel bei der berüchtigten Terrorgruppe ISIS belästigten. Pen wusste davon nichts, aber das war es Beth wert gewesen, als Penelope ihr eines Tages gestand, dass sie keine Ahnung hatte, warum die Presse sich zurückgezogen hatte, aber erleichtert darüber war und das Gefühl hatte, sie könne nun endlich damit beginnen, sich ihr Leben zurückzuholen.

Beth hatte sich in die Konten von Penelopes E-Mail und Facebook gehackt und den Trollen geantwortet, sie blockiert und im Allgemeinen von ihr ferngehalten. Anfragen der großen Mediengesellschaften ließ sie durchgehen – Pen konnte selbst entscheiden, ob sie Barbara Walters oder Ellen ein exklusives Interview geben wollte, und sie hatte *tatsächlich* mit beiden gesprochen –, aber Beth wollte auf keinen Fall zulassen, dass TMZ oder Fox News einen der besten Menschen, den sie kannte, in ihre Klauen bekamen.

Wenn ein Reporter zu aggressiv wurde, war es sehr einfach, den Computer besagter Person mit einem Virus zu infizieren, was dafür sorgte, dass sie Penelope eine Zeit lang vergaß. Es war illegal und sie wusste, dass Cade dieser Sache nicht zustimmen würde, aber bis jetzt hatte es funktioniert und Penelope hatte nichts davon mitbekommen. Es war nicht viel, aber es war das Einzige, was Beth tun konnte, um ihr für alles zu danken, was sie für sie getan hatte. Da Pen kein Geld annehmen wollte und es ihr nur gelegentlich erlaubte, sich bei ihr zu bedanken, hielt Beth ihr auf elektronische Weise den Rücken frei, auch wenn sie davon nichts wusste.

Die beiden gingen gerade zur Fleischabteilung, als Penelope verkündete: »Oh, schau mal, da ist Cade.«

Als Beth den Kopf drehte, sah sie tatsächlich, dass Penelopes Bruder mit einem Lächeln im Gesicht auf sie zusteuerte. Er sah genauso attraktiv aus wie beim letzten Mal, als sie ihm begegnet war. Heute trug er eine andere Jeans, aber er hatte ein Polohemd an und Beth konnte seine leichte, dunkle Brustbehaarung erkennen. Er sah gut aus. Richtig gut.

»Hey, Squirt ... Beth.«

»Hi.«

Beth murmelte etwas Unverständliches und war aus irgendeinem Grund plötzlich peinlich berührt, so mit Penelope in der Öffentlichkeit gesehen zu werden. Sie fühlte sich mit ihrer Jeans und dem übergroßen T-Shirt nicht gut genug angezogen. Sie hatte sich nicht geschminkt und ihr langes Haar lediglich zu einem unordentlichen Dutt im Nacken zusammengebunden. Ganz zu schweigen davon, dass es eine Sache war, dass Cade davon *wusste*, dass sie Pens Hand halten musste, eine ganz andere jedoch, es aus direkter Nähe zu sehen. Sie wollte Pens Hand so gern einfach loslassen und selbstständig vor diesem kompetenten Mann stehen, doch stattdessen klammerte sie sich noch stärker an ihre Freundin.

Gerade als Cade den Mund öffnete, um etwas anderes zu sagen, klingelte Penelopes Handy. Sie beugte sich nach vorn, stellte den Korb auf den Boden und griff in ihre Gesäßtasche, um ihr Telefon herauszunehmen. Beth hörte ihrem Teil des Gesprächs zu und ihr wurde sehr schnell klar, dass ihre Einkaufstour ein abruptes Ende finden würde.

»Hallo? Hey, was gibt's? Ja. Hmm-hmm. Also, ich bin gerade etwas beschäftigt. Ich weiß. In Ordnung, warte kurz.«

Penelope drückte das Telefon gegen ihre Brust, um ihre Unterhaltung für die Person am anderen Ende der Leitung unhörbar zu machen. Sie sah Beth an.

»Das ist meine Freundin Hayden. Ich habe sie gebeten, mir Bescheid zu sagen, wenn sie das nächste Mal zum Schießstand fährt. Es ist keine große Sache, aber ich wollte mir von ihr zeigen lassen, wie ich meine Schüsse in kürzerem Abstand abfeuern kann. Würde es dir etwas ausmachen?«

»Selbstverständlich nicht. Ich kann den Rest von dem, was ich brauche, ein anderes Mal besorgen«, sagte Beth sofort. Sie wollte keine Last für Penelope sein. Wenn sie etwas anderes machen wollte, würde Beth sie niemals davon abhalten. Pen hatte ihr ein wenig über Hayden erzählt und sie schien ein Mensch zu sein, den Beth gern kennenlernen würde. Sie war eine knallharte Polizistin im Büro des Sheriffs und klang urkomisch.

»Eigentlich dachte ich mir, dass Cade dir vielleicht behilflich sein könnte«, antwortete Penelope mit gleichmäßiger Stimme.

Beth erstarrte an Ort und Stelle und richtete den Blick auf Cade. Das konnte sie nicht tun. Pen kannte sie.

Sie hatte sie inmitten einer Panikattacke erlebt und wusste, dass sie Beth niemals allein lassen durfte. Cade kannte die Regeln nicht. Er wusste nicht –

»Tolle Idee. Das mache ich gern«, sagte Cade.

Beth schluckte schwer. Sie war sich dieser ganzen Sache nicht sicher. Ganz und gar nicht.

»Sieh mich an, Beth«, forderte Penelope sie auf. Als Beth ihr in die Augen schaute, fuhr sie fort: »Entspann dich. Ich würde meinen Bruder nicht bitten, dir zu helfen, wenn ich mir nicht sicher wäre, dass er sich gut um dich kümmert. Er wird dich nicht allein lassen. Er wird nicht durchdrehen, wenn du eine Attacke hast, okay? Du kennst ihn. Ich weiß, dass du dich online mit ihm unterhältst. Alles ist gut. Dir wird *nichts* passieren.«

»Aber er kennt die Regeln nicht.« Beths Stimme zitterte und sie spürte, wie sie aufgeregt wurde.

»Gib mir deine Hand«, bat Cade mit halb strenger Stimme.

Als wüsste Penelope, dass Beth sich nicht bewegen konnte, streckte sie den Arm aus und legte Beths Hand in die von Cade.

Beth schluckte hörbar, als sie spürte, wie seine riesige Hand ihre umschloss. Sie wusste, dass es bloß eine Hand war, genau wie die von Pen, aber irgendwie war sie das auch nicht. Obwohl sie nur wenige Zentimeter kleiner als Cade war, fühlte sie sich mit ihrer Hand in seiner neben ihm ... beschützt. Winzig. *Sicher.*

Wäre es ihr möglich gewesen, hätte Beth vermutlich ihre Hand aus seiner gezogen und wäre aus dem Laden geeilt, um etwas von ihrer Würde zu wahren ... aber dazu war sie nicht fähig. Und wenn sie ehrlich zu sich selbst war, wollte sie es auch nicht. Cade wusste, wie sie war. Er hatte sie vielleicht noch nicht mit einer ausgewachsenen Panikattacke gesehen, aber er kannte sie gut genug, um zu wissen, dass die Möglichkeit dazu bestand. In einer ihrer Online-Unterhaltungen hatten sie sich ein wenig darüber unterhalten, was sie durchgemacht hatte.

»Wie lauten die Regeln, Pen?«, fragte Cade seine Schwester.

Als würde Beth nicht neben ihr stehen, antwortete Penelope ganz ruhig: »Lass ihre Hand nicht los. Nicht zum Bezahlen. Nicht, um ans Telefon zu gehen, nicht, um etwas aus dem Regal zu nehmen. Lass niemanden zu nahe kommen. Sorge dafür, dass du nicht –«

»Ich glaube, er hat es verstanden«, unterbrach Beth, der die Situation unfassbar peinlich war. Sie war sich sicher, dass ihr Gesicht feuerrot war.

Beth spürte Cades Finger unter ihrem Kinn, mit dem er ihren Kopf nach oben drückte und sie zwang, ihn anzusehen. »Ich werde gut auf dich aufpassen, versprochen.«

»Ich bin keine fünf Jahre alt«, brummte Beth und fühlte sich wie der jämmerlichste Mensch auf der Erde.

»Glaub mir, das ist mir nicht entgangen«, entgegnete Cade in seltsamem Tonfall.

Penelope hielt sich das Telefon wieder ans Ohr. »Hayden? Da bin ich wieder. Ja, ich kann dich am Schießstand treffen, sagen wir in dreißig Minuten? Super. Danke, dass du angerufen hast. Bis gleich.« Sie beendete die Verbindung und umarmte ihre Freundin unbeholfen, da Beth immer noch ihren Einkaufskorb und nun auch Cades Hand festhielt.

»Ruf mich an, wenn du wieder zu Hause bist, okay?«

»Das werde ich. Danke, dass du heute mitgekommen bist.«

»*Jederzeit*, Beth. Ehrlich.«

Beth sah Penelope nach, die selbstbewusst den Gang entlangschritt, und verlor sie aus den Augen, als sie am Ende nach links in Richtung Ausgang abbog.

»Also ... das ist ein wenig unangenehm. Ich weiß nicht, was du erwartet hast, als du heute in den Supermarkt gegangen bist, aber ich wette, es war nicht, das Kindermädchen für die Freundin deiner Schwester zu spielen.«

»Hör auf damit, Beth. Rede den Fortschritt, den du gemacht hast, nicht klein. Du bist hier und du versuchst, gesund zu werden. Ich finde dich großartig. Und mein Tag ist nicht nur schöner geworden, weil ich dich gesehen habe, ich habe nun ebenfalls eine Ausrede, um mehr Zeit mit dir zu verbringen. Was musst du sonst noch einkaufen?«

Beth war froh, dass Cade in sachlichem Tonfall sprach und nichts sagte, das in ihr den Wunsch erweckte, ihn schlagen oder sich übergeben zu wollen. Sie beschloss, seine Bemerkung darüber zu ignorieren, dass sein Tag nun schöner geworden sei. Er hatte es vermutlich einfach nur freundlich gemeint. »Hackfleisch, Hähnchen, Aufschnitt für Sandwiches, Frischkäse, Eiscreme und Joghurt.«

Cade bückte sich und nahm den Korb, den seine Schwester zurückgelassen hatte. »Geh voran, mein hübsches Computergenie.«

Beth errötete, setzte sich jedoch wortlos in Richtung der Fleischabteilung des Ladens in Bewegung. Als sie ihren Einkauf beendete, konnte sie nicht anders, als Cade mit seiner Schwester zu vergleichen. Was eine interessante Einkaufsbegleitung anging, so standen sich die beiden in nichts nach. Cade hatte kein Problem damit, die Preise der Lebensmittel-Eigenmarken mit den Markenprodukten zu vergleichen und über die Vorzüge von beiden zu diskutieren. Er hatte seine eigene Meinung darüber, welches Steak das beste war, und ermutigte sie sogar dazu, gehacktes Büffelfleisch anstelle von normalem Hackfleisch zu probieren.

Aber wenn es um das Gefühl der Sicherheit ging, war Cade seiner Schwester haushoch überlegen. Beth konnte nicht genau sagen, was dieses Gefühl in ihr hervorrief. Vielleicht war es die Art, wie er dafür sorgte, immer zwischen ihr und den anderen Kunden zu stehen. Vielleicht war es die Art, wie er ihre Finger miteinander verwob und immer wieder ihre Hand drückte, wenn er etwas zustimmte, das sie gesagt hatte. Vielleicht war es einfach die Tatsache, dass er ein Mann war. Beth hasste es, sexistisch zu sein – sie hatte Geschichten gehört, wie Penelope jemanden aus einem Feuer gerettet hatte, der größer und schwerer als Cade gewesen war –, aber tief im Inneren wusste sie, dass jeder zweimal darüber nachdenken würde, sich ihr zu nähern, wenn Cade an ihrer Seite war.

Ehe sie sichs versah, waren sie bereits auf dem Parkplatz auf dem Weg zu seinem Wagen und Beth wurde klar, dass sie sich vor dem Verlassen des Supermarktes nicht einmal ängstlich umgeblickt hatte. Sie war mit Cade zusammen. Er würde nicht zulassen, dass irgendjemand sie mitnahm. Es war ein berauschendes Gefühl.

Sie hielten an der Fahrerseite eines großen schwarzen Ford F-350 an. Cade entriegelte die Schlösser und öffnete die hintere Tür. Er stellte ihre Tüten vor dem Rücksitz auf den Boden, dann öffnete er die Fahrertür und gestikulierte ihr. »Damen zuerst.«

Beth schaute verwirrt auf. »Ich fahre nicht.«

»Ich weiß.« Cade lächelte sie an, als hätte sie soeben das Lustigste gesagt, was er je in seinem Leben gehört hatte. »Aber du kannst von hier aus zur Beifahrerseite rüberrutschen, da ich eine durchgehende Sitzbank habe.«

Beth fiel nichts ein, was sie darauf entgegnen sollte, bevor er weitersprach.

»Das ist die Regel, nicht wahr? Ich kann dich nicht loslassen, also werde ich das auch nicht tun. Los, setz dich hinein und rutsch rüber. Ich werde direkt neben dir sein.«

»Die zehn Sekunden, die du brauchst, um den Wagen zu umrunden, werde ich schon aushalten. Pen macht das auch immer so.« Beth wusste nicht, warum sie protestierte, nur dass der Klumpen in ihrem Magen bei seiner Fürsorge zurückgekehrt war. Die Gänsehaut an ihren Armen war jedoch neu.

»Beth, ich habe alles im Griff. Steig ein.«

Also gut. Unbeholfen kletterte sie mit Cades Hilfe auf den Sitz und rutschte vom Lenkrad zur anderen Seite. Er stieg nach ihr ein und machte es sich bequem. Als Beth versuchte, weiter auf den Beifahrersitz zu rücken, wurde sie durch ein Ziehen an ihrer Hand aufgehalten.

»Setz dich in die Mitte. Dort gibt es einen Sicherheitsgurt. Das ist bequemer und du musst dich nicht rüberbeugen, um mich festzuhalten.«

Beth tat, was von ihr verlangt wurde, und ihr gefiel das Gefühl von seinem Oberschenkel an ihrem, so unpassend es für ihre zweite Halb-Verabredung auch war, wenn man diese verschrobene Situation überhaupt als eine Verabredung bezeichnen konnte. Cade betätigte den Startknopf und ließ den Wagen an, als würde er es ständig mit seiner linken Hand tun. Geschickt fuhr er rückwärts aus der Parklücke heraus und steuerte die Ausfahrt an. Weil Beth nicht wusste, was sie sagen sollte, schwieg sie und überließ es Cade, sich aufs Fahren zu konzentrieren.

Den Blick fest auf ihre verbundenen Hände gerichtet, die auf ihrem Bein ruhten, wurde Beth klar, dass sie nicht durchdrehte. Manchmal machte es ihr Angst, in Fahrzeugen zu sitzen, doch heute war das nicht der Fall. Sie atmete tief ein und roch Cades maskulinen Duft. Das war kein Rasierwasser, so etwas würde er auf keinen Fall tragen. Es musste seine Seife oder sein Rasierschaum sein. Was auch immer es war, es roch sehr gut an ihm.

»Du hast gar nichts gekauft«, platzte Beth plötzlich heraus, als sie zum ersten Mal darüber nachdachte. »Du warst doch sicher dort, weil du Lebensmittel brauchtest, oder?«

»Ja, aber ich kann später wiederkommen und einkaufen, was ich brauche«, teilte Cade ihr unbeschwert mit, ohne im Geringsten verärgert zu klingen.

»Tut mir leid, dass du bei mir hängengeblieben bist. Du hättest etwas sagen sollen.«

»Ich bin nicht bei dir *hängengeblieben*. Ich hätte dich heute sowieso angerufen und gefragt, ob du Lust hast, mit mir abzuhängen. Das hier hat mir bloß den Anruf erspart.«

Beth spürte, wie sich ein ehrliches Lächeln auf ihren

Lippen ausbreitete. »Was, wenn ich gesagt hätte, dass ich nicht abhängen will?«

Ohne zu zögern, gab Cade zurück: »Dann ist es doch gut, dass ich dich getroffen habe, oder? So konntest du mir keinen Korb geben.«

»Erpressung, was?« Es fühlte sich nicht einmal seltsam an, sich ein klein wenig über sich selbst lustig zu machen. Es fühlte sich normal an. Obwohl sie alles andere als normal war. Cade hatte eine Art, ihre Phobie beinahe gewöhnlich wirken zu lassen.

»Hey, mir ist alles recht, um Zeit mit einer hübschen Dame zu verbringen.«

»Als könntest du eine Frau nicht mit bloß einem Lächeln ins Bett bekommen«, zog Beth ihn auf. Da sie einen schlauen Konter erwartete, war sie erstaunt, als er verärgert klang.

»Nur weil Frauen die Fantasie haben, es mit einem Feuerwehrmann zu tun, bedeutet das nicht, dass ich darauf eingehe. Ich habe mich während meines Jobs noch nie so sehr zu einer Frau hingezogen gefühlt, wie ich es bei dir tue.«

»Tut mir leid. So war das nicht gemeint. Ich meinte bloß, dass du … dass ich … Mist. Ich habe einfach keine Ahnung, warum du anscheinend mit *mir* abhängen willst. Ich bin vollkommen gestört. Ohne in Panik zu verfallen, komme ich nicht weiter als bis zu der verdammten Glasschiebetür meiner Wohnung, die auf die Terrasse hinausführt, und die meiste Zeit ist sogar das zu viel. Ich kann keine Lebensmittel einkaufen gehen, ohne wie ein kleines Kind die Hand von jemandem festhalten zu müssen, und ich habe keine Ahnung, warum ich mich in deiner Gegenwart sicherer fühle als jemals zuvor in meinem Leben.«

Im Fahrerhaus des Wagens war es einige Sekunden still, lange genug, damit Beth klar wurde, was sie soeben ausgeplappert hatte.

»Oh Gott, es tut mir leid, ich –«

»Du bist nicht gestört. Ich würde sagen, dass du alles in allem sehr gut mit dem umgehst, was dir widerfahren ist. Jeder braucht irgendwann mal Hilfe. Und es erregt mich mehr, deine Hand zu halten und neben dir herzugehen, als vollkommen nackt mit anderen Frauen zu sein. Dass du dich in meiner Nähe sicher fühlst, ist nur das Sahnehäubchen.«

Cades Worte wurden von einem Streicheln seines Daumens über ihren Handrücken begleitet. Obwohl er den Blick auf die Straße gerichtet hatte, bemerkte Beth, dass sie beinahe seine gesamte Aufmerksamkeit erhielt. Sie öffnete gerade den Mund, um etwas zu sagen, wenngleich sie sich nicht sicher war was, als er fluchte.

»Scheiße.«

Es war offensichtlich, dass das Wort nicht ihr galt. Sein gesamter Körper verspannte sich und sein Gesicht verlor seinen entspannten Ausdruck, als sie sah, dass er mit den Zähnen knirschte.

Beth schaute zum ersten Mal durch die Windschutzscheibe nach draußen. Sie befanden sich auf der Schnellstraße auf dem Rückweg zu ihrer Wohnung und vor ihnen in der Ferne sah Beth den Rauch unter der Motohaube eines Minivans aufsteigen, der am Straßenrand abgestellt war.

KAPITEL VIER

»Beth, ich muss anhalten. Ich habe einen Feuerlöscher im Wagen.«

Cades Stimme klang gequält und obwohl sie wusste, was es mit ihr anstellen würde, sagte Beth sofort zu ihm: »Tu es.«

Selbst als Cade den Wagen abbremste und hinter dem Minivan auf den Standstreifen fuhr, versuchte er, sie zu beruhigen. »Ich werde mich beeilen. Bleib hier und verriegele die Türen hinter mir. Ich werde tun, was ich kann, bis die Feuerwehr eintrifft. Dir wird nichts passieren. Ich werde dich die ganze Zeit im Auge behalten.« Er stellte den Schalthebel des Wagens mit der linken Hand auf die Parkposition, dann streckte er sie nach ihrem Gesicht aus. Er legte die Handfläche seitlich an ihren Kopf und zwang sie, ihn anzusehen. »Ich bin nicht weit weg, okay?«

Es war nicht okay. Beth wusste, was passieren würde, sobald er sie losließe, aber sie hatte gesehen, wie die Frau, die an der geöffneten Tür zur Rückbank neben dem

Minivan stand, verzweifelt versuchte, einen Kindersitz zu lösen. Andere Fahrzeuge verlangsamten das Tempo, um im Vorbeifahren zu gaffen, aber niemand anderes hielt an. Cade tat es. Er war ein Held und die junge Mutter brauchte in diesem Moment ganz sicher einen.

»Ich komme schon klar. Geh und hilf ihr.«

Der besorgte Ausdruck in Cades Augen brachte sie dazu, aufrechter zu sitzen und ihren Worten mehr Nachdruck zu verleihen. »Los, Cade.«

Er beugte sich zu ihr und küsste ihre Stirn, dann zögerte er kurz, bevor er seine Hand entspannte und sie losließ. Cade öffnete die Fahrertür, sprang nach draußen, griff hinter sich nach dem Feuerlöscher, der sich unter dem Rücksitz befand, verriegelte die Schlösser des Wagens und schlug die Tür zu.

Beth spürte, wie ihr Herzschlag beschleunigte und ihr Atem schneller ging, aber sie behielt den Blick auf Cade gerichtet. Er lief zu der Frau und sagte etwas zu ihr. Sie trat vom Fahrzeug zurück, als Cade sich hineinbeugte. Einige Sekunden später tauchte er mit einem Kleinkind in den Armen wieder auf. Er übergab das Kind seiner Mutter und beugte sich erneut in den Wagen. Mittlerweile schlugen Flammen unter der Motorhaube hervor.

Beth richtete den Blick von Cade auf das Feuer. Sie konnte es nun über das Dach des Vans sehen, da die höhere Sitzposition des Wagens ihr eine gute Sicht verlieh. Schwarzer Rauch stieg zusammen mit den Flammen nach oben und fesselte sie.

Erst einige Momente danach wurde Beth klar, dass sie an nichts anderes gedacht hatte, während sie das Feuer beobachtet hatte. Nicht daran, dass sie ganz allein im Wagen saß, nicht daran, dass sie draußen war, nicht daran, dass jemand kommen und sie entführen könnte. Die Flammen hatten sie abgelenkt. Es war faszinierend zuzusehen, wie sie alles auffraßen, was ihnen im Weg war.

Sie zuckte zusammen und kam wieder zu sich, als sie die Chemikalien sah, die aus dem Feuerlöscher in Cades Händen auf die Flammen gespritzt wurden. Sie richtete ihre Aufmerksamkeit auf die Frau. Sie stand nun in einiger Entfernung neben ihrem vollkommen in Flammen stehenden Van und hielt ein Kind in den Armen, während ein anderes neben ihr stand und sich mit beiden Armen an ihrem Bein festklammerte. Alle drei starrten mit großen Augen auf Cade und das Feuer.

Beth schaute an der Frau vorbei zu der Baumreihe hinter der Schnellstraße. War der Frau nicht klar, dass jemand sich von hinten aus dem dichten Blattwerk heranschleichen und sie oder ihre Kinder entführen könnte? Die Person könnte sie im Handumdrehen verschleppen, bevor es irgendjemandem auffiele, dass sie verschwunden waren. Niemand achtete auf sie oder ihre Kinder, da das Feuer die Aufmerksamkeit aller in Beschlag nahm.

Ohne dass Beth es bemerkte, kam ihr Atem in kurzen Stößen heraus. Sie sollte *irgendwas* tun. Aber wenn sie dort hinausginge, würde sie ebenfalls entführt werden. Sie konnte einzig zusehen und hoffen, dass der Entführer die Nerven verlor.

Sie hörte Sirenen, aber anstatt sich erleichtert zu fühlen, konnte sie einzig daran denken, wie das Eintreffen des Löschzuges die Aufmerksamkeit der Frau noch weiter ablenken würde. Es war das perfekte

Szenario für den Entführer. Er könnte alle drei vollkommen problemlos verschleppen. Sie wären ihm und dem, was er mit ihnen vorhätte, schutzlos ausgeliefert.

Beth spürte weder, wie der Schweiß ihr aus den Poren drang, noch dass ihr gesamter Körper zu zittern begann, als würde sie nur mit T-Shirt und Shorts bekleidet inmitten eines Unwetters stehen. Ihr war nicht bewusst, dass sie hyperventilierte oder dass ihr Herz so schnell schlug, als sei sie soeben anderthalb Kilometer in acht Minuten gelaufen. Das durch den Sauerstoffmangel hervorgerufene Schwindelgefühl sorgte dafür, dass sie auf ihrem Sitz schwankte.

Plötzlich war *sie* die Frau, die ganz allein auf dem Feld stand. Es kam ihr vor, als hätte sie eine außerkörperliche Erfahrung, während sie sich von oben zusah, wie sie kurz davor stand, von Ben Hurst entführt zu werden.

Er würde sie packen, sie bewusstlos schlagen und sie würde gefesselt auf dem Boden seiner beschissenen kleinen Waldhütte wieder aufwachen. Er würde den Rauch seiner Zigarette inhalieren und lachen, wenn sie zusammenzuckte, während er sich mit der Zigarette ihrem Körper näherte. Sein wahnsinniges Lachen ging ihr durch den Kopf, als würde er tatsächlich vor ihr stehen.

Als die Wagentür geöffnet wurde, schrie Beth auf und rutschte zur anderen Seite, wo sie wild nach dem Türgriff suchte. Sie musste fliehen! Hurst würde sie sonst wieder schnappen. Er würde ihr die Kleidung vom Leib schneiden und –

Cade nannte sie bei jedem Namen, der ihm einfiel, als er sich Beth entgegenstreckte. Sie hatte nicht nur eine ausgewachsene Panikattacke, sondern ebenfalls Flashbacks, wenn er ihre Reaktion auf ihn richtig deutete.

Er sprach mit ruhiger, leiser Stimme und war dankbar, dass er nur die Fahrertür entriegelt hatte und nicht alle Schlösser des Wagens. Es wäre eine vollkommen andere Situation, wenn er ihr hinterherjagen müsste.

»Ich bin es, Cade. Es ist alles in Ordnung, Beth. Komm schon, mach die Augen auf, damit du *mich* siehst. Ich weiß, ich habe zu lange gebraucht, es tut mir so verdammt leid, aber jetzt bin ich hier. Gib mir deine Hand. Lass es mich beweisen. Ich bin hier, Liebes. Du schaffst es. Komm zurück zu mir, Beth. Genau so.«

Es dauerte mehrere Minuten. Minuten, die an Cade nagten, als sei er derjenige, der Beth folterte.

»C-Cade?«

»Ja, Liebes. Ich bin es. Ich bin hier.« Er griff nach ihrer Hand und war überrascht über die Kraft, mit der sie ihn festhielt, als würde sie über einem fünfundzwanzig Meter tiefen Abgrund baumeln. »Ich bin bei dir, atme langsamer. Schließ die Augen und konzentriere dich auf deinen Atem. Wir machen es zusammen. Atme langsam ein ... halte die Luft an ... gut ... jetzt atme aus. Noch mal. Langsam einatmen, Luft anhalten, dann ausatmen. Du schaffst das. Du bist nicht allein, du bist in Sicherheit. Ich bin bei dir.«

Cade fuhr fort, ihr beruhigend zuzureden und sie dazu zu bringen, ihren Atem zu verlangsamen. In seinem Erste-Hilfe-Kasten hinten im Wagen hatte er eine Papiertüte, die für gewöhnlich half, wenn Patienten hyperventilierten, aber er würde Beth auf keinen Fall so lange loslassen, wie er es tun müsste, um sie zu holen.

Als er den Minivan am Straßenrand sah, hatte Cade gewusst, dass er das Versprechen an seine Schwester und Beth, ihre Hand nicht loszulassen, brechen musste. Er hätte sie nicht in Gefahr gebracht, indem er zusammen mit ihr ausgestiegen wäre, und davon abgesehen hätte er den Feuerlöscher sowieso nicht mit nur einer Hand bedienen können. Er *wusste* jedoch, was das mit Beth machen würde.

Sie wusste es ebenfalls, und das schmerzte ihn am meisten. Sie hatte ihn gedrängt zu tun, was getan werden musste, wohlwissend, dass sie unter den Folgen leiden würde.

Ihr war jedoch nicht klar gewesen, dass ihre selbstlose Aktion ihr einen Platz in seinem Leben gesichert hatte. Jede Frau, die ihn freiwillig gehen ließ, damit er seinen Job machen konnte, obwohl sie wusste, dass sie darunter leiden würde, war es wert, dass er um sie kämpfte. Zwischen Beths Phasen der Unsicherheit und Selbstbeschuldigung sah Cade ihren stahlharten Kern. Sie kämpfte um jeden Zentimeter, den sie in ihrem Leben vorwärtsging, selbst wenn sie wieder um drei zurückfiel.

»Geht es ihr gut, Sledge?« Die männliche Stimme drang von hinten zu ihm und Cade erkannte seinen Freund und Partner Moose.

Cade blickte auf und sah, dass Löschzug vierundvierzig von Wache sieben die Spur direkt neben dem nun schwelenden Van blockierte. Squirrel und Chief bedienten den Schlauch und spritzten literweise Wasser auf den Motor des Wagens.

»Sie wird schon wieder. Danke, Moose.«

»Sag uns Bescheid, falls du irgendwas brauchst.«

»Das werde ich.« Cade sah nicht zu, wie sein Freund sich entfernte, sondern spürte, als er nicht mehr da war.

»Tut mir l-leid.«

Als Cade sah, dass Beth endlich etwas normaler atmete, zog er sie in die Arme, ohne sich darum zu kümmern, ob es zu früh war oder nicht. Sie musste genauso sehr gehalten werden, wie er das Bedürfnis verspürte, sie festzuhalten. Sie hatte ihm furchtbare Angst gemacht – verdammt, er sorgte sich noch immer um sie. »Es braucht dir nicht leidzutun. Erzähl mir, was passiert ist. Sprich mit mir.«

Beth schmiegte sich in seine Umarmung und hielt seine Hand ganz fest, die nun zwischen ihnen an ihren Oberkörpern lag. Die andere schlang sie um seine Taille und krallte sich an seinem T-Shirt fest. »Ich kann nicht.«

»Du kannst. Es ist wie ein Albtraum ... wenn du darüber sprichst, verliert er etwas von der Wirkung auf dich.« Cade hatte keine Ahnung, ob das stimmte oder nicht, aber in dem Moment klang es gut.

»Ist die Frau okay?«

»Ja.«

»Niemand ist zwischen den Bäumen hinter ihr herausgetreten, um sie mitzunehmen?«

»Nein, Süße. Sie sitzt jetzt mit ihren Kindern im Rettungswagen und wird von den Sanitätern untersucht. Es geht ihr gut. Sie sind alle rechtzeitig rausgekommen. Meine Freunde haben das Feuer gelöscht. Alle sind in Sicherheit.« Er hielt einen Moment lang inne. »War es das, was du gedacht hast? Dass jemand sie entführen würde?«

Beth nickte und vor Mitleid mit ihr platzte Cades Herz beinahe.

»Niemand hat auf sie geachtet. Alle haben auf das F-Feuer geschaut.«

Beth klapperte mit den Zähnen und zitterte in seinen

Armen. Cade hatte zuvor schon Panikattacken gesehen, allerdings meistens aus der Ferne. Er hatte noch nie jemandem nahegestanden, der sie erlebte. Es war eine vollkommen andere Erfahrung und unheimlich frustrierend, weil er rein gar nichts tun konnte, außer zu versuchen, ihr hindurch zu helfen.

Cade drehte sich zum Rücksitz um, griff nach einer zusätzlichen Uniformjacke und wollte darüber lächeln, wie Beth sich weiterhin wie ein Babyäffchen an ihm festklammerte. Er breitete das Kleidungsstück über Beths Rücken aus und hielt es mit seiner freien Hand dort.

»Sie ist in Sicherheit, Beth. Niemand ist zwischen den Bäumen hervorgetreten, um sie oder ihre Kinder zu entführen.« Er zögerte, dann traf er seine Entscheidung. »Ist es das, was dir passiert ist? Niemand hat auf dich geachtet und dann wurdest du verschleppt?«

Sie nickte kaum merklich in seiner Umarmung. »Keiner hätte gewusst, dass ich nicht mehr da war, wenn der Freund der anderen Frau nicht nach *ihr* gesucht hätte.«

Oh Gott, sie brach ihm das Herz. »Du brauchst dir darüber keine Gedanken mehr zu machen, Süße. Ich werde wissen, wenn du verschwindest. Ich werde es wissen und nach dir suchen.«

Durch seine Worte wurden die Dämme geöffnet und Beth schluchzte in seinen Armen.

Keiner sagte mehr etwas. Cade saß mit ihr in den Armen im Wagen, während die Feuerwehrleute dafür sorgten, dass das Feuer unter der Motorhaube des Minivans gelöscht wurde, und nach einem Winken von Moose wieder zurück zur Wache fuhren. Die beiden blieben lange genug am Straßenrand stehen, dass Cade zusehen konnte, wie der Abschleppwagen eintraf und die geschwärzte Karosserie des Vans wegbrachte. Er hielt Beth weiter fest, auch als der Verkehr langsam wieder ins Rollen kam und an ihnen vorbeizog. Er würde so lange dort sitzen bleiben, bis Beth sich besser fühlte. Stärker.

Er dachte, sie sei eingeschlafen, und schreckte auf, als sie sich endlich zurücklehnte und umblickte.

»Wie lange sind wir schon hier?«

Cade zuckte mit den Schultern.

Beth sah verwirrt aus. »Wie lange wärst du hiergeblieben und hättest darauf gewartet, dass ich mich wieder zusammenreiße?«

»So lange, wie du es gebraucht hättest.«

Cade konnte die Unsicherheit in Beths Gesichtsausdruck erkennen. Er legte ihr erneut die Handfläche an die Wange. »Es tut mir leid.«

»Es gibt nichts, was dir leidtun müsste«, beharrte sie sofort.

»Doch. Ich wusste, dass das hier passieren würde, wenn ich anhalte. Aber ich habe es trotzdem getan.«

»Ich wusste es auch, aber ich hätte nicht zugelassen, dass du weiterfährst.«

»Auch das weiß ich.« Cade beschloss, dass ein Themenwechsel angebracht sei, und sagte in relativ normalem Tonfall: »Jetzt, da die Aufregung vorbei ist, werde ich dich nach Hause bringen. Wir können sehen, ob wir von unserer Einkaufstour irgendetwas retten können. Alles, was es nicht schafft, werde ich ersetzen.«

»Ich sollte sagen, dass es okay ist, jetzt zurück zum Supermarkt zu fahren ... aber ich kann nicht. Ich will nach Hause.«

»Dann werde ich dich nach Hause bringen. Kannst du dich aufsetzen und deinen Sicherheitsgurt anlegen?«

Cade half Beth dabei, sich richtig hinzusetzen, wobei er darauf achtete, ihre Hand nicht loszulassen, und half ihr, sich wieder in der Mitte der Sitzbank anzuschnallen. Er fädelte sich in den Verkehr ein und fuhr zu ihrer Wohnung.

Es war ein langer Tag gewesen, doch Cade hoffte, dass Beth ihm gestatten würde, noch eine Weile bei ihr zu bleiben, sobald sie bei ihrer Wohnung ankämen. Sie hatte ein traumatisches Erlebnis gehabt, doch für Cade war es überaus aufschlussreich gewesen. Ja, sie hatte eine schwere Panikattacke erlebt, aber das war nicht einmal annähernd so peinlich, wie sie vermutlich dachte. Dämonen waren komplizierte Gebilde. Sie konnten stunden-, tage-, jahrelang schlummern, wählten jedoch immer den ungünstigsten Zeitpunkt, um ihre hässlichen Köpfe zu heben. Cade wollte nichts mehr, als zu sehen, wie Beth sich entspannte und wieder zu der klugen Frau wurde, die er angefangen hatte kennenzulernen.

Ihr war es nicht bewusst, aber er hatte nicht vor, sie zu verlassen. Er wollte sie besser kennenlernen, aber nicht, um sie zu »heilen«, sondern weil er sich noch niemals zu jemandem so hingezogen gefühlt hatte wie zu ihr. Sie hatte einfach irgendetwas, das in ihm den Wunsch erweckte, sie in der einen Sekunde vor der Welt zu beschützen und sie in der nächsten auf die nächstbeste Oberfläche zu werfen und zu verschlingen.

KAPITEL FÜNF

Beth atmete erleichtert aus, als sie die Tür hinter sich abschloss. Herrgott, sie hatte sich seit Wochen nicht mehr so erschöpft gefühlt. Sie hasste das Gefühl der Hilflosigkeit. Ganz besonders *hasste* sie, dass Hurst, obwohl er tot war, weiterhin die Macht besaß, sie durchdrehen zu lassen.

Sie entspannte ihre Hand und erwartete, dass Cade sie loslassen würde, war aber überrascht, als er sie festhielt und in Richtung Küche zog.

»Los, lass uns diese Sachen wegräumen.«

Beth folgte ihm und nachdem er endlich ihre Hand losgelassen hatte, machten sie sich gemeinsam daran, die Einkaufstüten auszuleeren. Cade war einzig der Meinung, dass das Hähnchen weggeworfen werden sollte. Alles andere schien in Ordnung zu sein.

Nachdem sie alles weggeräumt hatten, ergriff Cade erneut ihre Hand, zog sie hinter sich her zum Sofa und setzte sich. Beth schaute ihn neugierig an. Er sah tatsächlich erleichterter aus als sie, wieder in ihrer Wohnung zu sein. »Ist mit dir alles in Ordnung?«, fragte sie ihn mit ernster Stimme.

Er lächelte sie an. »Ja. Und mit dir?«

»Mir geht es gut, jetzt, da ich wieder heil und sicher zu Hause bin.«

Cade grinste sie breit an. Er ließ ihre Hand los und Beth konnte nichts gegen das Gefühl von Reue tun, das sie dabei durchfuhr. Es dauerte nur eine Nanosekunde, da er ihr Gesicht in beide Hände nahm und sich zu ihr beugte. Sie spürte die Luftstöße, die aus seinem Mund kamen, als er sprach.

»Ich will dich küssen, Elizabeth Parkins.«

»Ach ja?«

»Ja.«

»Wieso?«

»Wieso?«, fragte Cade verwirrt, zog sich aber nicht von ihr zurück.

»Ja, wieso? Ich bin gerade erst vollkommen durchgedreht. Ich bin immer noch verschwitzt und du musst bestimmt irgendwo hin.«

»Du bist verschwitzt, aber das bin ich auch ... und vor ein wenig Schweiß habe ich keine Angst. Warte nur, bis du mich siehst, wenn ich von einem Einsatz zurückkomme. Ganz besonders wenn es sich um einen Brand handelt. Unsere Einsatzuniform sieht vielleicht sexy aus, aber darin ist es unfassbar heiß. Wenn ich zur Wache zurückkehre, bin ich für gewöhnlich schweißgebadet. Und glaub mir, du willst nicht wissen, wie es in der Umkleidekabine riecht. Manchmal ist es sogar richtig widerlich. Und um deine Frage zu beantworten, bis zu meinem Schichtbeginn morgen um zehn Uhr muss ich nirgendwo sein.«

»Und meine Panikattacke?«

Cade seufzte und lehnte sich ein wenig zurück, damit sie ihm in die Augen sehen konnte. »Du bist durchgedreht, aber obwohl du wusstest, dass es wahrscheinlich passieren würde, hast du mich nicht davon abgehalten, das zu tun, was ich tun musste.«

»Es war niemand anderes in der Nähe, der es hätte tun können.«

»Das verstehe ich, aber du sollst wissen, dass ich dich nicht allein gelassen hätte, wenn du mir gesagt hättest, dass du nicht zurechtkommst, und mich gebeten hättest, bei dir zu bleiben.«

»Cade!«, rief Beth schockiert.

Er zuckte mit den Schultern. »Das stimmt aber. Es ist dir noch nicht klar, aber du brauchst mich nur mit deinem kleinen Finger zu locken, und schon komme ich angelaufen.«

»Das würde ich dir nicht antun. Diese Frau hat dich mehr gebraucht als ich. Tief im Inneren wusste ich, dass ich in deinem Wagen sicher war. Selbst wenn mein Verstand es manchmal vergisst und sich verabschiedet, weiß ich, du und Pen würdet nicht zulassen, dass mich irgendjemand wegschnappt.«

»Verdammt richtig.«

»Es gefällt mir aber trotzdem nicht, dass du mich so sehen musstest. Ich will, dass du mich siehst wie jede andere Frau.«

»Pech gehabt. Ich sehe dich nicht wie jede andere Frau.«

Beth wandte den Blick von ihm an und versuchte, sich von ihm zu lösen. Er ließ es nicht zu und verstärkte seinen Griff.

»Du könntest nie irgendeine andere Frau sein, Beth. Du hast dir etwas beigebracht, wofür andere Menschen normalerweise Jahre an der Uni verbringen müssen, um es zu verstehen. Du hast Penelope geholfen, das zu verarbeiten, was ihr zugestoßen ist, und ich weiß, dass es in Teilen dir zuzuschreiben ist, dass es ihr mittlerweile so gut geht. Und jetzt, da ich darüber nachdenke, tust du für sie vermutlich irgendetwas im Verborgenen, von dem niemand von uns beiden weiß, richtig?«

Beth antwortete nicht, spürte aber, wie ihr die Hitze in die Wangen stieg.

»Jup, ich wusste es. Ich will nicht wissen, was es ist, aber ich danke dir. Sie ist jetzt ein wenig ruhiger geworden, weil sie nicht mehr ständig die Regenbogenpresse und verrückte Stalker abwehren muss, die nur einen Blick auf die Armeeprinzessin erhaschen wollen.«

»Was für ein absolut dämlicher Spitzname.«

»Da stimme ich dir zu. Wie ich bereits sagte, ja, du bist durchgedreht. Aber du hast es geschafft, dich selbst aus dieser Situation zu befreien. Das hat mir gefallen. Falls du es nicht bemerkt hast, ich mag *dich*, Beth. Darf ich dich jetzt küssen? Bitte?«

»Ich weiß nicht besonders viel über dich.«

Cade seufzte in gespielter Verärgerung auf. »Wenn ich dir mehr über mich erzähle, darf ich dich dann küssen?«

»Vielleicht.« Beth lächelte, um ihren Worten den harten Klang zu nehmen. Oh, sie wollte den Kuss dieses Mannes, aber es machte Spaß, ihn zu ärgern, und sie wollte ihn tatsächlich besser kennenlernen. Sie fühlte sich nicht wohl damit, ihre Lippen auf die eines Mannes zu pressen, dem sie erst vor Kurzem begegnet war, selbst wenn er der Bruder einer ihrer engsten Freundinnen war. Mit ihm über das Internet zu sprechen war etwas anderes, als aus seinem eigenen Mund über sein Leben zu erfahren.

»Ich gehe davon aus, dass du heute nicht arbeitest?«, fragte Cade, als er sie losließ und sich in die Sofaecke zurücklehnte.

»Nein, ich habe heute frei«, sagte Beth zu ihm, machte es sich in der anderen Ecke bequem und zog die Füße unter sich. Von dem, was passiert war, war sie immer noch etwas wackelig auf den Beinen, doch wenn man alles in Betracht zog, fühlte sie sich überraschenderweise ziemlich gut.

»Also gut, was willst du wissen?«

»Alles«, entgegnete Beth umgehend.

»Ich glaube, das wird zu lange dauern«, sagte Cade lachend. »Schauen wir mal, ob ich es ein wenig zusammenfassen kann. Du weißt, dass Penelope meine Schwester ist. Sie ist zwei Jahre jünger als ich und wir standen uns immer schon sehr nahe.«

»Keine Geschwisterrivalität?«

»Nicht wirklich. Sie ist mir immer hinterhergelaufen, aber weil sie keine Nervensäge war, war das okay. Sie war ein totaler Wildfang und konnte viele meiner Freunde an die Wand spielen, als ich noch jünger war. Wir waren beide traurig, als ich zur Highschool wechselte und sie noch in der Mittelstufe war.«

»Das ist ungewöhnlich. Mein Bruder ist drei Jahre

älter als ich und auch wenn wir uns jetzt nahestehen, wollte er nichts mit mir zu tun haben, als wir noch zur Schule gegangen sind«, erklärte Beth.

»Ich verstehe. Ich bin mir nicht sicher warum, aber wir haben uns gegenseitig angetrieben, besser zu werden«, sagte Cade zu ihr, als er sich mit dem Polster im Rücken entspannte, anscheinend ohne sich für die enge Beziehung zu seiner Schwester zu schämen. »Als ich der Laufgruppe beigetreten bin, hat Penelope sich in ihrem ersten Highschool-Jahr ganz besonders angestrengt, um es zu mir in die Schulmannschaft zu schaffen. Anstatt mich von ihr erdrückt zu fühlen, war es vielmehr so, als würde sie hinter mir stehen, und ich stand ganz sicher hinter ihr.«

»Ich habe das Gefühl, dass es dazu eine Geschichte gibt.«

»Du bist ein aufmerksames kleines Ding, weißt du das?«

»Ich bin nicht klein«, protestierte Beth.

»Nein, das bist du nicht. Du bist perfekt.« Ohne ihr die Möglichkeit zum Widerspruch zu geben, fuhr Cade fort: »Es gab da dieses Mädchen, auf das ich in meinem Abschlussjahr scharf war. Sie brauchte mich bloß anzulächeln und ich hätte alles getan, worum sie mich bat. Sie beachtete mich nicht, bis ich am Ende meines zweiten Highschool-Jahres Landesmeister wurde. In jenem August war sie hin und weg von mir und ich war begeistert. Ich wusste, dass ich – entschuldige meine Ausdrucksweise – eine scharfe Muschi bekommen würde, und konnte es nicht erwarten, sie flachzulegen.«

Beth lachte, wie Cade es beabsichtigt hatte. Zuzusehen, wie sie sich noch weiter entspannte, gab ihm das

Gefühl, Berge erklimmen zu können. Wenn er dafür sorgen konnte, dass Beth vergaß, was passiert war, selbst wenn es nur für wenige Minuten war, hatte es den Anschein, als hätte er eine riesige Hürde überwunden.

»Nun, eines Tages hörte Penelope, wie dieses Mädchen und ihre Freundinnen sich in der Umkleidekabine unterhielten. Anscheinend hatten sie irgendeine kranke Wette am Laufen, wer von ihnen als Erstes schwanger werden könnte. Sie hatten beschlossen, Babys haben zu wollen, und Unterhaltszahlungen von den unglücklichen Vätern zu erhalten war ein zusätzlicher Bonus. Sie hatten nicht die Absicht zu heiraten, aber von Freunden und Familie die ganzen süßen Babysachen zu bekommen und in der Lage zu sein, ihre hinreißenden Babys herumschleppen zu können, um Aufmerksamkeit zu bekommen, schien für sie der perfekte Lebensplan zu sein.«

Beth gab tief in der Kehle einen Würgelaut von sich. »Ernsthaft? Ich meine, ich weiß, ich bin jünger als du, aber wirklich? Die meisten Mädchen, die ich auf der Highschool kannte, haben alles dafür getan, um *nicht* schwanger zu werden. Das klingt sehr weit hergeholt.«

»Da stimme ich dir zu. Ich konnte es auch nicht glauben. Wer würde das schon? Das war einer der schlimmsten Streits, die Penelope und ich je hatten. Sie hat mir erzählt, was sie gehört hatte, und ich wollte ihr keinen Glauben schenken. Ich war zu sehr damit beschäftigt, endlich Sex zu haben.«

»Verdammte Teenagerhormone.«

»Ganz genau.«

»Und was ist dann passiert? Ich gehe davon aus, dass

nicht irgendwo auf der Welt ein Teenager-Cade herumläuft?«

»Nein, auf keinen Fall. Ich habe eine Sekunde lang innegehalten, um nachzudenken. Penelope war niemand, der mich anlügen würde. Ich habe weiterhin mit diesem Mädchen geflirtet, aber weil sie es nicht geschafft hat, mich schnell genug gefügig zu machen, hat sie sich schließlich anderweitig umgesehen. Sie wollte die Wette gewinnen und die Erste sein, die schwanger wird, und da ich mir Zeit ließ, hat sie sich einfacherer Beute zugewandt. Am Ende wurde der Quarterback der glückliche Vater. Ich habe gehört, sie hat das Baby im Sommer nach unserem Abschluss zur Welt gebracht.«

»Pen hat dir offensichtlich verziehen.«

»Sie hat mich dafür arbeiten lassen, aber es stimmt. Sie hält es mir immer noch vor. Ich liebe sie aber. Es hat mich fast umgebracht, als sie verschwunden war.« Cade wusste, dass er sich auf dünnes Eis begab. Er wollte sie mit seinen Worten nicht an ihre eigene Entführung erinnern, sondern dafür sorgen, dass Beth seine nächste Aussage verstand. »Ich habe in den Nachrichten davon gehört, dass einige Soldaten vermisst wurden, bevor die Armee uns kontaktiert hat, um uns mitzuteilen, dass Penelope darunter ist. Sie mussten eine Art Vorwarnung gehabt haben, was ISIS tun würde, denn schon am nächsten Tag wurde das erste Video von ihr veröffentlicht, in dem sie dieses verdammte Manifest vorlas.«

»Was ist mit deinen Eltern?«

»Was ist mit ihnen?«

»Ich erinnere mich nicht daran, viel von ihnen gesehen oder gehört zu haben, während sie verschwunden war.«

Cade seufzte. »Versteh mich nicht falsch. Ich liebe meine Eltern, aber sie sind mehr der Typ, der zu Hause sitzt und verzweifelt mit den Händen ringt. Sie haben alles getan, worum ich sie gebeten habe, aber sie sind nicht diejenigen, die das Heft selbst in die Hand nehmen.«

»Du aber schon.«

»Das bin ich«, stimmte Cade zu.

Beth bekam große Augen, sagte aber nichts weiter dazu.

Er fuhr fort: »Ich habe Himmel und Hölle in Bewegung gesetzt, um meine Schwester zu beschützen. Ich habe alle Personen in der Presse und der Regierung angeschrieben und angerufen, für die ich Kontaktinformationen finden konnte, und habe auf ihre Notlage in den sozialen Medien aufmerksam gemacht. Sie war für mich nicht irgendeine hübsche Frau im Fernsehen. Sie war meine *Schwester*. Mein Fleisch und Blut. Meine Eltern haben getan, was sie konnten, aber ich habe keine Ruhe gegeben, bis der Präsident höchstpersönlich etwas getan hat, um sie zurückzuholen.«

»Und du hast es geschafft. Sie sind eingeschritten und haben sie rausgeholt.«

»Das haben sie. Es war nicht einfach. Ich habe viele schlaflose Nächte damit verbracht, mich zu fragen, wo sie ist und was sie durchmacht, aber ich muss ehrlich sagen, dass ich Glück hatte.«

»Glück?«

»Ja. Da draußen gibt es so viele, die nicht wissen, was mit ihren geliebten Menschen passiert ist. Kinder verschwinden. Teenager laufen davon und man hört nie wieder etwas von ihnen. Erwachsene sind plötzlich wie vom Erdboden verschluckt und werden nie mehr gefunden. Vielleicht werden Knochen entdeckt, aber sie werden nicht identifiziert. Ich hatte Glück. Ich habe Penelope zurückbekommen.«

»Aber sie ist nicht mehr dieselbe.« Beth flüsterte diese Worte.

»Nein, das ist sie nicht. Aber weißt du was? Das ist mir scheißegal. Sie ist und bleibt meine Schwester und ich liebe sie heute genauso sehr, wie ich es immer getan habe. Alles in diesem Leben verändert uns. Jede Erfahrung, die wir machen, besitzt die Möglichkeit, unseren Lebensweg fundamental zu verändern. Das Wichtige ist, wie man mit diesen Veränderungen umgeht.«

»Was, wenn man damit nicht umgehen kann?«

»Ich hoffe sehr, dass du nicht von dir selbst sprichst, Liebes. Denn so wie ich es sehe, gehst du mit der ganzen Sache ausgesprochen gut um.«

»Das tue ich nicht.«

»Doch, das tust du. Verdammt, Beth. Du arbeitest Vollzeit. Du hast dir selbst überaus schwierigen Computer-Code beigebracht. Du sitzt nicht herum und versinkst in Selbstmitleid oder schottest dich von allem ab. Es stimmt, es fällt dir schwer, nach draußen zu gehen, aber du versteckst dich nicht davor. Du hältst dich an meiner Schwester fest und jetzt auch an mir, beißt die Zähne zusammen und tust es trotzdem. Dazu braucht es Mut. Mut, den viele Menschen nicht haben. Du hast keine Ahnung, wie stark du bist. Du darfst nicht übersehen, wie weit du schon gekommen bist.«

Beth ignorierte seine Worte über sie und sagte: »Pen kann sich glücklich schätzen, dich zu haben.«

»Ich kann mich glücklich schätzen, *sie* zu haben«,

konterte Cade. »Ernsthaft, sie hat sich den Arsch aufgerissen. Sie ist mir in den Feuerwehrdienst gefolgt und dann den Armeereservisten beigetreten, als sie einen größeren Unterschied in der Welt machen wollte. Sie hat ihre Arbeit geliebt, aber während der letzten Jahre war es langweilig geworden, immer ins Ausland geschickt zu werden. Sie hatte bereits vorgehabt, die Armee zu verlassen, aber die Sache mit ISIS hat sie darin nur noch weiter bestärkt.«

»Das kann ich mir vorstellen. Wolltest du nie etwas anderes tun?«

»Nein, ich liebe das, was ich tue. Keine zwei Tage bei der Arbeit sind gleich. Wir können an einem Tag einen Grasbrand, einen Autounfall und einen Herzinfarkt haben. Am nächsten Tag müssen wir vielleicht helfen, ein Baby zur Welt zu bringen. Ich liebe es, Menschen zu helfen. Das ist mein Beruf.«

»Er ist gefährlich«, beobachtete Beth.

Cade zuckte mit den Schultern. »Nicht wirklich. Ich meine, ja, es gibt Situationen, in denen ein Gebäude in Flammen steht und eine Person vermisst wird, dann müssen wir reingehen und sie retten. Aber größtenteils geht es mehr um die menschliche Seite der Dinge. Die Hand von jemandem zu halten, der blutend am Boden liegt. Einem Mann beizustehen, dessen Frau einen Krampfanfall hat. Ich mag einfach das Gefühl, dass meine Arbeit anderen Menschen auf eine kleine Art hilft.« Als ihm klar wurde, dass seine Worte Beth eventuell ein schlechtes Gefühl bereiten könnten, versuchte er schnell, das Gespräch aufzuheitern. »Was ist deine Lieblingsfarbe?«

»Was?«

»Deine Lieblingsfarbe. Wir haben viel über schwere Themen gesprochen ... wie wäre es, wenn wir uns um das Wesentliche kümmern? Ich glaube, ich kann mit niemandem zusammen sein, der die Farbe Schwarz allem anderen vorzieht.«

»Mir war nicht klar, dass wir zusammen sind«, sagte Beth leicht sarkastisch.

»Oh, wir sind zusammen, Liebes. Du glaubst doch nicht, dass ich mich mit jedem Mädchen auf die Spielerbank setze, oder?«

»Auf die Spielerbank setzen? Wovon redest du?«

Cade lachte. »Händchen halten ... die Spielerbank. Ich habe heute Abend versucht, dich zu küssen, aber das wolltest du nicht. Also haben wir noch nicht die erste Base erreicht ... wir sitzen nur auf der Spielerbank.«

Beth rollte bei Cades Baseballvergleich mit den Augen. Er war urkomisch, aber sie war der Meinung, dass es nicht in ihrem besten Interesse sei, ihn noch anzustacheln. Sie lenkte das Gespräch zurück auf ihre Lieblingsfarbe. »Ich möchte zu gern Schwarz sagen, nur um dich durcheinanderzubringen, aber dann würde ich lügen. Blau. Und deine?«

»Blau. Und das sage ich nicht bloß, um mich bei dir einzuschleimen. Essen?«

»Nudeln. Vorzugsweise Ramen-Nudeln. Ich liebe diese Dinger.«

»Die billigen in der viereckigen Packung? Du weißt, dass sie schlecht für dich sind, nicht wahr?«

»Mir egal. Dass sie billig sind, ist nur ein weiterer Vorteil.«

»Hmmm, okay, Nudeln. Damit kann ich leben. Ich mag ein gutes Steak.«

»Rosa in der Mitte mit blutigem Fleischsaft?«

Cade lächelte, denn er liebte ihr ungezwungenes Gespräch. »Gibt es eine andere Art, es zuzubereiten?«

»Nein. Okay, schauen wir mal ... Musik?«

»Country.«

»Igitt, ich wusste, dass ich irgendetwas an dir nicht mögen würde«, sagte Beth mit ernstem Gesichtsausdruck zu ihm.

»Oh, komm schon. Ich würde aus dem Bundesstaat verbannt werden, wenn ich Country nicht mögen würde.« Cade sah sie mit einem Schmollblick an.

Beth lachte. »Oh lieber Gott, bitte mach nicht so ein Gesicht. Das war das Jämmerlichste, was ich je gesehen habe. Ich werde dich Country hören lassen, aber wenn du jemals anfängst, Rap zu hören, werde ich mich von dir trennen müssen.«

»Siehst du? Selbst du gibst zu, dass wir zusammen sind. Du kannst dich nicht von mir trennen, wenn wir nicht zusammen sind.«

Beth rollte noch einmal mit den Augen. »Und wenn ›Call Me Maybe‹ gespielt wird, ist es höchst wichtig, dass es so laut wie möglich aufgedreht wird, damit ich es lippensynchronisieren kann.«

»Hast du dieses Video gesehen –«

»Das von den Soldaten im Irak, die die Cheerleader imitiert haben, die es lippensynchronisiert haben?«

»Jup.«

»Oh mein Gott, ja. Das ist eins meiner absoluten Favoriten. Ich habe es mir gespeichert. Manchmal bette ich es in einen Code für Arschlöcher ein, damit es dann auf ihren Computern aufpoppt, wenn sie es am wenigsten erwarten.«

Cade lachte, bis er Seitenstechen bekam. »Das tust du nicht!«

»Doch, tue ich. Entweder das oder das Lied von *Die Eiskönigin*.« Sie legte eine Hand über ihr Herz und sang mit dramatisch zurückgelegtem Kopf: »Let it gooooooooooo.«

Sie lachten miteinander und stellten sich den Gesichtsausdruck von jemandem vor, auf dessen Computer dieses Lied völlig unerwartet mitten in einem Pornovideo oder etwas anderem auftaucht.

»Du bringst mich zum Lachen, Beth.«

Sie lächelte über den Mann, der auf ihrem Sofa saß. Es war schwer zu glauben, dass sie ihn erst vor einer Woche getroffen hatte. Sie hatte gehört, wie Penelope zuvor bereits von ihrem Bruder erzählt hatte, aber nie erwartet, diese Verbindung mit ihm oder irgendeinem anderen Mann zu haben. Es kam ihr vor, als würde sie ihn schon seit Jahren kennen, nicht erst seit Tagen.

»Willst du zum Abendessen bleiben?« Beth hatte diese Worte ausgesprochen, bevor sie sie zurückhalten konnte.

»Ja.« Cades Antwort kam, ohne zu zögern, und war aufrichtig.

»Ich schätze, das ist das Mindeste, was ich nach dem heutigen Tag tun kann.«

»Nein. Der heutige Tag hat damit nichts zu tun. Du schuldest mir nichts. Bitte mich zu bleiben, weil du mich besser kennenlernen willst. Bitte mich zu bleiben, weil du *willst*, dass ich bleibe, nicht weil du der Meinung bist, dass du es tun solltest. Bitte mich zu bleiben, weil du am Ende unserer Verabredung einen Gutenachtkuss haben möchtest, nicht weil du glaubst, mir oder meiner

Schwester gegenüber irgendwelche Verpflichtungen zu haben.«

Beth biss sich auf die Lippe, überwand jedoch ihre Schüchternheit. »Möchtest du zum Abendessen bleiben, Cade? Ich würde dich gern besser kennenlernen.«

»Das wäre wunderbar. Danke, dass du mich gefragt hast.«

KAPITEL SECHS

Beth tippte auf ihrer Tastatur herum und schaute immer wieder zu Cade hinüber, der tief und fest neben ihr auf dem Sofa schlief. Die beiden hatten ein wunderbares Abendessen gehabt. Sie hatte einen Junggesellenauflauf gemacht; Nudeln, Champignoncremesuppe, gehacktes Büffelfleisch, saure Sahne und Käse. Es war ein einfaches Gericht und ging relativ schnell. Und er hatte recht gehabt. Das Büffelfleisch schmeckte genau wie Rind, aber es war gesünder.

Sie hatten sich weiter über ihre Vorlieben und Abneigungen unterhalten und Beth konnte sich nicht daran erinnern, seit ihrem Umzug von Kalifornien nach Texas mehr gelacht zu haben. Nach einer Weile hatte Cade gefragt, ob sie ihm zeigen könne, was sie im Internat tat.

Also hatte sie ihren Laptop aufgeklappt und ihm eine Einführung in das Dark Web gegeben, wobei sie versucht hatte, ihm zu erklären, wie die Guten arbeiteten und was die Bösewichte zu Bösewichten machte. Um die Dinge zu vereinfachen, hatte sie die Analogie von Cowboys mit weißen und schwarzen Hüten in alten Fernsehserien und Filmen benutzt. Zwar waren beide Verbrecher, aber die Cowboys mit den weißen Hüten versuchten tatsächlich, etwas Gutes zu tun. Cade gab zu, dass er das meiste nicht verstand, dennoch hatte es ihm Spaß gemacht, ihr dabei zuzusehen, wie sie ihre Finger über die Tatstatur fliegen ließ, als sie beim Herunterscrollen den Code bearbeitete.

Irgendwann hatte er sie gefragt, ob es ihr etwas ausmachen würde, wenn er las, während sie arbeitete. Als sie den Kopf schüttelte, hatte er sein Handy hervorgezogen und seine Lese-App geöffnet. Er war vor dreißig Minuten eingeschlafen, wobei sein Telefon ihm beinahe aufs Gesicht gefallen war, als er wegdämmerte.

Nebeneinanderzusitzen, während jeder sein eigenes Ding machte und es trotzdem genoss, Zeit mit dem anderen zu verbringen, war für Beth etwas Neues. In der Highschool oder auf dem College hatte sie nie einen Freund gehabt, dem es Spaß machte, mit ihr abzuhängen und nichts zu tun. Verdammt, sie hatte noch nie einen Freund gehabt, der zufrieden damit war, faul neben ihr zu liegen und zu *lesen*, während sie arbeitete. Es war verrückt, aber die Art von verrückt, an die Beth sich gewöhnen könnte.

Cade hatte den Kopf auf die Rückenlehne ihres Sofas gelegt und seine Füße ohne Schuhe vor sich ausgestreckt. Seine Jeans spannte an seinen Beinen und im Schritt, was Beth die Gelegenheit gab, die Umrisse seines Schwanzes problemlos erkennen zu können. Er war ein großer Mann, aber zum ersten Mal in ihrem Leben machte ihr das keine Angst. Also, der tatsächliche Sexualakt rief Zweifel in ihr hervor, aber seine Größe hatte damit nichts zu tun.

Mit seinen eins dreiundachtzig war er größer als sie und konnte helfen, sie gegen jemanden zu beschützen, der ihr eventuell schaden wollte, und Beth musste widerwillig zugeben, dass darin ein großer Teil der Anziehung lag. Vor ihrer Entführung war sie nicht so oberflächlich gewesen, aber sie nahm an, dass das nun ein Teil ihrer Psyche war und sie sich deswegen nicht schlecht fühlen würde.

Cades Arme waren muskulös. Das mussten sie auch sein, damit er die Feuerwehrschläuche halten konnte, von denen er vorhin gesprochen hatte. Er hatte ihr einige der körperlichen Aufgaben erläutert, die er erfüllen musste, um den Fitnesstest zu bestehen, und ihr erklärt, was er tat, um fit zu bleiben. Feuerwehrmann zu sein bedeutete nicht nur, Türen einzutreten und einen Schlauch in ein brennendes Gebäude zu ziehen. Er musste heben, sich strecken, klettern und manchmal sogar laufen, und all das in Sicherheitskleidung und Ausrüstung.

Bevor sie abgelenkt worden war, hatte Cade ihr von dem jährlichen Treppensteigewettbewerb für einen guten Zweck erzählt, an dem sie jedes Jahr Anfang September teilnahmen. Um die Feuerwehrleute und Polizisten zu ehren, die bei den Angriffen auf das World Trade Center in New York City ums Leben gekommen waren, stiegen Feuerwehrleute auf der ganzen Welt insgesamt einhundertzehn Etagen hinauf, was der Anzahl der Etagen in den Türmen des World Trade Centers entspricht. Alle trugen dabei ihre Einsatzuniformen, die fast zwanzig Kilo wogen, genau wie die Feuerwehrleute es an jenem verhängnisvollen Tag getan hatten. Beth wollte die Veranstaltung unterstützen und wenn sie schon nicht körperlich anwesend sein konnte, war es ihr zumindest möglich, Geld zu spenden.

Doch wie gern sie dabei sein wollte. Es wäre wundervoll, neben Cade und Penelope und den anderen Feuerwehrleuten zu stehen, die in Wache sieben arbeiteten. In jenem Moment traf sie die Entscheidung, es zu ihrem Ziel zu machen. Sie würde es vielleicht nie erreichen, es wäre vermutlich zu viel für sie, sich inmitten einer großen Menschenmenge aufzuhalten, die bei solch einer Veranstaltung sicherlich anwesend wäre, doch sie würde versuchen, sich dorthin hochzuarbeiten.

In Cades Nähe zu sein erweckte in ihr bereits den Wunsch, Dinge tun zu wollen, die sie vor einer Woche nicht einmal in Erwägung gezogen hätte. Das musste etwas Positives sein. Zumindest hoffte sie es.

Beth wandte sich wieder ihrer Tastatur zu und zwang sich dazu, sich darauf zu konzentrieren, die Schwachstelle in dem Code zu finden, den sie derzeit betrachtete. Es gab einige Unternehmen, die einen wasserdichten Code programmieren konnten, und während der letzten zwei Jahre hatte sie gelernt, nicht aufzugeben ... irgendwann würde sie einen Weg hindurch finden. Es war eine Herausforderung und sie war immer stolz auf sich, wenn sie herausgefunden hatte, wie man sich einhacken konnte.

Wenn sie einer der Bösewichte wäre, hätte sie sich bereits mit Millionen von Dollar und Milliarden von Sozialversicherungsnummern, Geburtsdaten, Kreditkartennummern und vielem mehr aus dem Staub gemacht haben können, aber es war die Herausforderung, den Code zu knacken, die sie antrieb, und nicht der Diebstahl. Sie hatte harmlose, wenngleich illegale Hacks durchgeführt, wie ihrer Mom und ihrem Dad bei einem der wenigen Male, die sie geflogen waren, um sie zu besuchen, ein Upgrade für die erste Klasse zu beschaffen oder ihren Bruder auf jede existierende Newsletterliste für Bräute zu setzen, damit er für den Rest seines Lebens Spamnachrichten von Brautmodengeschäften bekam, weil er sie damit aufgezogen hatte, dass sie ein Computer-Geek sei (was er danach wieder zurückgenommen hatte).

»Hab ich dich«, murmelte Beth leise, als die gesamte Kaufhistorie eines großen Einzelhändlers auf ihrem Bildschirm erschien. Sie hatte lediglich eine Stunde gebraucht, um die Hindernisse in der Firewall zu überwinden und sich in ihre Kundendatei einzuhacken.

»Was hast du gefunden?«

Beth kreischte beinahe überrascht auf, als Cade ihr die Worte direkt neben ihr ins Ohr sagte.

»Meine Güte, Cade. Du hast mich zu Tode erschreckt.«

Er lachte leise und Beth schauderte, als sein Atem sie am Hals berührte.

»Tut mir leid, Liebes. Wen hast du jetzt gehackt?«
»Niemand.«
»Komm schon, wen?«
»PayPal.«

Als er nichts entgegnete, sah Beth vorsichtig zu ihm auf. Vor Erstaunen stand ihm der Mund buchstäblich weit offen.

»Ich habe nichts *gemacht*. Ich wollte bloß sehen, ob ich mich einhacken kann.«

»Meine Güte, Liebes. Ich weiß, dass ich mich wiederhole, aber ernsthaft, ich *muss* dich Dax oder Cruz vorstellen. Deine Talente sind im Kundenservice eine absolute Verschwendung. Die beiden würden über Leichen gehen, um dich auf ihren Gehaltslisten zu haben. Und jetzt los, geh mit deinem hübschen Hintern aus dieser Webseite raus. Es ist schon spät. Du musst schlafen.«

»Ich schlafe nicht besonders viel, das habe ich dir doch gesagt.«

»Warum nicht?«

Beth zuckte mit den Schultern, obwohl sie genau wusste wieso. »Ich werde mich in ein paar Stunden hinlegen.«

Cade beäugte sie, protestierte aber nicht und versuchte auch nicht, sie davon zu überzeugen, sich beim Einschlafen mehr anzustrengen. Seine nächsten Worte waren sehr viel überraschender. »Darf ich bleiben?«

»Bleiben?«

»Ich weiß, dass ich mein Glück herausfordere, aber ich bin vollkommen fertig. Mein Haus liegt auf der anderen Seite der Stadt und um diese Uhrzeit würde ich rund zwanzig Minuten brauchen, bis ich dort wäre. Ich werde ganz brav sein und bin vollkommen zufrieden, hier auf deinem Sofa zu schlafen. Ich muss morgen um zehn Uhr bei der Arbeit sein ... nun, heute ... und bevor ich dort hinfahre, will ich noch das Hähnchen ersetzen, das wir heute wegwerfen mussten.«

»Es besteht kein Bedarf, für mich einkaufen zu gehen. Ich kann es später besorgen. Aber ja, du kannst bleiben.«

»Ich kann gehen, wenn es dir unangenehm ist.«

»Das ist es nicht. Solange du dich nicht in Hannibal Lecter verwandelst, ist alles in Ordnung.«

Cade grinste über ihre Serienmörder-Bemerkung, sagte aber weiter nichts dazu. »Okay, dann werde ich mich einfach hier ausstrecken. Ich habe einen festen Schlaf, du brauchst dir um mich also keine Sorgen zu machen.«

»Ich habe ein Gästezimmer.«

Cade gähnte und machte es sich wieder auf dem Sofa bequem. »Das hier ist perfekt.«

»Ich setze mich nur schnell auf den –« Sie wollte gerade »Stuhl« sagen, als Cade sie unterbrach.

»Bleib sitzen. Ich mag es, wenn du neben mir bist.«

Gegen diese Logik hatte sie kein Argument vorzubringen. »In Ordnung, aber das Sofa hat auf dieser Seite eine Liegefunktion. Das ist für dich wahrscheinlich bequemer.«

»Oh Mann, jetzt hast du was gesagt.« Cade stöhnte ekstatisch auf, als er den Hebel fand, und streckte sich so weit aus, bis er fast flach auf dem Rücken lag. »Jetzt wirst du mich nie mehr los. Mein Hintern wird mit diesem Polster verschmelzen und du wirst einen Kran holen müssen, um mich rauszuhieven.«

Beth kicherte. »Es wird dir schon früh genug auf die Nerven gehen, hier zu sein.«

»Darauf würde ich nicht wetten, Liebes.«

Seine Worte waren unbeschwert daher gesagt, doch bei der Ernsthaftigkeit in seiner Stimme musste Beth schwer schlucken. »Gute Nacht, Cade. Danke für alles, was du heute gemacht hast.«

»Gute Nacht. Und gern geschehen.«

Es dauerte eine Weile, doch Beth wandte die Aufmerksamkeit schließlich von dem wunderbaren Mann ab, der friedlich neben ihr schlief, und richtete den Blick wieder auf ihren Computerbildschirm. Es gab noch eine andere Firewall, die sie versuchen wollte, heute

Nacht zu durchbrechen, und sie musste sich konzentrieren. Sie hatte Cade vorhin gehört, als er seine Sorgen über ihre illegalen Onlineaktivitäten zum Ausdruck brachte ... aber es war schwer, den Rausch aufzugeben, den sie verspürte, wenn sie ihr Ziel erreichte, sich in ein System zu hacken, das eigentlich hacksicher war. Das war eine der wenigen Sachen in ihrem Leben, die sie stolz auf sich selbst machten.

Die Regierung sah es nicht gern, wenn Menschen sich in ihre Datenbanken einhackten – aber für sie war genau das Teil des Grundes, warum sie herausfinden wollte, ob es ihr gelingen könnte.

KAPITEL SIEBEN

Cade stand an Beths Wohnungstür und wartete darauf, dass sie zu ihm aufsah. Er hatte wirklich nicht einschlafen wollen, war aber begeistert, dass sie ihm erlaubt hatte zu bleiben. Er war gegen drei Uhr morgens allein im Wohnzimmer aufgewacht, hatte gesehen, dass Beths Laptop auf dem Tisch neben ihrer Seite des Sofas stand, und gedacht, sie sei endlich zu Bett gegangen.

Es gefiel ihm nicht, dass sie nicht gut schlief, und so sehr er auch etwas dagegen tun wollte, dachte Cade, es läge vermutlich mehr daran, dass ihr Gehirn nicht abschaltete und sie sich an zu viel von dem Mist erinnerte, der ihr passiert war, anstatt an die Tatsache, dass sie schlafen musste.

Er war wach, als sie gegen sieben Uhr ins Zimmer kam. Sie hatte eine Kanne Kaffee gemacht und er war losgefahren, um Hähnchen für sie zu kaufen. Nachdem er vom Supermarkt zurückgekehrt war, hatten sie ungezwungen miteinander gefrühstückt.

Jetzt war es Zeit für ihn, zur Arbeit zu fahren, doch

sein Herz schlug heftig in seiner Brust. Seit gestern Abend dachte er über diesen Moment nach und hoffte inständig, dass sie genauso empfand.

»Danke für alles. Frühstück, den Schlafplatz, alles.«

»Gern geschehen.«

»Glaubst du, du weißt nun genug von mir, um dir von mir einen Guten-Morgen-bis-später-Kuss geben zu lassen?«

Cade sah, wie sie errötete, dann nickte sie schüchtern.

Er rief sich ins Gedächtnis, sie nicht wie ein hungriger, wilder Straßenköter anzufallen, ging einen Schritt auf sie zu und kam ihr ganz nahe. Er legte eine Hand auf ihren Oberarm und die andere an ihre Hüfte in dem Versuch, ihr nicht das Gefühl zu geben, eingesperrt zu sein. Ihr offenes Haar fiel ihr über Schultern und Oberkörper, es war ungezähmt und durcheinander … und absolut wunderschön.

Er beugte sich zu ihr, wie er es am Abend zuvor bereits getan hatte, zögerte mit den Lippen über ihren aber. Er wollte sie vereinnahmen. Er wollte nichts mehr, als sich hinunterzubeugen, ihre Lippen mit seinen eigenen einzufangen und sie in Besitz zu nehmen. Schon möglich, dass sie in ihrem Kopf mit irgendwelchem Mist beschäftigt war, aber sie war ein guter Mensch. Lustig, klug, sarkastisch und sehr unterhaltsam. Cade wollte sie, aber er würde zunächst mit einem Kuss beginnen.

Er wollte jedoch, dass sie es genauso sehr wollte wie er. Er hatte das Gefühl, Beth zu drängen, aber Cade musste wissen, dass sie diesen Kuss wollte und nicht nur deshalb mitmachte, weil er ihr gestern geholfen hatte oder Penelopes Bruder war.

Cade hielt den Atem an und wartete einen Moment

lang ab, ohne den Blickkontakt zu unterbrechen. Endlich bewegte sie sich die zwei Zentimeter, die noch gefehlt hatten, um ihre Lippen zusammenzubringen, und er seufzte. Jeder Muskel in seinem Körper entspannte sich vor Erleichterung. Gott sei Dank.

Ohne ihr Zeit zu lassen, ihm nur einen schnellen Kuss zu geben und sich dann wieder zurückzuziehen, nahm Cade sich, was sie ihm anbot. Er presste seine Lippen auf ihre und leckte zart darüber. Als sie nach Luft schnappte, nutzte er die Gelegenheit und stieß seine Zunge in ihren Mund. Sie schmeckte nach Kaffee ... und Sonnenschein.

Scheiße, er wurde philosophisch, aber verdammt, sie war großartig.

Es war offensichtlich, dass sie im Küssen keine Expertin war, aber er spürte ihren Eifer und ihre Unschuld. Sie drehte den Kopf zur Seite in dem Versuch, ihm näher zu kommen, und Cade zog sie an sich, bis sie sich von den Hüften bist zur Brust berührten, doch auch das fühlte sich immer noch nicht nahe genug an. Er zog sich kurz zurück, um sich davon zu überzeugen, dass sie in Ordnung war, und als sie stöhnte und sich auf Zehenspitzen stellte, um ihm näher zu kommen, vereinnahmte er erneut ihren Mund.

Dieses Mal zeigte er ihr, was zu tun war. Mit seiner Zunge spielte er mit ihrer, dann zog er sich zurück und ermutigte sie, es ihm gleichzutun. Sie tat es. Bei der ersten vorsichtigen Berührung ihrer Zunge an seinen Lippen drang tief aus seiner Kehle ein Stöhnen. Dieser winzige Laut musste Beth in ihrer Konzentration gestört haben, denn sie zog sich zurück und errötete.

Cade lehnte seine Stirn an ihre und schloss die

Augen. Er gab ihr den mentalen Raum, von dem er wusste, dass sie ihn benötigte, aber nicht den körperlichen. Mit einer Hand streichelte er seitlich über ihren Kopf, dann führte er diese Hand hinter ihr Ohr, wobei er ihr gleichzeitig das Haar zurückstrich. »Mmmmm, das war das perfekte Ende einer wunderbaren Verabredung.«

Er spürte, wie sie lächelte, öffnete die Augen und lehnte sich zurück. Er wollte es selbst sehen. Ja, es war winzig und vorsichtig, aber es war da. »Danke, Liebes. Das wird mich durchhalten lassen, bis ich dich wiedersehen kann.«

Beth strich sich eine Haarsträhne hinter das andere Ohr und er konnte sehen, dass es ihr Mühe bereitete, doch sie sagte: »Ich freue mich darauf.«

Cade beugte sich nach unten, gab ihr rasch einen Kuss auf ihre nun geschwollenen Lippen und trat zurück. Er wollte mehr, aber er war geduldig. Sie musste wissen, dass er sie zu nichts drängen würde, wofür sie noch nicht bereit war. Auf keinen Fall wollte er ihr Angst einjagen. »Ich werde dir später schreiben. Ich habe diese Woche drei Tage Dienst und zwei Tage frei, deshalb werde ich nicht besonders viel Zeit haben, um dich zu sehen, aber ich werde mich auf elektronischem Weg bei dir melden, in Ordnung?«

»Ja, das klingt gut.«

»Wenn du etwas brauchst, lass es mich wissen und ich werde mich darum kümmern.«

»Ich komme schon klar.«

»Das weiß ich. Kannst du mir einen Gefallen tun?«

»Was denn?«

»Versuche, dich so lange nicht in die E-Mails des Präsidenten einzuhacken, bis ich dich auf die FBI-

Gehaltsliste bekomme, okay? Mit dir auszugehen, während du im Gefängnis sitzt, würde meinem Image schaden.«

Beth lachte, wie er es beabsichtigt hatte. »Ich kann nichts versprechen, aber ich werde sehen, was ich tun kann.«

»Das wäre wunderbar. Hab einen schönen Tag, Liebes. Ich werde mich bald bei dir melden.«

»Tschüss, Cade.«

»Tschüss.«

Die nächsten Tage vergingen für Beth relativ schnell. Sie unterhielt sich sowohl mit Penelope als auch mit Cade, wenn die beiden etwas freie Zeit auf der Wache hatten, und widmete sich wieder ihrer Tagesaufgabe, Kundenfragen für ihre Arbeit zu beantworten.

Sie hatte sich sogar ebenfalls Zeit genommen, ihren Bruder David anzurufen. Er lebte in Philadelphia und war in der Marketingabteilung eines großen Steuerbüros tätig. Er hatte immer gesagt, dass es sehr interessant sei, als kreativer Mensch mit einem Haufen Mathematikern zusammenzuarbeiten.

»Hey, Beth, wie geht es dir?«

»So gut, wie es mir eben gehen kann, denke ich.«

»Ich habe letzte Woche ein Abonnement der Zeitschrift *Girls and Corpses* erhalten ... du weißt nicht zufällig etwas darüber, oder?«

»Nein, aber vielleicht willst du wissen, dass du zu deinem Geburtstag eventuell auch die Zeitschrift *Teddy Bear Times* erhältst.«

David lachte. »Es ist schon viel zu lange her, seit ich mit dir gesprochen habe, Schwesterherz. Und jetzt mal ernsthaft, wie geht es dir?«

»Es geht mir besser.«

»Wirklich?«

»Ja, wirklich. Ich musste einige Rückschläge verkraften, aber nichts, was nicht zu erwarten war.«

»Oh, Beth.«

Sie ignorierte die Trauer in der Stimme ihres Bruders und sprach schnell weiter. »Ich habe einen Mann kennengelernt.«

Die Stille in der Leitung war beinahe ohrenbetäubend.

»Einen Mann.« David sagte es nicht als Frage, aber Beth hatte keinen Zweifel, dass es eine war.

»Ja, er ist Penelopes Bruder. Penelope ist die Feuerwehrfrau aus meiner Therapiegruppe, von der ich dir erzählt habe. Ihr Bruder ist ebenfalls ein Feuerwehrmann.«

»Wie hast du ihn kennengelernt?«

»Hmmm, ja, also, ich habe versucht, Moms Brathähnchen zu machen.«

»Das hast du nicht.«

»Doch. Ich hätte fast das Haus abgebrannt und dann ist die Feuerwehr gekommen als Retter in der Not. Er war im Einsatz und später ist er zurückgekommen, um mir beim Saubermachen zu helfen.«

»Dann bist du jetzt also mit jemandem zusammen? Weiß er von deiner Agoraphobie?«

Beth seufzte genervt auf. »Ja, ich glaube, wir sind zusammen. Aber ich lasse es langsam angehen, du brauchst also noch nicht die Schrotflinte auszupacken.«

»Du *glaubst*, ihr seid zusammen?«

»Ja.«

»Und die andere Sache?«

»Nun, ich habe ihm von den Panikattacken berichtet. Er ist Pens Bruder, sie hat ihm erzählt, was mir widerfahren ist.«

»Und damit bist du einverstanden?«

»Erstaunlicherweise ja. Es ist mir lieber, dass sie es ihm erzählt, anstatt es alles selbst noch einmal aufzuwärmen. David, ich mag ihn.«

»Ich habe ein paar Urlaubstage angespart, ich würde dich gern besuchen.«

»Das wäre wunderbar! Solange du nicht vorhast, Cade zu verscheuchen.«

»Er heißt Cade?«

»Ja. Cade Turner. Wann kommst du?«

»Das dauert noch etwas. Ich lasse dich nur wissen, dass es auf meiner Zu-erledigen-Liste steht.«

»Wie geht es *dir*? Gibt es in deinem Leben jemand Speziellen?«

»Es gibt hier einen neuen Buchhalter, auf den ich ein Auge geworfen habe. Er ist ein bisschen streberhaft und streng, aber hinter seiner ernsten Miene habe ich einen bösartigen Sinn für Humor sehen können.«

Beth war die sexuelle Orientierung ihres Bruders immer vollkommen egal gewesen, er war bloß ihr älterer Bruder. »Also dann, viel Glück damit.«

»Es war schön, mit dir zu sprechen. Lass es mit diesem Kerl langsam angehen, okay, Schwesterherz? Ich mache mir Sorgen um dich. Ich will nicht, dass er dich irgendwohin bringt und dich dann allein lässt, weil er denkt, es sei keine große Sache.«

»Das würde er nicht tun. Niemals.«

»Okay. Ruf mich öfter an, geht das? Ich vermisse dich.«

»Das werde ich. Ich liebe dich.«

»Ich liebe dich auch, Beth. Tschüss.«

»Tschüss.«

Beth legte den Hörer auf und lächelte. Sie liebte David und fand es großartig, dass er zumindest versuchte, sich mit jemandem zu verabreden. Sie wollte ihn genauso sehr glücklich sehen, wie er *sie* glücklich und gesund sehen wollte.

Erst nachdem Cade die dritte Nacht bei ihr geschlafen hatte und Beth gelangweilt vom Dark Web auf der Suche nach einer Beschäftigung war, dachte sie über den Minivan nach, der in Flammen gestanden hatte. Sie hatte nicht darüber reflektiert, was geschehen war, weil sie sich mit den Nachwirkungen des Zusammenseins mit Cade, der Panikattacke und seinem Kuss auseinandersetzen musste.

Doch als sie jetzt in ihrer dunklen Wohnung saß, hatte sie plötzlich eine Eingebung.

Während sie in Cades Wagen gesessen und zugesehen hatte, wie die Flammen in den Himmel schlugen, hatte sie keine Angst gehabt, bis das Feuer gelöscht war. War das Zufall gewesen?

Ihr kam ein Gedanke.

Beth stellte ihren Laptop zur Seite und ging in die Küche. Sie kramte in zwei Schubladen herum, bis sie fand, wonach sie gesucht hatte. Sie kehrte ins Wohnzimmer zurück, nahm auf der Sofakante Platz und zog den Couchtisch näher zu sich.

Sie riss eins der Streichhölzer an. Es entzündete sich und Beth hielt es vor sich, während es hinunterbrannte. Bevor die Flamme ihre Finger berührte, pustete sie sie aus und sah zu, wie der Rauch gemächlich in die Luft stieg.

Sie ließ das verbrannte Holzstäbchen auf den Tisch fallen und nahm ein neues zur Hand.

Die Flamme entzündete sich beim ersten Anstreichen und Beth spürte, wie die Sicht vor ihren Augen verschwamm, als sie diesem beim Brennen zusah. Wieder benötigte sie nur einen Atemstoß, um die Flamme zu löschen, die in einer Rauchschwade verschwand.

Sie tat es noch einmal. Und noch einmal. Bis die gesamte Schachtel in verbrannten Streichhölzern vor ihr auf dem Tisch lag.

Beth spürte, wie ihr Herz fest in ihrer Brust klopfte. Es hämmerte nicht, aber ihr Herzschlag war stabil. *Sie* fühlte sich stabil. Die Kontrolle, die sie über die Flamme gehabt hatte, war berauschend gewesen. Sie wusste, dass es nur ein Streichholz war, aber *sie* entschied, wann es brannte und wann die Flamme erlosch.

In ihrem Leben gab es nicht viele andere Sachen, die sie glaubte, unter Kontrolle zu haben.

Sie hatte keine Kontrolle über ihren Körper, wenn sie sich außerhalb ihrer vier Wände bewegen wollte. Sie hatte keine Kontrolle über Hurst gehabt, als er ihr wehgetan hatte. Sie hatte sich sogar außer Kontrolle gefühlt – wenngleich auf eine gute Weise –, als Cade sie geküsst hatte.

Aber das hier. Das war irgendwie anders.

Sie stand abrupt auf und ging zurück in die Küche. Nach einer zehnminütigen Suche kehrte Beth geschlagen zum Sofa zurück. Sie hatte keine Streichhölzer mehr im Haus, nicht einmal eins dieser Propangas-Feuerzeuge, bei denen sich die Flamme mit einem Klick entzündete.

Sie ignorierte die schwarzen Holzenden, die auf dem Couchtisch verteilt lagen, lehnte sich zurück und schaltete aufgeregt ihren Laptop an.

Sie hatte jetzt vielleicht keine, aber morgen konnte sie so viele haben, wie sie wollte. Übernacht-Versand sei Dank.

KAPITEL ACHT

Eine Woche später entspannte Beth mit Penelope und Cade auf dem Sofa. Cade hatte am Tag zuvor von der Feuerwache angerufen und gefragt, ob sie vielleicht mit ihm abhängen und einen Film schauen möchte. Sie hatte ihm gesagt, dass sie es wirklich gern tun würde, aber bereits Pläne mit seiner Schwester hatte.

Er hatte sie gebeten dranzubleiben und sie hatte gehört, wie er durch die Wache nach seiner Schwester brüllte.

»Hey, Schwesterherz!«

»Was ist?« Penelopes Stimme klang weit entfernt und gedämpft.

»Um wie viel Uhr fährst zu morgen zu Beth?«

»Achtzehn Uhr. Wieso?«

»Hast du was dagegen, wenn ich mitkomme?«

»Nein.«

Er war zurück an den Apparat gekommen und Beth hätte schwören können, dass sie das Lächeln in seiner Stimme hörte. »Dann sehen wir uns also morgen?«

Selbstverständlich hatte sie zugestimmt. Sie hatte sich darauf gefreut, beide wiederzusehen. Sie gaben ihr das Gefühl, normal zu sein, und das allein war schon großartig.

Es war schon eine Weile her, seit sie online an der Gruppentherapiestunde teilgenommen hatte, die Pen und sie besuchten, und Beth wusste, dass ihre Freundin ihr heute Abend deswegen in den Ohren liegen würde. Sie wollte wirklich teilnehmen, hatte aber bislang keine Nerven dazu gehabt.

Sie wollte mit jemandem über ihre neue Entdeckung sprechen, kam sich aber seltsam vor, wenn Penelope es wüsste. Sie *bekämpfte* Feuer und Beth wusste instinktiv, dass sie es nicht verstehen und versuchen würde, es ihr auszureden. Aber Beth hatte keine Ahnung, wie etwas, das ihr ein solch immenses Gefühl der Freiheit gab, schlecht sein konnte.

Es war in Ordnung. Es ging ihr viel besser. Sie brauchte die Therapie sowieso nicht mehr so sehr wie vorher.

Beth schaute zu der Glasschiebetür in ihrem Wohnzimmer. Sie war nun schon eine ganze Weile der große weiße Elefant im Zimmer. Die Vorhänge waren fest zugezogen und sie hatte sogar ein Bücherregal davorgestellt, das sie teilweise verdeckte. An diesem Morgen hatte sie tief durchgeatmet und den ersten Schritt getan, um ein normaleres Leben zu führen. Sie hatte das schwere Möbelstück weggeschoben.

Pen hatte nichts dazu gesagt, als sie gekommen war, aber Beth konnte sehen, dass sie etwas sagen wollte. Im Zimmer war es etwas heller, obwohl die Vorhänge weiterhin geschlossen waren. Beth wusste, dass sie irgendwo anfangen musste, wenn sie jemals in der Lage sein wollte, beim Treppensteigewettbewerb dabei zu sein oder ihre Wohnung verlassen zu können, ohne die Hand von jemandem zu halten.

In Wahrheit machte es ihr schreckliche Angst. Jeder konnte die Tür zerbrechen, sie war nur aus Glas. Die Terrasse ging in ein großes Areal hinter dem Wohngebäude über. Vor jeder Erdgeschosswohnung befand sich eine kleine Betonfläche, von der aus man auf eine Wiese gelangte. Beth hörte regelmäßig spielende Kinder, bellende Hunde und vereinzelt Gruppen, die sich versammelten, aber in der Vergangenheit hatte sie lediglich den Fernseher oder die Musik, die sie hörte, lauter gemacht und die Geräusche draußen ausgeblendet.

Aber irgendwann während der letzten Woche war ihr langsam klar geworden, wie viel ihr im Leben entging, und sie war sauer geworden. Zur Hölle mit Ben Hurst, der dafür gesorgt hatte, dass sie so geworden war. Es war nicht fair, dass sie immer noch unter dem litt, was dieser Scheißkerl getan hatte.

»... findest du nicht?«

Beth war Penelopes Frage vollkommen entgangen. »Entschuldige, was?«

»Ich sagte, dieser Film wäre weitaus besser, wenn Chris Pratt mitspielen würde, oder?«

»Natürlich. *Jeder* Film wäre besser, wenn Chris mitspielen würde. Vorzugsweise mit sehr vielen Aufnahmen seines Hinterns.«

Penelope kicherte über ihre Bemerkung und Cade schüttelte bloß den Kopf, da er die Macken seiner Schwester offensichtlich gewohnt war.

»Und was habt ihr so getrieben? Ist bei der Arbeit

irgendwas Aufregendes passiert?«, fragte Beth und drehte sich auf ihrem Platz so, dass sie die beiden ansehen konnte. Cade saß an der Stelle, die in Beths Kopf sehr schnell zu »seinem« Platz geworden war, und Penelope hatte es sich in dem bequemen Sessel neben dem Sofa gemütlich gemacht. Beth wusste, dass man als Feuerwehrmann oder -frau nicht ständig unter Strom stand. Der Beruf beinhaltete, sehr viel herumzusitzen und darauf zu warten, dass etwas passierte. Pen hatte ihr erzählt, dass es Tage gab, an denen sie nur zu einem Einsatz gerufen wurden, und dann wieder welche, bei denen sie während der gesamten Schicht pausenlos unterwegs waren.

Cade schien zufrieden damit, seine Schwester antworten zu lassen, und unterbrach sie nicht, als sie von ihrer Woche berichtete.

»Als Erstes hat Taco seinen Rekord der Anzahl von Tacos gebrochen, die er in einer Mahlzeit verspeisen kann. Ich schwöre bei Gott, dieser Mann hat einen Parasiten oder so was. Er nimmt nie auch nur ein Pfund zu, aber heute hat er fünfzehn dieser Dinger verputzt. Widerlich. Die meisten Menschen würden sich übergeben, wenn sie so viel auf einmal essen würden. Abgesehen davon hatten wir drei Autounfälle, einen Fahrradunfall und vier Grasbrände. Menschen gehen mir auf die Nerven. Ich meine, warum würde irgendwer eine brennende Zigarette aus dem Fenster werfen, wenn die Umgebung so trocken ist wie hier?« Penelope schüttelte angewidert den Kopf, dann sprach sie weiter. »Sieben Fehlalarme, zwei Meldungen von Rauch, die sich als nichts herausgestellt haben, ein Gebäudebrand, dreimal Aufstehhilfe, weil Menschen nicht allein aufstehen konnten, und dreizehn medizinische Notfälle.«

»Wow, das scheint für nur zwei Tage sehr viel zu sein.«

»Tatsächlich ist es etwa der Durchschnitt«, sagte Penelope, nachdem sie einen Schluck Wasser getrunken hatte.

»Was ist Aufstehhilfe?« Beth war fasziniert. Selbstverständlich hatten Penelope und sie zuvor schon Zeit miteinander verbracht, aber sie hatten sich selten über die Einzelheiten ihres Berufs unterhalten. Normalerweise sprachen sie darüber, wie Pen ihr mit einer bevorstehenden Einkaufstour helfen konnte, oder sie unterhielten sich über andere harmlose Themen.

»Wenn jemand hinfällt und nicht allein wieder aufstehen kann.«

»Oh, du meinst ältere Menschen?«, fragte Beth.

»Ja oder die, die übergewichtig sind.«

»Wirklich?«

»Ja. Die hasse ich am meisten. Nicht weil ich der Person die Schuld gebe. Ich meine, wenn derjenige ohne Probleme das Gewicht verlieren könnte, würde er es bestimmt tun, dessen bin ich mir sicher. Niemand will zweihundertfünfzig Kilo wiegen. Aber sagen wir einfach, dass all unser Training uns in diesen Situationen wirklich zugutekommt.«

»Ich hatte keine Ahnung, dass Menschen deswegen die Feuerwehr anrufen.«

Cade meldete sich zum ersten Mal zu Wort. »Menschen rufen in allen möglichen Situationen um Hilfe, Beth. Es ist nicht schlimm, um Unterstützung zu bitten, wenn man sie braucht.«

Beth sah ihn und wusste, dass er das, was er eigentlich sagen wollte, nicht aussprach, es aber trotzdem irgendwie sagte. »Weißt du, du bist nicht so subtil, wie du vielleicht zu sein glaubst.«

Cade lachte leise. »Das klang schrecklich ›moralisierend‹, nicht wahr? Ich habe es wirklich nicht so gemeint. Denk mal darüber nach. Wenn du dreihundert Kilo wiegen würdest und du würdest ausrutschen und hinfallen und könntest nicht selbstständig wieder aufstehen ... was würdest du tun? Du könntest auf dem Boden herumkriechen, wenn es dir möglich ist, aber wenn du dich nicht hochziehen könntest, würdest du dort sterben. Meistens versuchen ihre Partner, ihnen beim Aufstehen zu helfen, aber ohne viel Muskelmasse ist es einfach unmöglich.«

Cade beugte sich nach vorn und setzte seine leidenschaftliche Rede fort. »Mir ist egal, ob ich jemandem helfe, der am Boden liegt und allein nicht aufstehen kann, oder ob ich auf einen Baum klettere, um eine Katze runterzuholen, die diese Hilfe eigentlich nicht benötigt. Es könnte ein Kind sein, dessen Mutter einen Krampfanfall hat, oder eine ältere Frau, die einsam ist und uns wegen eines kleinen Schnitts am Finger anruft, nur damit sie ein paar Minuten jemanden zum Reden hat. Helfen ist mein Beruf – ich wurde dazu geboren. Versteh meine Bemerkungen nicht so, als seien sie direkt an dich gerichtet ... aber falls *du* Hilfe brauchst, dann rufst du verdammt noch mal mich an.«

»Du meinst, ich soll den Notruf wählen.«

»Nein, ich meine, ruf *mich* an.«

Beth konnte Cade bloß anstarren. Seine Worte

setzten sich in ihrer Seele fest und ließen ihr beinahe schwindelig werden. Sie wusste, dass sie auf Pen zählen konnte, ihr zu helfen, wenn sie es brauchte, aber zu hören, wie Cade so leidenschaftlich und aufrichtig direkt an ihr Herz appelliert hatte, bereitete ihr Todesangst.

Sie beschloss, dass es höchste Zeit für einen Themenwechsel war – als Cade dafür gesorgt hatte, dass sie eine Gänsehaut an den Armen bekam, war es definitiv so weit –, und sagte: »Pen, du solltest wirklich nicht dasselbe Passwort für alle deine Konten verwenden. Ich habe in der letzten Woche drei Hacker abgewehrt, die sich Zugang zu deinem PayPal-, Bank- und Stromkonto verschaffen wollten.«

»Was?«

Penelope war über diesen Themenwechsel offenbar verwirrt, doch Cade lehnte sich auf seinem Platz bloß zurück und behielt den Blick auf Beth gerichtet, während diese unruhig hin und her rutschte.

»PenisGod ist kein guter Benutzername für deine Konten bei Amazon und eBay. Und du musst wirklich dein Craigslist-Konto löschen, denn sich selbst als Penisgott zu bezeichnen zieht nur Verrückte an. Du erinnerst dich vermutlich nicht einmal daran, dass du diese alte Anzeige online gestellt hast, als du versucht hast, dein Fahrrad zu verkaufen. Nun, es ist eine der meistgeklickten Anzeigen auf der Seite für San Antonio. Und ich übertreibe damit nicht. Du hattest vierhundertneunundsechzig Nachrichten – und ich werde nicht einmal eine Bemerkung über die Neunundsechzig machen. Aber dreihundertvierzehn von ihnen enthielten Bilder von Männerschwänzen. Siebenundfünfzig enthielten Heiratsanträge, die meisten aus dem Ausland. Siebenundzwanzig stammten von Frauen, die Interesse an einem Dreier mit dir hatten, fünfundfünfzig waren Spam, bei dem Leute dich dazu bringen wollten, auf Links zu klicken oder irgendein Schrottprodukt zu kaufen, und die restlichen sechzehn E-Mails waren religiöser Natur und legten dir nahe, für dein Seelenheil Buße zu tun.«

»Ich sollte vermutlich sauer sein, dass du in mein Konto eingedrungen bist, aber weil ich dir vertraue, bin ich es nicht. Aber der Benutzername ist nicht PenisGod!«, schnaubte Penelope entrüstet. »Er lautet Pen IS God.«

Cade brach in lautes Gelächter aus. »Ernsthaft, Schwesterherz PenisGod? Warte nur, bis die Jungs das hören!«

Penelope hatte sich auf Cade gestürzt, bevor er sich schützen konnte. Sie schubste ihn nach hinten und kitzelte ihn gnadenlos, wobei sie ihm körperlichen Schaden und andere schändliche Tricks androhte, die sie einsetzen würde, um sich an ihm zu rächen, falls einer der Jungs auf der Wache davon erfuhr.

Beth seufzte erleichtert auf, weil die Spannung im Raum gebrochen worden war. Schließlich erlangte Cade im Kampf mit seiner Schwester die Oberhand – die Tatsache, dass er zwanzig Zentimeter größer war als sie, trug sehr viel dazu bei –, und sie machten es sich wieder auf ihren Plätzen bequem.

»Okay, Miss Klugscheißerin ... ich wusste, dass du in diesem Computerding gut bist, aber du bist wesentlich besser, als ich gedacht hätte, nicht wahr?«, fragte Pen, die von der Rangelei mit ihrem Bruder immer noch schwer atmete.

»Ich bin ziemlich gut«, sagte Beth schulterzuckend und spielte ihre Fähigkeiten herunter.

»Sie hat neulich Abend PayPals Firewall gehackt«, informierte Cade seine Schwester selbstzufrieden und mit einem Hauch von Stolz in der Stimme.

»Das hast du nicht!«

Beth zuckte mit den Schultern und nickte. »Es war keine große Sache.«

»Keine große Sache? Okay, das war's ...« Penelope nahm ihr Telefon zur Hand und fing an, wie besessen darauf herumzutippen.

Beth sah Cade mit fragend hochgezogenen Augenbrauen an.

»Schau mich nicht an, ich habe keine Ahnung, was sie vorhat.«

Als Penelope das Telefon weglegte, lächelte sie und verschränkte die Arme vor sich. »Ich gebe dem Ganzen zehn Minuten.«

»*Was* gibst du zehn Minuten?«, fragte Beth.

»Du wirst schon sehen.«

Beth rollte mit den Augen. »Immer die Dramakönigin.«

»So führt sie sich schon ihr ganzes Leben auf, falls du es noch nicht wusstest. Du solltest dich daran gewöhnen«, sagte Cade ohne Bosheit zu Beth.

»Du hast wirklich verhindert, dass irgendwelche Leute meine Daten bekommen?«, fragte Penelope und ignorierte ihren Bruder.

»Ja. Deine Passwörter sollten verschieden sein und du solltest Sonderzeichen, Groß- und Kleinbuchstaben verwenden und niemals ein echtes Wort.«

»Aber wenn ich das mache, kann ich mich nie daran

erinnern. Es ist einfach praktisch, denn jetzt kann ich mich in alle meine Konten einloggen und vergesse nie, welches Passwort ich für welches Konto habe.«

»Für jeden gewöhnlichen Hacker ist es ebenfalls praktisch, auf deine Konten zuzugreifen. Dann schreib sie eben auf, aber nicht auf deinem Computer. Es ist viel zu einfach, sich durch eine Hintertür einzuhacken und alles zu lesen, was du auf deiner Festplatte gespeichert hast.«

»Menschen *tun* das?«

»*Ja*, Pen. Menschen tun das. Wie lange kennen wir uns schon?«

»Äh, ich wusste, dass es da draußen Hacker gibt, aber ich wusste nicht, dass sie diese Sachen machen.«

»Tun sie.«

»Hast *du* so was schon gemacht?«

»Ja.«

»Ja?«

Bei dem entsetzten Klang in der Stimme ihrer Freundin wollte Beth am liebsten laut loslachen. »Pen. Ich mache das zum Spaß, um herauszufinden, ob ich dazu in der Lage bin. Andere machen es, um Sachen rauszufinden, mit denen sie Leute erpressen können, oder um sie zu bestehlen.«

»In welche Computer hast du dich eingehackt?«

»Ich glaube, das willst du nicht wissen.«

»Meinen?«

»Nein.«

»Warum nicht?«

Beth dachte darüber nach, wie sie klarstellen konnte, dass es etwas anderes war, sich in ihren E-Mail-Server einzuhacken, als auf die Dateien auf ihrem Computer zuzugreifen, beschloss aber, dass es einfacher sei, auf die gestellte Frage zu antworten.

»Warum nicht? Pen, es ist keine Herausforderung. Ich könnte das Passwort deines Computers vermutlich in drei Sekunden erraten. Außerdem bist du meine Freundin, das würde ich dir nicht antun. Aber siehst du dieses winzige Stück Papier über der eingebauten Kamera meines Laptops?«

Sowohl Cade als auch Pen nickten, nachdem Beth ihren Bildschirm in ihre Richtung gedreht hatte. »Das wollte ich dich sowieso schon fragen«, sagte Pen zu ihr.

»Ich habe es, weil jeder deine Festplatte steuern kann, dem es gelingt, sich dort einzuhacken, und wenn du deine Kamera nicht bedeckt hast, kann der Hacker dich damit ausspionieren und aufnehmen, was du vor der Kamera tust.«

»Was? *Ernsthaft?*«

»Ernsthaft.«

»Das ist so widerlich.« Penelope schüttelte sich. »Ich kann nicht fassen, dass Menschen so was tun würden. Ich weiß, es sollte mich nicht überraschen, aber das tut es.«

Beth lächelte über die Naivität ihrer Freundin, dann schaute sie auf ihren Computer, als der Alarm erklang, den sie programmiert hatte, um sie darüber zu informieren, wenn jemand versuchte, sich in ihr System zu hacken. »Was zur Hölle? Oh nein, das wirst du nicht, du Scheißkerl.«

»Was ist los?« Cades Tonfall war nun gar nicht mehr neckend. Er blickte sich um, als befände sich eine sichtbare Bedrohung im Zimmer.

»Irgendein Arschloch versucht, auf meine Festplatte

zuzugreifen. Ha, er ist offensichtlich grün hinter den Ohren, er hätte die Falle sehen sollen, die ich aufgestellt habe. Was macht er da ... oh verdammt, auf gar keinen Fall. Okay, den Kampf kannst du haben, du Stück Scheiße.«

Penelope und Cade sahen einander an. Cade fiel das Grinsen auf dem Gesicht seiner Schwester auf, und er kniff die Augen zusammen und fragte sich, was wohl der Auslöser dafür war. Sie führte etwas im Schilde, aber er hatte keine Ahnung was. In diesem Moment machte er sich mehr Sorgen um Beth.

Sie ließ ihre Finger über die Tastatur fliegen und murmelte leise vor sich hin. Er konnte unzählige Zeilen von Code sehen, die auf ihrem Bildschirm erschienen. Cade wusste nicht, wie es ihr möglich war, irgendetwas davon zu lesen, weil die Schrift sich so schnell bewegte, aber offensichtlich konnte sie es, denn sie war abwechselnd fröhlich, wenn sie etwas getan hatte, um denjenigen auf der anderen Seite draußen zu halten, und dann fluchte sie, wenn der Hacker die Blockaden genauso schnell überwand, wie sie sie ihm in den Weg gestellt hatte.

Es war offensichtlich, dass sie außer dem, was mit ihrem Computer vor sich ging, alles andere ausgeblendet hatte. Es war unheimlich niedlich, aber auch ein wenig nervenaufreibend, dass sie seine und die Anwesenheit seiner Schwester einfach so vergessen konnte.

Endlich lehnte sie sich mit einem mürrischen Schnauben zurück und fluchte. »Fahrt doch alle zur Hölle.«

»Was ist?«, fragte Penelope.

»Er ist reingekommen.«

»Und? Was bedeutet das?«

»Er hat gewonnen.«

»Hat er alle deine Informationen bekommen? Wirst du jetzt pleite sein? Muss ich dich jetzt in der Obdachlosenunterkunft im Stadtzentrum besuchen?«, scherzte Penelope.

Beth sah ihre Freundin ungläubig an. »Glaubst du, dass ich *irgendwelche* sensiblen Daten auf meinem Computer speichere? Auf keinen Fall. Sobald der Alarm ertönte, wurden alle meine Passwörter automatisch geändert und sie werden so lange alle fünfundvierzig Sekunden aktualisiert, bis ich das Programm beende.«

»Woher willst du wissen, wie sie lauten, damit du dich in deine Konten einloggen kannst?«

Beth machte sich nicht die Mühe zu antworten, sondern rollte bloß mit den Augen.

»Also gut, dafür hast du bereits eine Lösung gefunden. Aber woher weißt du, dass er gewonnen hat? War es wirklich ein Wettbewerb?«

»Woher ich weiß, dass er gewonnen hat?« Beth drehte ihren Bildschirm erneut so, dass Pen und Cade ihn sehen konnten. Auf dem Monitor war ein elektronisches Feuerwerk zu sehen und die Worte »Ich habe gewonnen« blinkten immer wieder auf.

Cade hustete in die Hand und versuchte, nicht zu lachen. Nach Beths wütendem Gesichtsausdruck zu urteilen war die Situation wirklich nicht lustig, aber wer auch immer der Hacker war, er hatte einen ziemlich guten Sinn für Humor.

Als Penelopes Telefon einen Nachrichtenton von sich gab, grinste sie.

»Was ist so komisch?«, fragte Beth, die offensichtlich immer noch sauer war.

Penelope drehte Beth ihr Handy zu und zeigte ihr ein Foto eines Computerbildschirms, der exakt so aussah wie ihrer. In der SMS darunter stand geschrieben: »Sag Elizabeth, dass ich gewonnen habe.«

KAPITEL NEUN

»Was zur *Hölle*, Pen? Du weißt, wer das war?«, fragte Beth ungläubig und sah aus, als wollte sie jeden Moment aufspringen und ihre Freundin erwürgen.

»Jup.«

Als Penelope nichts weiter sagte, stellte Beth ihren Computer zur Seite und ging auf ihre Freundin zu. Bevor sie sie jedoch erreichen konnte, ergriff Cade ihre Hand und zog sie neben sich aufs Sofa. »Ganz ruhig, Liebes. Du kannst meine Schwester nicht vor meinen Augen umbringen. Ich müsste meinen Freund Dax anrufen und dann würde ich wegen Beihilfe zum Mord für zwanzig Jahre ins Gefängnis wandern. Dann wärst du diejenige, die *mich* im Knast besuchst.«

Cade fühlte sich gut, als Beth sich nicht von ihm losriss, sondern seine Hand fest drückte.

»Wer ist es?« Ihre Frage war an Penelope gerichtet.

»Mein Freund Tex. Er ist ein Computergenie, der der Spezialeinheit geholfen hat, mich zu retten. Ich habe ihn erst einmal getroffen, aber schon sehr oft mit ihm gesprochen.«

Beth kniff die Augen zusammen. »Und warum hat er sich in meinen Computer gehackt?«

»Vermutlich, um herauszufinden, ob es stimmt, was ich ihm erzählt habe.«

»Pen, ich liebe dich, aber ich schwöre bei Gott, wenn du nicht langsam mit der Sprache rausrückst, werde ich jede Nachrichtenagentur anschreiben, die ich ausfindig machen kann, und ihr sagen, dass du es nicht erwarten kannst, endlich deine Seite der Geschichte zu erzählen.«

Cade sah, wie seine Schwester bleich wurde, und drückte warnend Beths Hand. »Beth ...«

Sobald die Worte ihren Mund verlassen hatten, sah er auch schon die Reue auf ihrem Gesicht. »Tut mir leid, Pen. Du weißt, dass ich das nicht tun würde. Aber verdammt. Ernsthaft? Wer *ist* dieser Kerl?«

»Sieh mal. Von den Männern, die mich gerettet haben, habe ich ständig nur gehört, wie toll dieser Tex ist. Dass er sich in alles einhacken kann, wie viel er für sie getan hat und dass niemand so gut ist wie er. Ich wollte bloß ... als du darüber gesprochen hast, wie du auf meinen Computer zugegriffen und verhindert hast, dass diese Idioten an meine Daten kommen, wollte ich dich Tex vorstellen. Ich habe *nur* gesagt, dass du gut bist und ihm vielleicht eines Tages helfen könntest.« Penelope spielte nervös mit dem Anhänger, den sie um den Hals trug, während sie sprach.

»Und als Ergebnis hat er sich in meinen Computer gehackt?«

Penelope zuckte mit den Schultern. »Ich schätze, er wollte wissen, ob ich übertreibe oder nicht.«

»Und jetzt, da er es geschafft hat, weiß er vermutlich, dass du übertrieben hast.«

Beths Computer gab erneut einen seltsamen Klingelton von sich und Cade ließ ihre Hand los, als sie sich über das Polster warf, um ihn zur Hand zu nehmen. Wieder ließ sie die Finger über die Tasten fliegen und sagte leise: »Das glaube ich nicht.«

»Was ist jetzt los?«, fragte Penelope und beugte sich nach vorn, um ihren Bildschirm sehen zu können.

Beth blickte auf. »Er hat meine Firewall wiederhergestellt und das Loch repariert, das er gemacht hat. Und nicht nur das, schau mal ...« Sie drehte den Computer und zeigte Cade und Penelope die Nachricht auf dem Bildschirm.

Tiger hatte recht. Du bist gut. Willst du einen Job?

»Ich verstehe das nicht. Wer ist Tiger?«, fragte Beth verwirrt.

»Ich bin das. So haben die Jungs mich genannt, die mich gerettet haben«, sagte Penelope verlegen.

»Hmmmm. Ich frage mich, von welcher Art Job er spricht.«

»Äh, einer mit Computern?«, sagte Penelope, als hätte Beth gleich zwei Schrauben locker.

»Hey! Ich hatte noch keine Gelegenheit, mit Daxton oder Cruz darüber zu sprechen, dass du für sie arbeiten könntest«, beklagte Cade sich. »Aber jetzt, da ich darüber nachdenke, ist es wahrscheinlich besser, wenn du für ihn arbeitest. Du weißt schon ... wegen deiner Neigung, dich illegal in die Datenbanken von Fortune-500-Unternehmen einzuhacken und so.«

»Sie macht das nicht, um Daten zu stehlen«,

schnaubte Penelope und stellte sich schützend vor ihre Freundin.

»Nun, ich werde darüber nachdenken und ihn nachher kontaktieren.«

»Was? Beth! Du solltest Tex beim Wort nehmen!«, drängte Penelope sie.

»Ich bin beschäftigt. Ich verbringe Zeit mit euch beiden. Außerdem ist mein Herz noch nicht über den Schock hinweg, dass sich jemand in meinen Computer gehackt hat.«

Cade lächelte. Es war toll, wie anders Beth war, wenn sie sich entspannt zu Hause in ihren eigenen vier Wänden befand. Er mochte das. Er mochte *sie*.

Penelope hatte ihm nicht viel über die Männer erzählt, die sie befreit hatten, und sie hatte ganz sicher niemanden mit dem unglaublich klischeehaften Namen »Tex« erwähnt. Er würde mit seiner Schwester unter vier Augen über diesen Mann sprechen müssen. Obwohl er stolz auf Beths Computerfähigkeiten war, tat sie trotzdem etwas Illegales, und er wollte wirklich auf keinen Fall, dass sie geschnappt wurde. Sie hatte bereits genug um die Ohren, sie brauchte nicht noch mehr Stress.

Da er Beths Gedanken von ihrem Computer ablenken wollte, fragte er: »Was sollen die ganzen Kerzen?« Cade mochte es, wenn Beth entspannt war, und jetzt, da sie wusste, dass nicht irgendein Hacker schlimme Dinge mit ihren Daten anstellte, hatte sie den Computer wieder zur Seite gestellt und sich an ihn gelehnt. Aber bei seiner Frage spürte er, wie sie sich verspannte. Schnell beruhigte er sie: »Ich habe keinen Scherz gemacht. Ich mag sie, ich habe sie zuvor nur nicht gesehen.«

Cade schaute sich im Zimmer um und ihm fiel auf, wie viele Kerzen überall verteilt waren. Auf der Anrichte in der Küche standen einige Teelichter und in einer Kiste auf dem Boden neben der Glasschiebetür, die auf das hintere Areal hinausführte, befanden sich eine ganze Reihe in verschiedenen Farben und Größen.

»Jetzt, da ich darüber nachdenke, fällt mir auf, dass du einen Haufen Kerzen hast, Beth«, stimmte Penelope zu. Sie beugte sich nach vorn, nahm eine vom Couchtisch in die Hand und roch daran. »Diese hier ist nicht einmal eine Duftkerze.«

»Äh, ja. Ich dachte, es wären Duftkerzen, aber ich habe die falschen gekauft.«

»Ich habe eine Freundin, die die richtig guten verkauft. Ich kann dir ihre Nummer geben, wenn du willst«, sagte Pen in dem Versuch, hilfsbereit zu sein.

»Schon okay.«

»Nun, wenn du noch mehr haben willst, sag mir einfach Bescheid.«

»Das werde ich.«

Cade spürte, wie Beth sich an ihm entspannte, als sie die Aufmerksamkeit wieder auf den Film richteten, nachdem das Drama des Abends vorüber war. Irgendetwas nagte an ihm und ging ihm nicht aus dem Kopf, doch verloren in dem weichen Gefühl von Beths Körper an seinem eigenen schob er es zur Seite.

Drei Stunden später, Penelope war längst gegangen, stand Cade an Beths Wohnungstür und schaute sie von oben an. »Ich habe das Gefühl, wir verbringen sehr viel Zeit damit, hier zu stehen.«

Beth lächelte und rümpfte die Nase. »Das stimmt, nicht wahr? Es ist bloß eine Tür, aber manchmal fühlt es sich an, als säße ich tatsächlich im Gefängnis.«

»Du solltest wirklich nicht so hart zu dir sein.«

»Ich arbeite daran, dass es mir besser geht.«

»Ich weiß.«

Beth wandte den Blick ab, dann sah sie ihm wieder in die Augen. »Was, wenn es nicht einfacher wird? Ich will nicht für den Rest meines Lebens so bleiben.«

»Du kannst immer nur einen Tag nach dem anderen in Angriff nehmen. Mach dir um die Zukunft keine Gedanken, Liebes.«

Beth seufzte und lehnte sich langsam an Cade, wobei sie ihre Stirn an seine Brust drückte. »Ich möchte so sehr wie alle anderen sein.«

»Ich mag dich ganz genau so, wie du bist.«

Beth spürte, wie seine Worte durch seine breite Brust rumpelten und in ihren Körper eindrangen. »Wenn ich wie alle anderen wäre, würden wir vielleicht normale Verabredungen haben.«

»Ich weiß nicht. Diese war ziemlich gut. Wir haben Zeit miteinander verbracht, einen Film geschaut, gelacht, und jetzt werden wir uns einen Gutenachtkuss geben.«

Bei seinen Worten hob sie den Kopf und sah sein strahlendes Lächeln, das ihr galt. »Erstens, ich bin ein absoluter Computer-Geek. Ich liebe es, aber leider ist es nicht die attraktivste Eigenschaft auf der Welt. Zweitens, es war vielleicht ein schöner Abend hier, aber ich möchte mit dir so gern Zeit in der Öffentlichkeit verbringen. In einem Restaurant, einer Kneipe ... bei dir zu Hause.«

»Okay.«

»Was?«

»Wir fangen mit meinem Zuhause an. Ich werde dich abholen und wir können dort abhängen. Es ist allerdings nicht so cool wie deine Wohnung. Ich habe eine Junggesellenbude.«

»Ich würde sehr gern dein Haus sehen«, sagte Beth sehnsüchtig. »Und deine Freunde kennenlernen. Du hast so viel von ihnen erzählt, ich habe das Gefühl, sie bereits zu kennen.«

Cade lachte. »Du kannst sie treffen, aber ich schwöre, wenn Driftwood oder Crash dich anbaggern, werde ich für meine Taten keine Verantwortung übernehmen.«

»Die beiden sind die Frauenhelden, richtig?«

»Ich denke, das ist eine gute Bezeichnung für die beiden«, sagte Cade unbeschwert.

Beth runzelte die Stirn. »Wer sind noch gleich die anderen?«

»Schauen wir mal. Zuerst die Feuerwehrmänner. Taco war hier bei dir, als du versucht hast, dein Hähnchen zu überbraten. Er war allerdings nicht das Arschloch, das versucht hat, dich dazu zu bewegen rauszugehen, das war einer der neuen Jungs, mit dem ich zum Glück nicht allzu häufig zusammenarbeite. Squirrel ist der, den man wahrscheinlich als den ansässigen Geek bezeichnen könnte. Er ist groß, dünn und trägt eine Brille, aber er ist der beste Sanitäter, den wir haben. Es gibt keine medizinische Situation, die er nicht durchschauen und unter Kontrolle bringen kann. Sollte ich jemals einen Herzinfarkt bekommen, mir den Arm abhacken, mir eine Stichwunde zuziehen oder angeschossen werden, will ich, dass Squirrel an meiner Seite ist.«

»Er ist so gut?«

»Ich habe ihn einmal bei der Vorselektion gesehen, wo er acht Menschen an der Unfallstelle eines verunglückten Reisebusses behandelt hat. Wir waren alle vor Ort, aber es herrschte absolutes Chaos. Jede Person, die er an jenem Abend berührt hat, hat überlebt, und jede einzelne von ihnen hat ihm eine Dankesnachricht geschickt. Und nur, damit du es weißt, das ist sehr ungewöhnlich. Die Menschen sind dankbar, dass wir da sind, um ihnen zu helfen, aber nur ein Prozent geht tatsächlich so weit und bedankt sich.«

»Ich hatte vor, diese Dankeskarten zu versenden«, sagte Beth mit einem kleinen Lächeln.

»Bei mir kannst du dich mit einem Kuss bedanken, Liebes. Dem Rest des Teams werde ich deinen Dank ausrichten.«

»Was ist mit den anderen?«

»Ach, du machst mich fertig. Okay, da sind Chief und Moose.«

»Moose ist derjenige, der neulich Abend beim Minivan-Feuer da war und den Penelope mag, richtig?«

»Ja. Aber sie sind beide so stur, dass ich nicht weiß, ob einer von ihnen sich jemals lange genug zusammenreißen wird, um dahingehend etwas zu unternehmen.«

»Und diese Polizeifreunde, von denen ich immer wieder höre?«

»Daxton ist ein Texas Ranger. Er hat seine Freundin Mackenzie davor gerettet, lebendig begraben zu werden. Cruz arbeitet beim FBI. Er hat seine Freundin getroffen, als er verdeckt in einem Motorradclub ermittelt hat.«

»Ist sie Bikerin?«, fragte Beth ungläubig.

»Oh Gott, nein. Sie ist die Schwester einer Frau, die

zu tief in die Fänge des Clubs geraten ist und ... Wie dem auch sei, nein. Ich bin mir sicher, dass du die Geschichte früher oder später von Mickie persönlich hören wirst. Dann ist da Quint, der bei der Polizei in San Antonio arbeitet. Seine Freundin ist blind, aber sie hat sich selbst befreit, als sie in Schwierigkeiten geriet, was absolut sensationell ist. Als er endlich eingetroffen war, um sie zu retten, hatte Corrie bereits entkommen können. Und dann ist da noch der Rest der Truppe, die alle immer noch Single sind. Wenn sie mit dir flirten, werde ich ihnen wehtun müssen. An Hayden, die einzige Frau in unserer eng zusammengewachsenen Gruppe, erinnerst du dich vielleicht, als wir neulich im Supermarkt waren. Sie ist die, mit der Penelope zum Schießstand gegangen ist. Dann gibt es noch TJ, der bei der Autobahnpolizei arbeitet, Calder, der Gerichtsmediziner ist, und unseren Wildhüter Conor.«

»Wie ist es euch gelungen, so eng befreundet zu sein? Ich hätte nicht gedacht, dass Feuerwehrleute und Polizisten miteinander rumhängen.«

»Es war unvermeidlich. Unsere Wege kreuzen sich so häufig. Wir werden nicht oft zu Einsätzen gerufen, bei denen nicht irgendeine Form von Gesetzeshüter anwesend ist. Sie alle sind tolle Menschen und jetzt, da einige von ihnen Freundinnen haben, macht es sogar noch mehr Spaß, Zeit mit ihnen zu verbringen. Irgendwann wirst du sie alle kennenlernen. Ich weiß aber, dass du sie mögen wirst.«

»Ich *hoffe*, dass ich sie kennenlernen werde. Ich will in der Lage sein, zu diesem Softballturnier zu gehen, von dem du mir so viel erzählt hast. Es klingt, als sei es urkomisch.«

»Das wirst du. Wir werden darauf hinarbeiten. Wenngleich das Spiel nur deswegen lustig ist, weil die verdammten Polizisten selbst dann nicht fair spielen können, wenn es um ihr Leben geht. Wir müssen auf hinterhältige Techniken zurückgreifen, um sie vom Schummeln abzuhalten«, sagte Cade lächelnd zu ihr.

»Ich würde alles tun, um mich ganz normal wieder außerhalb dieser verdammten Wohnung aufhalten zu können. Um wieder ein normaler Mensch zu sein, der in der Lage ist, dich in der Kneipe zu treffen und mit dir etwas zu trinken, bevor wir ins Kino gehen oder den Abend mit deinen Freunden verbringen.«

»Hör auf. Wenn du dieses fiktionale ›normal‹ wärst, von dem du ständig sprichst, wären wir uns vielleicht nie begegnet. Du wärst nicht in dieser Therapiegruppe mit Penelope gewesen und ich hätte dir nach dem Brand nicht angeboten, dir beim Säubern deiner Wohnung zu helfen.«

»Das hättest du nicht?«

»Nein. Auch wenn es nicht den Anschein erweckt, ich helfe nach Feierabend nicht allen Menschen, die ich bei der Arbeit treffe. Ich gebe problemlos zu, dass es mir Freude bereitet, da zu sein, wenn Leute Hilfe brauchen, aber es ist nichts, was ich mir fest vornehme zu tun, wenn ich nach Hause gehe. Du kanntest meine Schwester. Das und die Anziehung, die ich für dich empfunden habe, haben mich dazu gebracht, dich wiedersehen zu wollen.«

Beth leckte sich über die Lippen und sah zu dem großartigen Mann auf, der vor ihr stand. Er war so viel tapferer, als sie es war. Sie fühlte sich ebenfalls zu ihm hingezogen. Die Tatsache, dass er Pens Bruder war, brachte sie in seiner Gegenwart ebenfalls dazu, ihren

Schutzmechanismus abzulegen. Andernfalls hätte sie sich ihm höchstwahrscheinlich nicht geöffnet.

»Also dann ... hast du etwas von einem Kuss gesagt?«

Cades Lächeln erhellte sein Gesicht. »Ja, ich glaube, das habe ich. Schlinge die Arme um meinen Hals.«

Beth stellte sich auf Zehenspitzen, damit sie die Hände in seinem Nacken verschränken konnte.

»Halt dich fest, Liebes.«

Cade neigte den Kopf und tat das, was er schon den ganzen Abend hatte tun wollen. Als er sah, wie sie sich bei ihrem Cyber-Kampf mit Tex auf die Lippe biss, als sie sich über die Lippen leckte, nachdem sie einen Schluck aus der Wasserflasche genommen hatte, als sie lächelte, während er und Penelope sich gegenseitig aufzogen ... all das hatte ihn mehrere Male an den Rand der Verzweiflung gebracht.

Jetzt, da Penelope nicht mehr da war, um als Anstandsdame zu fungieren, vereinnahmte Cade Beths Mund, als würde er sie zum allerletzten Mal berühren. Er war nicht zärtlich und er bereitete den Kuss nicht langsam vor. Er verschlang ihren Mund mit aller Leidenschaft, die er den ganzen Abend lang unterdrückt hatte.

Beth traf mit ihrer Zunge auf seine, umschlang sie und saugte daran. Cade konnte spüren, wie sie ihre Fingernägel in die empfindliche Haut an seinem Nacken bohrte, und knurrte zustimmend. Sie lernte schnell, was er mochte und was ihr ein gutes Gefühl gab. Er neigte den Kopf zur Seite und küsste sie tiefer, kostete sie und knabberte an ihren Lippen. Er hätte über ihren Eifer vermutlich nicht überrascht sein sollen, war es aber trotzdem.

Als er das letzte Mal an ihrer Tür gestanden und sie

geküsst hatte, hatte er den Eindruck bekommen, dass sie nicht besonders erfahren war, aber heute Abend schien sie weitaus selbstbewusster zu sein. Es kam ihm vor, als sei sie ein anderer Mensch, und diese Gegensätzlichkeit entzückte ihn.

Da Cade wusste, dass er sich zurückziehen musste, weil er sie sonst nackt ausziehen und an der berüchtigten Tür, die sie so hasste, durchnehmen würde, leckte er ihr schließlich ein letztes Mal über die Lippe, bevor er ihren Kuss beendete. Beide atmeten schwer und er lehnte seine Stirn an ihre.

»Wow.«

Er lächelte über das gehauchte Wort. »In der Tat, wow.«

Sie streichelte ihn mit den Fingern weiter, was er für eine unbewusste Handlung ihrerseits hielt. Er drückte ihre Taille, wo seine Hände während des Kusses hingewandert waren. Sie ruhten unter ihrem T-Shirt auf der nackten Haut und Cade spürte, wie sie eine Gänsehaut bekam, als er sie streichelte.

»Ich habe das Gefühl, es mit der Welt aufnehmen zu können, wenn du mich küsst.«

Cade verkrampfte unfreiwillig die Finger und zwang sich dazu, sich zu entspannen, da er ihr nicht wehtun wollte. Ihre Worte waren so traurig. Cade konnte nicht anders, als beschwingt zu sein und gleichzeitig Mitleid für sie zu empfinden.

Er legte eine Hand unter ihr Kinn und zwang sie, zu ihm aufzublicken. »Dann werde ich dafür sorgen müssen, dass ich dich häufiger küsse, nicht wahr?«

Beth lächelte ihn schwach an. »Ich schätze, das wirst du.«

Cade berührte sanft ihre Lippen, sodass es einem züchtigen Streicheln glich. »Wir sprechen uns schon bald, okay?«

»Okay. Fahr vorsichtig.«

»Immer.« Cade löste sich von ihr und entriegelte die Schlösser an ihrer Tür. Dann ergriff er ein letztes Mal ihre Hand und drückte sie, bevor er über den Flur zum Ausgang ging, der auf den Parkplatz hinausführte.

Beth schaute ihm von der Tür aus nach, bis die Panik drohte sie zu überwältigen. Sie schloss die Tür, verriegelte sie und ging sofort in die Küche, um eins der extralangen Streichhölzer zu holen, die sie online bestellt hatte.

Sie zündete es an und sah zu, wie die Flamme langsam das zwanzig Zentimeter lange Stäbchen hinunterbrannte, bis sie es mit einem festen Atemstoß direkt über ihren Fingerspitzen ausblies.

Beth verschränkte die Arme auf der Arbeitsplatte, legte den Kopf darauf und seufzte frustriert. Ihre Lippen kribbelten noch immer von Cades Kuss und sie hätte schwören können, weiterhin seine Finger auf der nackten Haut an ihrer Taille zu spüren.

Interessanterweise fürchtete sie sich mehr davor, einen Fuß vor ihre Wohnungstür zu setzen und rauszugehen, als sich auf Cade einzulassen. Obwohl Hurst sie verletzt und gefoltert hatte, hatte sie vor Cade keine Angst. Vom Kopf her wusste sie, dass der Sex mit ihm nicht so wäre wie das, was Hurst ihr angetan hatte. Sie war keine Jungfrau mehr, als sie entführt worden war, und hatte keine Angst vor dem Akt an sich. Cade gab sich große Mühe, die Dinge mit ihr langsam angehen zu lassen, und sie wusste mit absoluter Sicherheit, dass er ihr nicht wehtun würde. Er würde zärtlich sein und dafür sorgen, dass sie sich wohl und umsorgt fühlte, bevor er überhaupt an seine eigene Befriedigung dachte.

Sie wollte seine Freundin sein. Sie wollte an seiner Seite sein, wenn er mit seinen Kumpeln von der Feuerwache abhing. Sie wollte in der Lage sein, zu seinem Haus zu fahren und dort auf ihn zu warten, wenn er von der Arbeit nach Hause kam. Sie wollte zu einem der berüchtigten Softballspiele zwischen den Feuerwehrleuten und den Polizisten gehen, von denen sie so viel gehört hatte.

Aber bis es ihr gelang, der dämlichen Agoraphobie in den Arsch zu treten, würde sie nirgendwo hingehen. Sie war eine Gefangene in ihrem eigenen Zuhause.

Beth hob den Kopf und griff nach einem weiteren Streichholz. Sie waren der Schlüssel. Sie würden die entscheidende Rolle darin spielen, sie aus ihrem Kopf zu befreien und in die echte Welt zu geleiten. Wenn die Flamme sie davon abhalten konnte, sich auf ihre Angst zu konzentrieren, würde sie sie nutzen, um ihr zu helfen, gesünder zu werden.

Trotz der winzigen Stimme tief im Inneren, die ihr sagte, dass es so einfach nicht werden würde, war Beth mit ihrer Entscheidung zufrieden.

KAPITEL ZEHN

Beth stand regungslos auf der kleinen Terrasse und hatte den Rücken der Glastür hinter sich zugewandt. Ihre Beine zitterten, ihr Atem ging zu schnell, als dass es gesund wäre, aber sie war draußen. Ganz allein.

Es war zwei Uhr morgens und Beth starrte auf die Flammen, die in dem kleinen runden Grill, den sie online gekauft hatte, nach oben schlugen.

Sie hatte angefangen, ein Stück Papier über der Spüle in ihrer Küche anzuzünden und zuzusehen, wie es zu Asche verbrannte. Dann hatte sie den Grill in ihrem Wohnzimmer aufgebaut, einen kleinen Papierstapel hineingegeben und beobachtet, wie auch er in Flammen aufgegangen war. Es war zu schnell vorüber gewesen und hatte sehr viel mehr Rauch produziert, als ihr klar gewesen war. Aus Angst, dass ihr Rauchmelder ausgelöst werden und die gesamte Wohnanlage aufwecken könnte und – viel schlimmer – dafür sorgen würde, dass Cade und seine Freunde in ihre Wohnung stürmen und ihr schmutziges kleines Geheimnis herausfinden könnten, hatte Beth den Grill zur Terrassentür getragen und sie einen Spaltbreit geöffnet.

Es hatte eine Woche gedauert, aber nachdem sie den Grill weiter und weiter nach draußen auf die Betonfläche geschoben hatte, war es ihr möglich gewesen, in der Tür zu stehen und den Flammen zuzusehen. Jetzt war sie endlich ganz draußen. Sie hatte es geschafft.

Beth wusste, dass sie noch sehr weit davon entfernt war, ganz allein außerhalb ihrer Wohnung zu funktionieren, aber sie fühlte sich, als hätte sie einen riesigen Schritt nach vorn gemacht. Sie blendete die kleine Stimme in ihrem Inneren aus, die sie verhöhnte, indem sie ihr sagte, dass es nicht nur *keine* Vorwärtsbewegung war, Dingen beim Brennen zuzusehen, sondern dass es sich tatsächlich um einen furchterregenden, unheimlichen Rückschritt handelte, und atmete tief durch.

In letzter Zeit liefen die Dinge in ihrem Leben sehr gut. Sie hatte den geheimnisvollen Tex erreicht, der sie einigen Tests unterzogen hatte, um sich davon zu überzeugen, dass sie das Zeug dazu hatte, für ihn zu arbeiten ... oder für wen auch immer er sie trainierte. Sie hatte immer noch nicht entschieden, ob sie überhaupt für Tex arbeiten *wollte*, sie war sich nicht einmal richtig sicher, was er tat, aber die Möglichkeit, mit dem, was sie liebte, Geld zu verdienen, anstatt im Kundenservice zu arbeiten, war aufregend.

Beth hatte einen Riesenspaß daran, sich an die Herausforderungen zu machen, die Tex ihr stellte. Sie löste die meisten der Aufgaben mit Bravour und als er eines Abends »gute Arbeit« schrieb, hatte Beth das Gefühl gehabt, ihr Herz würde vor Stolz platzen. Sie spürte, dass er kein Mann war, der schnell Lob verteilte, weshalb es ihr sehr viel bedeutet hatte, sich diese zwei Worte von ihm zu verdienen.

Die Vorstellung, ihren Job im Kundenservice aufgeben zu können und Vollzeit mit Code zu arbeiten, um zu versuchen, Cyberangriffe zu verhindern, war ein wahr gewordener Traum. Und auch wenn sie noch nicht am Ziel war, hatte sie ein gutes Gefühl mit der Richtung, in die sie sich bewegte. Beth hatte keine Ahnung, wie sie Penelope dafür danken sollte, dass sie sie mit Tex bekannt gemacht hatte – auch wenn er sie damit übertroffen hatte, ihre Sicherheitsmaßnahmen auf ihrem persönlichen Computer zu überwinden.

Mit ihrer Beziehung zu Cade ging es ebenfalls in eine gute Richtung. Er hatte sie erneut abgeholt und war mit ihr einkaufen gegangen, hatte ihre Hand kein einziges Mal losgelassen und sie hatte weder auf dem Hin- noch auf dem Rückweg irgendwelche Krisen erlebt. Während der gesamten Zeit, die sie draußen waren, hatte sie sich entspannter gefühlt, als sie es im gesamten letzten Jahr getan hatte.

Obwohl sie ihre Eltern und ihren Bruder nicht sehr häufig sah, stand sie ihnen sehr nahe. Sie waren frustriert, weil sie nicht wussten, wie sie ihr helfen konnten, das Geschehene zu verarbeiten, aber in letzter Zeit hatte sie sich ebenfalls Mühe gegeben, sie öfter anzurufen.

Das Einzige, das Beth davon abhielt, vollkommen glücklich zu sein, war ihre dämliche Angst davor, sich draußen aufzuhalten. Sie wusste, dass die Chancen eins zu eine Million standen, dass irgendwer sie noch einmal entführen würde, aber es war diese Eins, die sie zurückhielt. Sie wollte in der Lage sein, sich selbstbewusst draußen zu bewegen, ohne sich ständig umschauen zu müssen, aber sie würde sich auch erstmal damit zufriedengeben, vor ihrer Wohnung zu stehen, ohne sich in eine heulende Verrückte zu verwandeln.

Sie hatte tagelang online recherchiert und wusste, dass es zahlreiche Medikamente gab, die sie nehmen konnte und die ihr eventuell helfen könnten, aber Beth war stur. Sie wollte wieder sie selbst sein, ohne auf Xanax oder etwas Ähnliches zurückgreifen zu müssen. Ihre erste Therapeutin in Kalifornien hatte es ihr verschrieben und Beth hatte gehasst, wie sie sich damit gefühlt hatte. Gut, es hatte ihr geholfen, nach Texas umzuziehen, ohne vollkommen durchzudrehen, aber sobald sie sich eingelebt hatte, hatte sie das Medikament abgesetzt.

Beth ging davon aus, dass ihre Abneigung gegen das Medikament der Grund war, warum sie sich jetzt an der Idee des Feuers festhielt. Es bescherte ihr ein ähnliches Gefühl ... ein Gefühl, sich selbst aus der Ferne anzusehen. Während die Flamme flackerte und tanzte, hatte sie weder Angst noch Panik. Ihrer Meinung nach waren beides Fortschritte.

Das Problem bestand darin, dass Beth keine Ahnung hatte, wie sie den Frieden und die Ruhe in ihr tägliches Leben übertragen sollte, die sie spürte, während sie den Flammen zusah, die knisternd und knackend das brennende Material verschlangen. Sie hatte versucht, die Augen zu schließen und sich das Feuer vorzustellen, doch das war nicht das Gleiche. Das leichte Brennen in ihren Augen, das durch den Rauch und das verbrennende Objekt hervorgerufen wurde, sorgte einfach dafür, dass sie an nichts dachte, was um sie herum passierte.

Ganz zu schweigen davon, dass sie weder Penelope

noch Cade von ihrer neuen Therapie erzählt hatte, weil sie wusste, dass sie damit nicht einverstanden wären und versuchen würden, dem Ganzen einen Riegel vorzuschieben. Die Sache mit Cade lief gut, und das wollte sie wirklich nicht vermasseln. Es war ja nicht so, als sei sie eine Pyromanin. Sie steckte keine Häuser in Brand und sie tat auch niemandem weh. Aber trotzdem *wusste* sie ganz genau, dass es ihre Beziehung zu Cade und Penelope beeinträchtigen würde.

Beth schaute sich um und als sie in der finsteren Schwärze der Nacht niemanden sah, machte sie erst einen Schritt auf den Grill zu, dann einen weiteren. Sie hatte ihn anzünden müssen, es war also nicht so, als sei sie noch nicht so weit rausgetreten, aber dieses Mal fühlte es sich anders an. Die Flammen faszinierten sie und gaben ihr das Gefühl, so viel mehr Kontrolle zu haben. *Sie* entschied, wann sie gelöscht würden. Die Kontrolle war berauschend.

Sie goss eine Flasche Wasser über die Flammen, die zischten und spuckten, aber schließlich erloschen und nur eine dünne Rauchschwade hinterließen. Beth schaute hinauf in den Himmel, an dem Hunderte Sterne prangten, und atmete tief durch. Sie konnte es schaffen. Sie *würde* es schaffen. Sie würde wieder normal sein, selbst wenn es sie umbrachte.

»Also ... wir haben vier Filme in deiner Wohnung geschaut, sind dreimal einkaufen gefahren und haben mehr als zwei Dutzend Mal am Telefon miteinander gesprochen. Meinst du nicht, dass es für dich langsam Zeit wird zu sehen, wo ich wohne?«

Cade sagte diese Worte unbeschwert daher, aber Beth konnte die unterschwellige Anspannung in ihnen hören. Sie hatte ihn immer wieder abgewiesen, aber er hatte recht. Sie verstanden sich einfach wunderbar. Jeder Kuss sorgte dafür, dass sie sich mehr in ihn verliebte. Er war geduldig gewesen und hatte sie zu nichts weiter gedrängt, was er anfangs als »die Spielerbank« und erste Base bezeichnet hatte.

Als er das letzte Mal bei ihr gewesen war, hatten sie wie Teenager auf ihrem Sofa herumgeknutscht und sie war tatsächlich kurz vor drei Uhr morgens sicher und geborgen in seinen Armen eingeschlafen. Gegen vier Uhr war sie wegen ihrer unbequemen Schlafposition auf dem Sofa mit einem verspannten Nacken aufgewacht, doch es war ihr egal gewesen.

Sie mochte diesen Mann wirklich und war überaus neugierig darauf, wo er wohnte. Er hatte gesagt, es sei »bloß eine Junggesellenbude«, doch sie ging davon aus, dass er das Ganze vermutlich etwas runterspielte. Pen hatte ihr erzählt, dass Cade im Bezirk Potranco Ranch lebte, eine Gemeinde, die sich auf der nordwestlichen Seite der Stadt befand und in der es zweitausend Quadratmeter große Grundstücke gab. Er hatte das Haus vor zwei Jahren gekauft, als die Immobilienpreise günstig waren. Beth konnte nicht erwarten, es zu sehen.

»Ich würde sehr gern dein Haus sehen, Cade«, sagte sie zu ihm und hielt das Telefon so krampfhaft fest, dass sie Angst hatte, es könnte unter dem Druck zerbrechen.

»Wunderbar. Heute Abend?«

Beth spürte, wie bei seinem Vorschlag die Panik in ihr

Aufstieg. »Heute Abend kann ich nicht. Ich muss diese Sache für Tex machen und –«

»Du kannst das bei mir tun. Ich werde dich früh abholen, vor dem Abendessen. Wir können irgendwo anhalten, etwas zu essen zum Mitnehmen holen und es nach Hause bringen.«

Beth schwieg. Sie wollte so gern hundert Ausreden erfinden, warum es heute Abend nicht klappen würde, aber sie konnte nicht.

»Bitte, Beth. Vertrau mir. Ich werde die ganze Zeit bei dir sein. Ich weiß, dass es schwierig für dich ist. Ich *weiß* es. Aber ich glaube, wenn du das erste Mal hinter dich bringst, wirst du dich so viel besser fühlen.«

Es war die Bitte, die sie überzeugte. Und die Tatsache, dass er recht hatte. Sie hatte über die ganze Sache so sehr nachgedacht, dass allein der Gedanke daran, in seinem Haus und nicht in ihrer Wohnung zu sein, ihr ein unbehagliches Gefühl vermittelte. »Okay. Aber mach mir keinen Vorwurf, wenn ich durchdrehe oder du mich hierher zurückbringen oder mich die ganze Nacht festhalten musst.«

Beth konnte sich gut vorstellen, dass sie selbst in Cades Haus seine Hand halten musste. Was für eine Katastrophe.

»Verstehst du es denn nicht? Es gibt nichts, was ich lieber täte, als dich die ganze Nacht festzuhalten, Liebes.«

Oh Gott, er war so wundervoll.

»Möchtest du etwas Bestimmtes zum Abendessen? Auf dem Weg zu mir gibt es ein tolles Thailändisches Restaurant. Oder wir könnten Pizza oder Chinesisch essen. Wirklich, ich kann dir alles besorgen, worauf du Lust hast.«

»Können wir bei Whataburger anhalten?«

Cade lachte. »Natürlich.«

»Ich hatte schon seit Ewigkeiten keinen mehr«, sagte Beth sehnsüchtig.

»Dann wirst du einen großen, saftigen Whataburger bekommen. Ich kann es nicht erwarten, dich zu sehen. Ich hole dich gegen siebzehn Uhr dreißig ab.«

Beth schaute auf die Uhr. Vierzehn Uhr. Sie hatte dreieinhalb Stunden, um durchzudrehen.

»Großartig!«, sagte sie mit schriller Stimme zu ihm und versuchte, erfreut zu klingen.

Er durchschaute sie offensichtlich sofort. Seine Stimme war leise und unbeschwert, in keiner Weise beschuldigend oder drängend. »Beth, wenn das zu viel ist und es dir zu schnell geht, sag es mir einfach. Dann halte ich die Klappe und wir werden weiterhin bei dir Zeit verbringen. Es ist keine große Sache.«

Beth atmete tief durch. »Nein, es ist schon okay. Ich kann so tun, als sei ich nicht unfassbar nervös. Aber du hast recht, es wird Zeit. Ich muss diese Wohnung verlassen, andernfalls werde ich nie hier rauskommen. Selbst meine Therapeutin hat gesagt, dass es in meiner derzeitigen Situation immer bequemer werden wird, wenn ich mich nicht ein wenig zwinge ... und dass es dann noch schwerer wäre, mich zu befreien.«

»Ich mache mir Sorgen um dich.«

»Ich weiß. Danke. Aber Cade?«

»Ja, Liebes?«

»Wenn ich durchdrehe —«

»Wenn du eine Attacke hast, werde ich bei dir sein, okay?«

»Okay«, flüsterte Beth. »Danke.«

»Bring deinen Computer mit ... du musst diese Sache für Tex machen und du wirst dich damit wohler fühlen. Zumindest kannst du dich damit in der Arbeit verlieren. Wir sehen uns in ein paar Stunden. Versuche, dich deswegen nicht zu stressen. Alles wird gut.«

»Bis später.«

»Tschüss.«

»Tschüss.«

Beth legte auf und atmete tief durch. Dann noch einmal. Dann noch einmal. Sie fühlte sich etwas ruhiger, streckte sich aber trotzdem zur Seite und griff nach dem Wegwerffeuerzeug, das auf dem Tisch lag. Sie zündete es an und seufzte, als die Flamme aufflackerte. Sie hielt es so lange, bis ihr Daumen von dem Druck wehtat, den sie aufbringen musste, um den Knopf gedrückt zu halten.

Sie war so was von geliefert.

KAPITEL ELF

So weit, so gut.

Cade war um Punkt siebzehn Uhr dreißig eingetroffen, hatte ihre Hand ergriffen und sie bis jetzt nicht losgelassen. Sie hatten bei der Hamburger-Kette angehalten und etwas zum Abendessen gekauft. Beth war von der Gegend, in der er wohnte, sehr beeindruckt. Die Häuser waren keine Villen, aber es waren auch keine Bretterbuden.

Cade wohnte in einem Haus mit zwei Stockwerken, das vorn und an der Seite eine Veranda hatte. Sein Vorgarten war von der Dürre ausgetrocknet, war aber gut gepflegt und riesengroß. Hinter dem Haus befand sich etwas, das wie ein Wald aussah, sich aber als eine Art Naturschutzgebiet herausstellte. Er hatte ihr erklärt, dass er zwei Grundstücke gekauft hatte, weil er zwischen sich und dem nächsten Nachbarn Platz haben wollte. Der Bezirk entwickelte sich gerade erst und derzeit waren die Grundstücke, die sein Haus umgaben, noch unbebaut, weil sie darauf warteten, dass jemand sie kaufte und sein

Traumhaus darauf errichtete. Da wegen des Naturschutzgebietes niemand auf dem Grundstück hinter dem Haus bauen konnte, war es, als würde man auf dem Land wohnen und gleichzeitig den Komfort von nahe gelegener Zivilisation haben. Beth verliebte sich sofort darin, als sie es sah.

Selbst als sie im Haus waren, ließ er ihre Hand nicht los und zog sie lediglich hinter sich her in die Küche. Cade stellte die Tüte mit dem Essen auf die Arbeitsplatte, dann drehte er sich zu ihr um. Endlich ließ er ihre Hand los, aber nur, um ihr Gesicht in beide Hände zu nehmen und sich zu ihr zu beugen.

»Du scheinst in Ordnung zu sein, ja?«

»Es geht mir gut, danke, Cade.«

»Gut. Wenn wir mit dem Essen fertig sind, habe ich eine Überraschung für dich.«

»Äh, ich bin kein besonders großer Freund von Überraschungen.«

»Das liegt daran, dass du nicht genügend Erfahrungen mit guten Überraschungen gemacht hast.«

Beth konnte sich nicht daran erinnern, wann sie das letzte Mal eine nette Überraschung bekommen hatte. »Das stimmt vermutlich, aber ich behalte mir das Recht vor, Rache zu nehmen, falls alles den Bach runtergeht.«

Cade lachte und küsste sie leicht auf die Lippen. Er beugte sich nach unten und schnupperte hinter ihrem Ohr. Beth half ihm, indem sie den Kopf neigte, um ihm besseren Zugang zu gewähren. Die Gänsehaut, die sich auf ihren Armen bildete, ließ sie erschaudern. »Es geht nicht den Bach runter, aber du kannst mich gern festhalten und mich dir zu Willen machen, wenn du dich dann besser fühlst.«

Beth lachte und stemmte sich leicht gegen ihn. »Idiot. Los, ich sterbe vor Hunger, und der Geruch von Burgern und Pommes bringt mich dazu, mir den Arm abnagen zu wollen.«

»Das kann ich nicht zulassen. Hau rein, Liebes.«

Beth zwang sich, von Cade zurückzutreten. Er machte sie viel zu süchtig. Sie hatte schon genügend Probleme in ihrem Leben und wollte der Liste nicht auch noch eine verrückte Stalker-Freundin hinzufügen.

Das Abendessen verlief gut. Beth konnte sich nicht erinnern, wann sie das letzte Mal ein Gericht aus einem Schnellrestaurant so sehr genossen hatte. Es war aber nicht nur das Essen, sondern auch Cade. Er war lustig und Beth entspannte sich allein dadurch, in seiner Nähe zu sein.

Cade gab ihr eine Führung durch sein Haus und Beth war sehr beeindruckt. Es sah in der Tat so aus, als würde ein alleinstehender Mann dort wohnen, aber es war nicht übertrieben, denn sie sah nicht einmal einen Kickertisch. Es gab drei Schlafzimmer, von denen eins in einen Trainingsraum umfunktioniert worden war. Das Gästebad war sauber und es sah sogar so aus, als hinge eine volle Rolle Klopapier an der Halterung – und das Papier hing tatsächlich richtig herum. Dafür bekam er Bonuspunkte.

Das Schlafzimmer war riesig und Beth fühlte sich darin sofort wohl. Er hatte ein großes Doppelbett, das größtenteils ordentlich war. Die Tagesdecke war darüber ausgebreitet und es sah sehr bequem aus. Auf ihr lagen mindestens sechs Kissen und Beth konnte es sich nicht verkneifen, Cade deswegen aufzuziehen.

»Hast du genügend Kissen im Bett?«

Cade war nicht beleidigt. »Hey, was soll ich sagen? Ich

habe nachts gern etwas zum Kuscheln und wenn ein Kissen das Einzige ist, an das ich mich schmiegen kann, dann muss es ausreichen ... wenngleich ich dafür einen Menschen vorziehe.«

Beth wurde rot. »Ich bin direkt in dieses Fettnäpfchen reingetreten, was?«

»Das bist du, und ich konnte nicht widerstehen.« Cade umarmte sie mit einem Arm. »Aber ernsthaft, du solltest wissen, dass ich seit mehr als zwei Jahren keine Frau mehr in meinem Haus hatte.«

Beth schaute fasziniert zu Cade auf. »Zuerst einmal, warum? Und zweitens, ich weiß nicht genau, wieso du mir das erzählst.«

»Machst du Witze? Manchmal kann ich nicht unterscheiden, wann du sarkastisch bist und wann du es ernst meinst.«

»Ich meine es vollkommen ernst.«

Cade drehte sich zu ihr um, doch in seinem Gesicht war nichts von dem unbeschwerten Cade zu sehen, den sie während der letzten Wochen kennengelernt hatte. »Beth. Ich erzähle dir das, weil es stimmt. Weil ich dich mag ... sehr sogar. Weil wir zusammen sind. Aber wenn du mich fragst, warum ich in meiner überaus rückschrittlichen Art versuche, dir mitzuteilen, dass ich keine männliche Hure bin, weiß ich nicht, ob wir auf der gleichen Wellenlänge sind.«

Beth schluckte schwer. Wenn er ehrlich zu ihr sein konnte, musste sie ihm zumindest die gleiche Ehrlichkeit entgegenbringen. »Ich ... für mich ist es wirklich schon sehr lange her ... seit meinem ersten Jahr auf dem College. Ich dachte, er würde mich mögen, aber er war betrunken und hat sich am nächsten Morgen nicht einmal an mich erinnert.«

»Was für ein dämliches College-Arschloch.«

Beths Lippen zuckten. Sie konnte nichts dafür. Cades verärgerte Worte waren irgendwie lustig. »Ich halte dich nicht für eine männliche Hure.«

»Danke.«

»Und ich mag dich auch. Sehr.«

»Gut.«

»Aber ich bin noch nicht so weit, mit dir ins Bett zu gehen.«

»Ich weiß, aber soll ich dir was sagen? Ich wäre enttäuscht, wenn es so wäre. Mir gefällt das Tempo, in dem wir uns bewegen. Du hast immer noch mit sehr vielen Sachen in deinem Leben zu kämpfen und ich will wirklich nicht nur irgendein Kerl sein, den du als Trostpflaster benutzt«, sagte Cade mit aufrichtigen Worten zu ihr.

»Du bist definitiv kein Trostpflaster-Kerl für mich, Cade. Genauer gesagt bist du vielmehr mein *Ich-beginne-ein-neues-Leben*-Kerl.«

»Ich hoffe, dass dies eine längerfristigere Position als Trostpflaster-Kerl ist, denn ich sage es dir geradeheraus, Beth. Ich habe vor, sehr lange an deiner Seite zu sein. Du wirst nicht so alt, wie ich es bin, und hältst nicht mit allem, was du hast, an einer guten Sache fest. Und Liebes, du bist *definitiv* eine gute Sache.«

Bei seinen Worten stockte Beth der Atem. Oh Gott. Sie sprach ihre Gedanken leise und vorsichtig aus. »Ich würde unsere Namen nicht unbedingt in den großen Baum neben deinem Haus ritzen, aber ich denke, dass es an diesem Punkt weder schaden könnte noch unpassend wäre, dafür zu sorgen, dass wir das nötige Werkzeug dafür haben.«

Cade zog Beth an sich und schlang die Arme um sie. »Gut. Ich bin mir sicher, dass ich hier irgendwo Baumschnitzwerkzeuge herumliegen habe.«

Beth kuschelte sich an Cade, vergrub die Nase an seinem Hals und atmete tief ein. Er roch immer so gut, selbst wenn sie ihn direkt nach seiner Schicht sah, wenn er ihr Einkäufe vorbeibrachte. Als sie spürte, wie ihre Brustwarzen bei dem Gedanken, wie er wohl an seinem gesamten Körper riechen würde, und der Vorstellung, ihn mit ihren Händen zu berühren, steif wurden, bewegte sie sich unruhig in seiner Umarmung.

Cade zog sich ein klein wenig zurück und schaute sie von oben an. »Ich weiß, wenn ich neben diesem großen Bett stehe, will ich es ebenfalls ausprobieren, aber ich habe dir eine Überraschung versprochen. Komm mit, Liebes. Ich habe keinen Zweifel, dass wir irgendwann hier landen und Stunden damit verbringen werden, einander in- und auswendig kennenzulernen und einen Home-Run zu erzielen, aber jetzt will ich dir etwas zeigen.«

Beth fuhr mit dem Finger über sein Schlüsselbein und blickte schüchtern zu ihm auf. »Du könntest mir genau hier etwas zeigen ... wenn du willst.«

Cade lachte laut auf. »Oh Gott, wenn ich der Meinung wäre, dass du bereit bist, würde ich dich nackt ausziehen und dich so schnell unter mir begraben, dass dir schwindelig wird.«

»Ich arbeite daran. Weißt du, ich habe einmal gedacht, dass das, was dieses Arschloch mir angetan hat, mir Angst machen würde, jemals wieder mit irgendwem nackt zu sein, aber mit dir macht mir diese Vorstellung nicht ganz so viel Angst. Ich habe das Gefühl, dass du dir eher den Arm abhacken würdest, bevor du irgendetwas tätest, was mir Angst macht oder mich verletzt.«

»Damit hast du verdammt recht. Und du hast ja keine Ahnung, wie froh ich bin, das zu hören. Ich werde dir nie wehtun und ich werde tun, was ich kann, damit nur wir beide in unserem Bett liegen, aber heute Abend werden wir deine Überraschung genießen und dann werde ich dich nach Hause bringen.«

»Darf ich hierbleiben?«

»Was?«

»Nicht *hier* hier. Aber in deinem Haus. Ich werde unten bleiben, weil ich weiß, dass du morgen arbeiten musst, aber ich kann meinen Computer an deinem Küchentisch aufbauen und auf dem Sofa schlafen. Wenn es dir nicht zu viele Umstände macht, kannst du mich bei mir zu Hause absetzen, bevor du zur Arbeit fährst.«

»Mein Zuhaue ist dein Zuhause«, sagte Cade ernst zu ihr. »Mir wäre nichts lieber, als wenn du dich hier genauso wohlfühlst wie in deiner eigenen Wohnung. Ich wusste nicht genau, ob du dazu schon bereit bist. Ich weiß, dass deine Wohnung dein Sicherheitsnetz ist. Ich würde dich um nichts bitten, was dir ein unbehagliches Gefühl bereitet.«

»Ich mag dein Haus. Es fühlt sich für mich sicher an, ganz besonders wenn du hier bist. Ich weiß nicht wieso.«

»Du kannst bleiben, solange du willst. Wenn du morgen das Gefühl hast, okay zu sein, kannst du hierbleiben, während ich bei der Arbeit bin.«

»Wirklich? Hast du keine Angst, dass ich deine Sachen durchwühle oder so was?«

»Nein, denn ich habe nichts zu verbergen. Wenn du dich in meinen Computer hacken willst, tu dir keinen Zwang an.«

»Das habe ich bereits.«

Cade sah einen Moment lang bestürzt aus, dann erholte er sich wieder. »Stimmt ... siehst du? Ich habe nichts zu verbergen.«

Beth ließ das Lächeln zu, das sie zurückgehalten hatte. »Ich habe nur einen Scherz gemacht, Cade. Ich würde mich nicht in deine Festplatte hacken.«

»Göre.« Cade sprach das Wort liebevoll aus und ließ ihm einen langen, feuchten Kuss folgen, der Beth weiche Knie bescherte.

Als er sich endlich von ihr löste, keuchten sie beide. »Komm mit. Wir müssen mein Schlafzimmer verlassen und uns dieser Überraschung widmen, die ich dir versprochen habe.«

Beth folgte Cade durch den Flur, die Treppe hinunter und zurück ins Wohnzimmer. Er ließ sie auf einem der Ledersofas Platz nehmen, dann ging er in die Küche, wo er Popcorn machte und ein Bier für sie beide holte. Für einen Snack schien es eine seltsame Wahl zu sein, aber Beth sagte nichts. Er hatte offensichtlich etwas Größeres vor.

Nachdem er das Popcorn und die Biere auf dem Couchtisch abgestellt hatte, ging er zum Fernseher und drückte auf einigen Geräten herum. Schließlich kam er zurück zum Sofa und machte es sich neben ihr bequem. Er drückte auf die Fernbedienung, lehnte sich zurück und zog sie mit sich.

»Meine Überraschung ist ein Film?«

»Kein Film. Schau hin.«

Beth lächelte strahlend, als das Video anfing. Als ihr klar wurde, was sie sah, schaute sie Cade ungläubig an.

Er zuckte mit den Schultern. »Wir haben darüber gesprochen und ich dachte mir, bis du stark genug bist, selbst zu einem zu gehen, würde das hier ausreichen.«

Beth warf sich in Cades Arme, ohne jedoch den Blick vom Bildschirm abzuwenden. Er hatte eine Aufnahme von einem der Softballspiele zwischen Feuerwehrleuten und Polizisten angestellt. Die Videoqualität war nicht die beste und ihr wurde ein wenig übel, der wackeligen Aufnahme desjenigen zuzusehen, der gefilmt hatte, aber es war seit langer Zeit das beste Geschenk, das ihr jemand gemacht hatte. Jetzt machten das Popcorn und das Bier Sinn.

Sie schauten das gesamte Spiel an und Cade kommentierte die Geschehnisse abseits des Bildschirms, die sie nicht sehen konnte. Beide Mannschaften schummelten schamlos, aber alles schien Teil des Spaßes zu sein. Beth kicherte, bis ihr die Tränen über die Wangen liefen, als Penelope den Polizisten ihren BH zeigte, um sie abzulenken, woraufhin Driftwood eine Stolen Homebase gelang und er mit diesem Run das Spiel für die Feuerwehrleute gewann.

»Sieht so aus, als würdet ihr euch wirklich sehr gut verstehen.«

»Das tun wir. Es besteht vielleicht eine Rivalität zwischen uns und den Polizisten, aber jeder von uns weiß, dass jeder der anderen sein Leben für uns geben würde, wenn es dazu käme. Wir arbeiten zusammen. Wenn wir zu Unfällen oder Bränden gerufen werden, ist einer von ihnen sehr oft bereits an der Unglücksstelle«, rief Cade ihr ins Gedächtnis, als er über die Polizisten sprach.

»Und wir passen auf sie auf, wenn es uns möglich ist. Es ist fast schon verrückt, wie oft unsere Wege sich kreuzen, wenn wir unsere Arbeit verrichten.«

»Ist das, was du tust, gefährlich?«, fragte Beth besorgt.

»Nein, Liebes. Wir bleiben in der Regel dabei, anderen zu helfen. Ich werde nicht lügen und sagen, dass es immer hundertprozentig sicher ist. Mit Feuer zu tun zu haben ist niemals sicher. Es ist unberechenbar und selbst wenn du denkst, dass du es unter Kontrolle hast, kann es erneut auflodern und dich in den Hintern beißen. Ich habe es studiert, ich kenne die Wissenschaft dahinter und verstehe, wie es funktioniert, aber selbst ich werde ab und zu noch überrascht. Wir tun nur so, als würden wir es kontrollieren, aber in Wirklichkeit haben die Flammen immer das Heft in der Hand.«

Beth war über seine Worte überrascht. Diese Erfahrung hatte sie nicht gemacht. Ihr war es ganz einfach möglich zu entscheiden, wann sie ihre kleinen Feuer löschte, doch sie schwieg, als er weitersprach.

»Wenn wir zu einem Verkehrsunfall gerufen werden, ist es nur so, dass einer von unseren Freunden sich für gewöhnlich schon am Unfallort aufhält. Wenn es sich um einen häuslichen Zwischenfall handelt, werden wir geschickt, um medizinische Unterstützung zu leisten, aber normalerweise sind unsere Jungs in Blau schon dort und haben die Situation unter Kontrolle. Ich habe sogar gesehen, wie sie eingesprungen sind und uns mit Wasser ausgeholfen haben, als wir es benötigt haben. Wir arbeiten zusammen und ich würde meinen Beruf gegen nichts auf der Welt eintauschen.«

»Du liebst ihn.«

»Das tue ich.«

Sie schwiegen einen Moment lang, als sie den Feuerwehrleuten auf dem Bildschirm vor sich beim Feiern zusahen. »Glaubst du, dass deine Freunde einen Abend hierherkommen würden ... du weißt schon, wenn ich etwas kochen würde oder so ... damit ich sie kennenlernen kann?« Beth hatte das Gefühl, dass sie eine Grenze überschreiten könnte, aber sie wollte seine Freunde so gern treffen. Sie sahen aus, als könnte man mit ihnen Spaß haben. Sie hatte in ihrem Leben nicht genug Spaß. Irgendwann einmal, bevor alles passiert war, hatte sie es geliebt, Zeit mit anderen Menschen zu verbringen. Damals war sie der Mittelpunkt jeder Party gewesen. Als sie das Video sah, wie alle herumscherzten und Spaß hatten, wurde ihr klar, wie sehr sie es vermisste.

»Ja, ich will mit dir angeben.«

»So meinte ich das nicht.« Beth kicherte nervös. »Ich dachte nur, dass –«

»Schon gut. Ich werde sehen, ob wir es für dieses Wochenende organisieren können. In Ordnung?«

»Ja, aber kann ich dich um einen Gefallen bitten?«

»Alles, was du willst.«

»Wenn ich anfange durchzudrehen, kannst du mich dann in dein Schlafzimmer bringen? Ich will nicht, dass sie mich in diesem Zustand sehen. Ich meine, sie wissen vermutlich schon alle über mich Bescheid ...« Ihre Stimme verstummte, als wartete sie auf eine Bestätigung. Als Cade nickte, fuhr sie fort: »Aber wie du weißt, ist es eine Sache, von meiner Agoraphobie zu wissen, und eine andere, sie tatsächlich zu bezeugen, ganz besonders wenn ich jemanden zum ersten Mal treffe. Manchmal werde ich nervös, wenn viele Menschen um mich herum sind, und bekomme trotzdem Panik, auch wenn ich nicht draußen bin.«

»Beth, sie sind alle Sanitäter. Und die Polizisten haben vielleicht noch keine Panikattacke bezeugt, aber in ihrem Beruf haben sie schon weitaus Schlimmeres gesehen. Es wird sie nicht stören.«

»Aber sie haben nicht gesehen, wie *ich* eine habe.«

»Gut, ich verspreche, dass ich dich in ein anderes Zimmer bringen werde, falls es dazu kommt. Aber ich glaube, dir wird es gut gehen. Innerhalb von zehn Minuten, die sie hier sind, wirst du das Gefühl haben, sie schon ewig zu kennen.«

»Das hoffe ich.«

»Ich weiß es. Vergiss nur nicht, dass du mein Mädchen bist – und ich werde es dir jetzt sagen, wenn irgendeine dieser Knalltüten auch nur darüber *nachdenkt*, dich mir wegzustehlen, wird sie es mit mir zu tun bekommen.«

Beth kicherte und rollte mit den Augen. Er klang, als sei er vollkommen ernst, auch wenn sie davon überzeugt war, vor Anmachversuchen seiner Freunde relativ sicher zu sein.

Cade umarmte sie noch einmal und beugte sich so weit zu ihr, dass seine Lippen an ihrem Ohr waren. »Falls ich später vergessen sollte, es dir zu sagen, ich mag es, dich in meinem Haus zu haben, Liebes. Ich mag alles an dir. Zu wissen, dass du meine Freunde treffen und sie kennenlernen willst? Das ist das Sahnehäubchen auf der Torte.«

Beth erschauderte, weil sein Atem für eine Gänsehaut an ihren Armen sorgte. Verdammt, sie reagierte immer so auf ihn. Es war wunderbar und gleichzeitig ein bisschen peinlich. »Wenn es deine Freunde sind, weiß ich, dass ich sie mögen werde.«

»Solange du mich lieber magst, habe ich damit kein Problem.«

Cade küsste sie erneut, wobei er sich dieses Mal zentimeterweise der zweiten Base näherte und sie überschritt, bevor er sich zurückzog und tief durchatmete. Beth spürte, wie sehr es ihm gefiel, sie zu küssen, da seine Erektion gegen ihren Bauch drückte.

»Oh Gott, du bringst mich dazu, den Verstand zu verlieren. Los, richte dich häuslich ein. Hole deinen Laptop und ich werde einen Film aussuchen.«

Beth lächelte und tat, was er vorgeschlagen hatte. Sie griff von ihrem Platz auf dem Sofa nach ihrer Tasche, während Cade am Fernseher hantierte und eine DVD einlegte. Dreißig Minuten später lächelte sie noch immer, als sie zur Seite blickte und sah, dass er tief und fest neben ihr schlief. Er hatte die Hand auf ihr Bein gelegt, als sie es sich neben ihm gemütlich gemacht hatte, und dort lag sie immer noch, schlaff und schwer. Ihr Lächeln wurde breiter, als sie die Aufmerksamkeit wieder auf ihren Laptop und die Firewall richtete, die sie versuchte zu durchbrechen.

KAPITEL ZWÖLF

Am folgenden Wochenende hieß Cade alle seine Freunde von Wache sieben und einige der Polizisten, von denen er Beth erzählt hatte, bei sich willkommen. Dax und Mack hatten kommen können, Hayden und Conor ebenfalls. Nachdem einige Minuten vergangen waren, in der sie sich miteinander bekannt machten, verfielen seine Freunde in ihre üblichen Routinen, neckten einander und machten Witze. Es dauerte nicht lange, bis Cade sah, wie die Stressfalten auf Beths Gesicht verschwanden und sie anfing, sich so weit zu entspannen, um die Neckereien zu erwidern.

»Ich bin keine Zirkusattraktion, die vorgeführt wird, damit sie zu eurer Belustigung Kunststückchen macht«, sagte Beth mit vollkommen ernstem Gesichtsausdruck.

Driftwood wirkte eine Sekunde lang schockiert, aber als Beth das Grinsen nicht länger unterdrücken konnte, das gedroht hatte sich auf ihrem Gesicht breitzumachen, seufzte er erleichtert auf. »Verdammt, Weib, ich dachte, du meinst es ernst!«

Hayden und der Rest der Gruppe brachen in schallendes Gelächter aus.

Penelope grinste Driftwood an, sagte aber kein Wort.

Jetzt empfand Beth Mitleid für Cades Freund. »Ich könnte mich absolut in die Online-Dating-Webseite einhacken, bei der du angemeldet bist, und die persönlichen E-Mail-Adressen aller Frauen besorgen, die du magst ... aber dann würdest du herausfinden, dass die Hälfte von ihnen mindestens zehn Jahre älter oder jünger ist als in ihrem Profil angegeben, ein Viertel in Wirklichkeit Männer sind und das andere Viertel bereits verheiratet ist. Ich verstehe sowieso nicht, wieso du überhaupt eine Dating-Seite benutzt. Du siehst toll aus. Willst du mir wirklich erzählen, dass du keine Frau finden kannst?«

»Er kann eine Frau finden, es ist nur so, dass er in gewisser Weise ein Typ für nur eine Nacht ist und mit den meisten Frauen, die er kennt, bereits zusammen war. Um also zu vermeiden, dass sie falsche Vorstellungen bekommen und glauben, er würde mit ihnen tatsächlich länger als nur eine Nacht zusammenbleiben wollen, versucht er, eine neue Gruppe von Frauen zu finden«, erklärte Taco hilfsbereit.

Driftwood sah tatsächlich etwas schuldbewusst aus, stritt die Erklärung seines Freundes für seinen Bedarf, eine Dating-Seite zu nutzen, jedoch nicht ab. »Ich bin nicht der Einzige, der ein Profil dort hat, nur damit du es weißt. Wie lautet doch gleich das Sprichwort? ›Wer im Glashaus sitzt, soll nicht mit Steinen werfen.‹«

Crash meldete sich zu Wort, um sich zu verteidigen. »Ich war nur einmal auf dieser Seite, weil wir bei unserer Schicht Langeweile hatten. Ich habe keine der Nachrichten beantwortet, die ich bekommen habe. Ich schaue mir meine Verabredungen gern persönlich an, bevor ich beschließe, den Abend mit ihnen zu verbringen.«

»Verabredungen? So nennst du die Frauen also, mit denen du dich rumtreibst?«, fragte Chief grinsend. Er hielt ein Bier in der Hand und sah entspannt aus, wie er mit der Hüfte an der Wand lehnte.

Squirrel räusperte sich und Beth lächelte ihn an. Er sah nicht aus wie einer der anderen Männer in der Gruppe. Seine große, dünne Statur und seine Brille ließen ihn wie jemanden wirken, der zusammen mit ihr am Computer arbeiten sollte, anstatt in brennende Gebäude zu laufen. »Genau genommen *ist* es eine Verabredung. Er trifft sich mit ihnen in einer Kneipe, bezahlt für ihre Getränke und ihre Speisen, wenn sie etwas essen wollen, dann gehen sie zu ihr, haben Geschlechtsverkehr und der Abend ist vorbei.«

Beth unterdrückte bei dem Wort »Geschlechtsverkehr« ein Kichern. Squirrel sollte wirklich in irgendeinem Computerunternehmen tätig sein.

Moose verschluckte sich fast an seinem Lachen und schlug Squirrel auf den Rücken. »Du hast so recht, mein Mann. Nach meiner Definition ist das eine Verabredung.«

Cade beschloss, sich einzumischen. Es schien ein guter Zeitpunkt für einen Themenwechsel zu sein, bevor seine Truppe die Diskussion darüber vertiefte, was eine offizielle Verabredung ausmachte. »Nur weil meine Freundin ein Computergenie ist, bedeutet das nicht, dass ihr alle einen Freibrief bekommt. Benehmt euch.«

Alle lachten und widmeten sich wieder ihren individuellen Unterhaltungen. Beth beugte sich zu Cade und flüsterte: »Ich habe Spaß.«

Cade hätte gelacht, aber er wusste, wie schwierig dieser Nachmittag für sie gewesen war. Er hatte sie am Tag zuvor abgeholt und war mit ihr zu sich nach Hause gefahren. Sie hatten den gestrigen Nachmittag damit verbracht, die Grillparty vorzubereiten. Cade war zum Supermarkt gefahren, um letzte Besorgungen zu machen, und als er wieder zu Hause angekommen war, hatte Beth die Küche geputzt.

Er hatte sehen können, dass sie angespannt war, weil es ihr schwergefallen war, still zu sitzen. Endlich hatte sie sich vor ihrem Computer etwas beruhigt, nachdem ihr neuer Freund Tex ihr einige »Hausaufgaben« zu erledigen gegeben hatte. So sehr er sie auch mit nach oben ins Bett nehmen und die Nacht damit verbringen wollte, Liebe mit ihr zu machen, hatte es sich immer noch nicht richtig angefühlt und sie hatte zugegeben, dass sie noch nicht bereit dazu war. Deshalb war Cade allein ins Bett gegangen und hatte Beth leise murmelnd zurückgelassen, während sie auf ihrem Laptop herumtippte.

Es war die seltsamste Beziehung, die Cade jemals geführt hatte, aber es fühlte sich richtig an, es mit Beth langsam angehen zu lassen. Sie war ihm sehr wichtig und er wollte sie wirklich nicht zu etwas drängen, wozu sie nicht bereit war.

Obwohl ihre Knutschereien von Mal zu Mal engagierter wurden – ihm fiel kein besseres Wort ein –, hielt er sich weiterhin zurück, mit ihr zu schlafen. Sie hatten die zweite Base umkreist und waren auf dem Weg zur dritten gewesen, bevor Cade sich zurückgezogen hatte.

Sein Bauchgefühl sagte ihm jedoch, dass es schon

bald so weit war. Sie flüsterte ihm jeden Morgen ins Ohr, dass sie glaubte, bereit für ihn zu sein. Er wollte jedoch nicht, dass sie *dachte*, sie sei bereit, er wollte, dass sie *überzeugt* war und ihn mit einer Leidenschaft begehrte, die sie nicht leugnen konnte.

Seit seine Freunde vorbeigekommen waren, hatte sie kein einziges Mal Panik bekommen. Sie hatte sie begrüßt, als würde sie sie schon ihr ganzes Leben lang kennen. Niemand hatte eine Bemerkung darüber gemacht, wie fest sie seine Hand umklammert hielt, und sie hatten ihn ebenfalls nicht damit aufgezogen, dass er an seiner neuen Freundin förmlich klebte.

Er hob ihre Hand, um ihre Finger zu küssen, doch dann erstarrte er und hielt ihre Finger fest, damit sie sie nicht wegziehen konnte. »Was ist passiert?«, fragte er besorgt und blickte stirnrunzelnd auf die deutlichen Brandmale an ihren Fingern.

»Ach, das ist keine große Sache.«

»Für mich ist es eine große Sache, wenn du verletzt bist«, gab Cade zurück, dann wiederholte er: »Was ist passiert?«

Beth schaute sich um und biss sich auf die Lippe, bevor sie widerwillig antwortete: »Als ich vor einigen Tagen gekocht habe, habe ich den Topf angefasst und vergessen, dass er heiß ist.«

Cade sagte einen Moment lang nichts, denn er spürte, dass sie ihn anlog. »Tun deine Finger weh?«, fragte er schließlich.

Sie schüttelte den Kopf. »Nicht mehr allzu sehr. Etwa einen Tag danach habe ich Brandblasen bekommen, aber sie sind jetzt schon wieder weg.«

Er führte ihre Hand an seinen Mund und küsste zärtlich jeden ihrer Finger. Sie waren gerötet und wenn sich darauf Blasen gebildet hatten, waren es höchstwahrscheinlich Verbrennungen zweiten Grades gewesen. Das musste furchtbar wehgetan habe. Cade *hasste* es so sehr, dass sie Schmerzen gehabt hatte und er nicht für sie da gewesen war, um sich um sie zu kümmern.

»Ich schätze, du bist nicht Dr. Oetker«, bemerkte Moose sarkastisch.

Das reichte aus, um die Anspannung im Raum zu durchbrechen.

»Äh, nein.« Beth sah zu Cade auf.

An ihrer gerunzelten Stirn erkannte er, dass es ihr peinlich war, über die Verbrennungen zu sprechen, und ließ es gut sein. Er lächelte sie an und erinnerte sich an das Brathähnchen, das sie an dem Tag versucht hatte zu kochen, an dem sie sich zum ersten Mal begegnet waren.

Als könnte sie seine Gedanken lesen, fragte Mackenzie: »Wie habt ihr euch eigentlich kennengelernt?«

Die Männer schauten größtenteils das Footballspiel, was es den vier Frauen Beth, Penelope, Hayden und Mackenzie ermöglichte, ein Mädchengespräch zu führen.

»Ich hätte beinahe meine Küche in Brand gesetzt, aber er ist aufgetaucht und hat das Feuer gelöscht.«

»Ernsthaft? Wow, das ist ja toll«, sagte Mackenzie beeindruckt. »Das ist so viel besser als die Art, wie Daxton und ich uns begegnet sind. Ich habe ihn bei einer Wohltätigkeitsveranstaltung getroffen, die ich organisiert habe, und danach wurde ich von TJ angehalten – kennst du TJ schon?«

»Nein.«

»Also, er ist auch scharf, aber ich wurde von TJ angehalten und Daxton saß zusammen mit ihm im Wagen. Er hat mich erst erkannt, als ich bereits meine Verwarnung bekommen hatte und weitergefahren war. Er hat sich illegalerweise von TJ meine Telefonnummer geben lassen und mich angerufen. Das war gut, denn ich hätte mich niemals getraut, ihn anzurufen, wenn ich gewusst hätte, dass er dort gewesen war, und wäre gleichzeitig vermutlich vor Scham gestorben. Ernsthaft, es klingt wie ein Klischee, aber alles ist gut, weil ich ihn sehr liebe und er mir das Leben gerettet hat.«

Beth starrte die andere Frau einfach nur an. Sie war kleiner und kurviger als sie mit ihren eins zweiundsiebzig, hatte aber das Selbstbewusstsein von jemandem, der mindestens eins dreiundachtzig groß war. Sie mochte sie auf Anhieb. Penelope hatte sie im Vorfeld gewarnt, dass Mackenzie dazu neigte, ohne Punkt und Komma zu plappern, und sie hatte tatsächlich nicht gelogen.

»Cade hat so etwas erwähnt. Er hat dir das Leben gerettet?«

»Oh ja.« Mackenzie nickte. »Erinnerst du dich an Jordan Charles Staal?« Als Beth sie nur ausdruckslos ansah, winkte Mackenzie ab. »Spielt keine Rolle. Wie dem auch sei, dieser Typ war sauer auf die Rangers und hat mich von meinem Arbeitsplatz entführt. Daxton und die restlichen Jungs haben mich gefunden, bevor er mir anhaltenden Schaden zufügen konnte.«

»Ja, ganz so einfach war es nicht«, sagte Hayden gereizt. »Aber das ist der Kern der Geschichte.«

»Aber jetzt geht es dir gut?«, fragte Beth besorgt.

»Oh ja. Es war scheiße, aber was soll's. Er ist tot, ich nicht und ich kann jede Nacht mit Daxton in meinem Bett schlafen. Was gibt es Besseres?«

»Oh, Herr im Himmel, bitte sprich in meiner Gegenwart nicht über Dax und Bett«, beklagte Hayden sich. »Ich muss ihn fast täglich sehen.«

»Du brauchst bloß deinen eigenen Mann«, sagte Penelope zu ihrer Freundin. »Dann wird es anders sein.«

»Ich bin mir nicht sicher, ob ich jemanden finden werde«, antwortete der Hilfssheriff vollkommen ernst.

»Äh, was?«, mischte Beth sich ein, die sich in der Gruppe wohlfühlte. »Du hast wunderschönes rotes Haar, große Brüste und bist durchtrainiert ... wovon redest du?«

»Ich bin einer der Kerle«, gab Hayden sofort zurück. »Und ich würde sowieso nicht mit einem meiner Polizistenkollegen zusammen sein wollen. Es wäre so seltsam, ihn bei der Arbeit zu sehen und mit ihm nach Hause zu gehen. Außerdem sehen Männer mich im Allgemeinen nicht als Frau an. Ich trage den Großteil meiner Zeit eine Uniform. Ich bin zu beschäftigt, um einen festen Partner zu haben. Was noch ...?«

»Hey, man kann nie wissen«, unterbrach Mackenzie sie. »Eines Tages wirst du nichtsahnend deiner Arbeit nachgehen und BUMM wird da ein Kerl sein, der sich Hals über Kopf in dich verliebt. Und bevor dir klar wird, was passiert, wirst du dich in einer Beziehung befinden.«

Hayden rollte mit den Augen und trank einen kleinen Schluck von dem Bier, das sie in der Hand hielt. »Mit dir zusammen zu sein ist manchmal echt anstrengend, Mack.«

Mackenzie strahlte, als hätte Hayden ihr soeben ein Kompliment gemacht. »Danke schön!«

Alle lachten. Mackenzie war wie Teflon – die Worte prallten direkt an ihr ab und schienen sie überhaupt nicht zu beeindrucken.

»Möchte sonst noch jemand etwas trinken?«, fragte Beth, als sie aufstand.

»Ich habe noch.«

»Nein danke.«

»Nein.«

Beth lächelte die Frauen an und ging in die Küche, wobei sie auf dem Weg dorthin ununterbrochen grinste. Sie konnte nicht fassen, dass sie nervös gewesen war, Cades Freunde zu treffen. Bis jetzt waren sie toll und hatten sie nicht dazu gebracht, sich komisch zu fühlen. Abgesehen von einigen normalen Fragen über ihren Job und kurzen Mitleidsbekundigungen zu ihrer Agoraphobie hatten sie den Eindruck erweckt, es sei ihnen egal, dass sie nicht so war wie die meisten Menschen.

»Bist du okay?«

Beth drehte sich um und grinste Cade an. »Es geht mir fantastisch. Danke für heute Abend. Ich liebe deine Freunde.«

»Das wusste ich.«

Cade breitete die Arme aus und Beth kuschelte sich an ihn. »Seit meinem Umzug nach San Antonio habe ich zum ersten Mal das Gefühl, dass ich tatsächlich die richtige Entscheidung getroffen habe. Ich vermisse es, Freunde zu haben.« Sie schaute zu Cade auf und wiederholte: »Danke.«

»Du brauchst mir nicht zu danken, Liebes. Es ist mir ein Vergnügen. Und ich habe Hintergedanken.«

Beth sah ihn mit hochgezogenen Augenbrauen an. »Hintergedanken?«

»Jup. Ich denke, es ist wahrscheinlicher, dass du mich behältst, wenn du meine Freunde magst.«

Sie rollte mit den Augen und lehnte den Kopf wieder

an ihn. »Wie du meinst. Und nur damit das klar ist, ich behalte dich.«

»Gut.«

Sie hielten einander ein paar Minuten in den Armen und genossen den Moment. Als Dax rief: »Wo bleibt mein Bier, Cade?«, lösten sie sich schließlich widerwillig voneinander.

Cade gab Beth einen schnellen, aber gefühlvollen Kuss. »Los, wir können die Geier nicht warten lassen, sonst werden sie anfangen, uns zu umkreisen, wenn ich nicht wieder rausgehe.«

Beth glaubte, seit Jahren nicht mehr so viel gelächelt zu haben. Der Rest des Abends verging genauso lustig und unbeschwert. Jede der Frauen sagte ihr, dass sie es nicht erwarten konnte, mehr Zeit mit ihr zu verbringen, und die Männer waren genauso enthusiastisch gewesen, als sie gegangen waren.

Alles in allem war es ein toller Start in ihr neues Leben gewesen. Beth wusste nicht, wem sie dafür danken sollte, aber sie würde so lange wie möglich daran festhalten.

Eine Woche nachdem Cades Freunde und Arbeitskollegen zu Besuch gekommen waren und sich mit so viel Grillfleisch den Bauch vollgeschlagen hatten, wie sie essen konnten, bereiteten Beth und Cade sich darauf vor, sich auf den Weg zu machen. Cade stand eine Dreitagesschicht bevor, bei der er zwischendurch nur acht Stunden freihatte, bevor er wieder bei der Arbeit erscheinen musste. Wenn er diese Schicht hatte, fuhr Beth normalerweise zurück in ihre Wohnung, da Cade nur schlief, wenn er nach Hause kam, bevor er wieder zur Wache musste.

»Du kannst hierbleiben, es macht mir nichts aus.«

»Ich weiß das zu schätzen, Cade, aber dieses Mal würde ich mich bei mir zu Hause wohler fühlen.«

»Okay, aber du weißt hoffentlich, dass der Tag kommen wird, an dem ich dich dauerhaft hier haben will.«

Beth sah Cade schockiert an. »Wir haben uns erst vor zwei Monaten kennengelernt.«

»Und?«

»Und denkst du nicht, dass es zu früh ist?«

»Nein.« Als Beth ihn einfach nur weiter anstarrte, sprach Cade weiter. »Beth, was glaubst du, wo diese Sache mit uns hinführt? Meinst du, ich halte mir dich nur warm, bis wir miteinander geschlafen haben, und dann lasse ich dich fallen?«

Sie schüttelte den Kopf und biss sich nervös auf die Unterlippe.

»Also, ich mache dir keinen Heiratsantrag, Liebes. Aber ich mag es, mit dir in meinem Haus aufzuwachen. Ich mag es, neben dir in der Küche zu werkeln. Ich mag es, mit dir zu kuscheln, und ich mag es definitiv, wie du dich in meinen Armen anfühlst.«

»Wir hatten bisher noch keinen Sex.«

»Dessen bin ich mir sehr bewusst. Aber wir werden ihn haben. Bald. Doch ich empfinde nicht wegen des Sex so für dich. Der Grund dafür bist *du*.«

»Ich ... ich empfinde genauso. Aber es fällt mir immer noch schwer, es zu glauben.«

Cade lächelte und küsste Beth auf die Stirn. »Ich

werde hier sein, wenn du es endlich glaubst, Liebes. Ich werde dich nach Hause fahren, damit ich pünktlich zur Arbeit komme. Die Jungs scheißen mich zusammen, wenn ich zu spät bin.«

Cade liebte die Röte, die ihr in die Wangen stieg. Er konnte sich denken, was sie dachte: dass sie glauben würden, er käme zu spät, weil sie Sex hatten.

Er griff nach Beths Umhängetasche, in der sich ihr Laptop befand, und fluchte, als der Riemen abriss. Die Tasche fiel zu Boden und der gesamte Inhalt verteilte sich über den Boden.

»Mist! Das tut mir leid. Ich hoffe, dein Computer ist nicht kaputtgegangen«, sagte Cade bestürzt, als er in die Hocke ging, um ihr beim Einsammeln zu helfen. Zwischen den Stiften und Haftnotizen, auf denen sie ständig herumkritzelte, befanden sich drei Schachteln Streichhölzer und zwei Wegwerffeuerzeuge. Er hielt eins hoch und scherzte: »Hast du mit dem Rauchen angefangen und es mir nicht gesagt?«

Er runzelte die Stirn, als Beth ihm nicht antwortete, sondern ihm stattdessen das Feuerzeug aus der Hand riss und es zurück in ihre Tasche stopfte. Sie stand auf und hielt abwehrend die Tasche vor sich. »Nein.«

Da sie sonst nichts weiter sagte, beruhigte Cade sie schnell, um sie nicht sauer zu machen. »Schon gut, keine große Sache. Bist du fertig? Hast du deine Tasche mit den Wechselsachen?«

Beth nickte und deutete auf ihre kleine Sporttasche, die am Fuß der Treppe stand. Er wollte sehr gern ihre Sachen auspacken und einen Teil davon hierlassen, damit sie das ganze Zeug nicht ständig hin und her schleppen musste, aber auch das würde irgendwann passieren.

Da er davon ausging, dass sie es nicht gewohnt war, von anderen neugierige Fragen über ihre Sachen gestellt zu bekommen, schnappte er sich einfach ihre Sporttasche und kam zu ihr zurück. Dann griff er sie vorsichtig am Arm und führte sie aus dem Haus. Sobald er die Tür abgeschlossen hatte, veränderte er die Position, um sie an die Hand zu nehmen. Er ging zu seinem Wagen, half ihr beim Einsteigen und fuhr zu ihrer Wohnung.

Sie kamen ohne Zwischenfälle an und sobald sie ihre Wohnung betreten hatten, ging sie zur Terrassentür und zog die Vorhänge zurück. Sie hatte ihm erzählt, dass sie versuchte, dafür zu sorgen, nicht in einem Verlies zu leben. Cade sah, wie sie tief einatmete, als würde sie sich für den Blick durch die Glasschiebetür wappnen, doch sie hielt durch und ließ den Vorhang geöffnet, während sie dort stand.

Er ging zu ihr, umarmte sie von hinten und legte das Kinn auf ihre Schulter. Er wusste nicht, wo sie hinsah, doch ihm war bewusst, dass ihre Wahrnehmung der Aussicht sich von seiner sehr unterschied. Er sah eine große Grasfläche, auf der sich Menschen entspannten und Fußball spielten. Sie erkannte vermutlich hinter jedem Baum und Busch eine lauernde Gefahr.

Cade wollte sie gerade loslassen und ihr mitteilen, dass er wirklich zur Arbeit fahren musste, als er einen zweiten Blick auf ihre Terrasse richtete. Am Rand der Betonfläche stand ein Grill, der ihm zuvor nicht aufgefallen war.

Ihm bereitete jedoch Sorgen, dass das Gras um ihn

herum schwarz verbrannt war, als hätte es kürzlich ein Feuer gegeben, das außer Kontrolle geraten war.

»Was ist das?«, fragte Cade mit schneidender Stimme.

»Was ist was?«, entgegnete Beth und blickte in seiner Umarmung auf.

»Hat es bei dir gebrannt?«

»Was?« Beths Tonfall war etwas angespannt und er spürte, wie sie sich in seinen Armen versteifte.

»Das verbrannte Gras neben deiner Terrasse. Haben deine Nachbarn deinen Grill benutzt und die Party ist aus dem Ruder gelaufen?«

Beth zuckte mit den Schultern. »Kann sein.«

»Idioten. Sie hätten die gesamten Wohnanlage abfackeln können. Man würde meinen, dass sie etwas vorsichtiger wären, wo es in letzter Zeit so trocken war. Du hast doch immer noch den Feuerlöscher, den ich dir mitgebracht habe, nicht wahr?«

Beth nickte, sagte jedoch nichts.

»Gut. Ich empfehle dir, den Grill entweder reinzubringen, damit sie ihn nicht ohne deine Erlaubnis benutzen können, oder ihn gleich ganz zu entsorgen.«

»Werde ich tun.«

Cade fuhr fort: »Wenn du Hilfe brauchst, sag mir einfach Bescheid. Du hast Fortschritte gemacht, nicht in Panik zu verfallen, wenn du nach draußen trittst, aber ich möchte nicht, dass du es übertreibst. Und jetzt muss ich wirklich los, Liebes. Wenn ich Zeit habe, rufe ich dich heute Abend an.«

Beth drehte sich in seinen Armen um. »Aber du hast Nachtschicht.«

»Ja und es wird langweilig, wenn wir nicht zu Einsätzen gerufen werden. Ich würde lieber mit dir sprechen, als rumzusitzen und Driftwood oder Crash zuzuhören, wie sie über ihre Dating-Profile labern.«

Bei seinem genervten Tonfall lächelte sie. »Dann würde ich sehr gern mit dir sprechen. Aber nur, wenn es dir passt. Wenn nicht, ist es nicht schlimm.«

»Ich rufe dich später an. Ich kann dir garantieren, dass es während der nächsten drei Tage langweilig genug sein wird, damit ich meine Beth-Zeit bekomme.«

Bei diesen Worten grinste sie. Sie verbrachten ihre übliche Zeit damit, an ihrer Wohnungstür zu stehen und herumzuknutschen, bevor Cade widerwillig die Lippen von ihren löste. Eine seiner Hände ruhte in ihrer Hose auf ihrem Po, mit der anderen hielt er eine ihrer Brüste umschlossen, während er mit dem Daumen über ihre harte Brustwarze streichelte. Sie hatte beide Hände unter seinem Hemd, strich mit den Fingernägeln sanft über die empfindliche Haut an seinem Kreuz und zog ihn an sich, damit sie beide spüren konnten, wie erregt er von ihren Küssen war.

Cade stöhnte und schob widerwillig die Hände an ihre Taille, ein weitaus sichererer Ort, wo er über ihre warme Haut streichelte. »Ich hoffe, dass unser Ritual an der Tür sich nicht ändert, nachdem wir miteinander geschlafen haben. Ich schwöre, ich brauche deine Tür mittlerweile nur zu *sehen* und bekomme schon eine Erektion.«

Beth kicherte, trat wenig begeistert einen Schritt zurück und löste ihre Verbindung. »Ich weiß. Ich freue mich auf deine zwei freien Tage nach deiner Schicht diese Woche.«

Cade lächelte. »Ich gehöre ganz dir, Liebes.«

»Gut. Ich bin bereit.«

Er streichelte zärtlich mit dem Finger über ihre Wange und sagte: »Und jetzt muss ich aber wirklich gehen. Ich rufe dich an.« Cade trat an sie heran, küsste sie stürmisch und zog sich dann schnell zurück, bevor sie ihn noch einmal berühren konnte. Er wusste, wenn er sie anfasste, würde er etwas Drastisches tun, wie sie an Ort und Stelle durchzunehmen. Cade öffnete ihre Wohnungstür und sagte: »Pass auf dich auf. Wir hören uns später.«

»Du auch auf dich. Danke fürs Nachhausebringen.«

»Keine Ursache. Tschüss.«

»Tschüss.«

Beth schaute Cade nach, bis sie ihn nicht mehr sehen konnte, und gratulierte sich selbst dazu, in der Lage zu sein, ohne durchzudrehen ganz allein so lange an ihrer Tür zu stehen.

Sie schloss die Tür, ging sofort zu ihrer Tasche und nahm eins der Feuerzeuge heraus. Sie setzte sich aufs Sofa, lehnte sich zurück und zündete es an, wobei sie tief durchatmete, als sie auf die flackernde Flamme schaute.

Beth hasste es, Cade anzulügen, aber sie glaubte nicht, dass er auch nur ansatzweise verstehen würde, wie das Feuer auf ihrer Terrasse begonnen hatte.

Sie war glücklich darüber gewesen, dass es ihr möglich geworden war, weiter und weiter nach draußen auf die Terrasse zu gehen. Sie hatte mit sehr kleinen Feuern im Grill direkt neben der Tür angefangen, wo sie ihnen vom Inneren ihrer Wohnung beim Brennen zusehen konnte. Nach und nach hatte sie immer größere Feuer gemacht. Es war nun etwas einfacher für sie, ganz allein draußen – *draußen!* – zu stehen, ohne die Glasschiebetür zu berühren. Jedes Mal wenn es passierte, war sie fasziniert davon, dass sie es tatsächlich tat.

Wenn Beth sich einzig auf die Flammen konzentrierte und nicht darauf, wer oder was sich um sie herum befand, fühlte sie sich zum ersten Mal seit Langem beinahe normal. Der Wind auf ihrem Gesicht fühlte sich gut an und sie erinnerte sich nicht daran, wann sie das letzte Mal draußen gestanden und sich so frei gefühlt hatte.

Selbstverständlich hätte der Wind an ihrem Gesicht eine Warnung sein sollen, aber erst als der gesamte Grill von einem Windstoß umgeweht worden war und das Feuer sich auf das trockene Gras ausgebreitet hatte, war Beth schlagartig wieder zur Besinnung gekommen. Die Flammen hatten auf das Gras übergegriffen und sich durch alles gefressen, was ihnen im Weg war.

Zum Glück hatte Beth schnell reagiert, war umgedreht und nach drinnen geeilt, um den Feuerlöscher zu holen, den Cade ihr gegeben hatte. Sie hatte den kleinen Stift herausgezogen und die Chemikalien auf das Feuer gesprüht, genau wie er es ihr gezeigt hatte. Das Feuer war in Sekunden erloschen, doch der Schaden war nicht mehr zu verhindern gewesen.

Das schwarze Gras verblieb als Erinnerung daran, dass sie nicht normal war. Dass Beth zu einer Pyromanin geworden war, um mit ihrem Leben fertigzuwerden.

Ihr gefiel das ganz und gar nicht. Sie mochte die Folgen nicht, die ihre wachsende Sucht nach Feuer hatte, und wusste tief im Inneren, dass sie damit aufhören musste, wenn sie jemals eine funktionierende Beziehung mit Cade führen wollte ... aber so einfach war das nicht.

Er wäre entsetzt über das, worauf sie zurückgegriffen hatte, um mit ihren Ängsten fertigzuwerden.

Es war genauso, wie mit dem Rauchen oder Trinken aufzuhören. Einige Menschen konnten es von einem Tag auf den anderen sein lassen, aber der Großteil fing immer wieder von Neuem an. Feuer war keine Droge, aber es fühlte sich trotzdem so an.

Die Flamme des Feuerzeugs flackerte und erlosch, als ihr Daumen müde wurde und sie keinen Druck mehr auf den Gasknopf ausüben konnte. Beth warf das Feuerzeug auf den Couchtisch, ging in die Küche und öffnete den Schrank, in dem sie alle Kerzen versteckte, die sie gekauft hatte. Neulich Abend hatte sie online etwas die Kontrolle verloren und große Mengen gekauft: lange Kerzen, kurze und dicke Kerzen, Teelichter und Geburtstagskerzen … alle geruchlos und darauf wartend, angezündet zu werden.

Beth nahm eine Handvoll und brachte sie zurück zum Tisch. Sorgfältig stellte sie die Kerzen in einer Reihe auf und entzündete erneut das Feuerzeug. Sie steckte eine Kerze nach der anderen an und lächelte, als die Dochte Feuer fingen und brannten. Sie würde nur diese hier herunterbrennen lassen, dann würde sie aufhören.

KAPITEL DREIZEHN

»Wir sehen uns in Kürze, Liebes.«

»Musst du nicht nach Hause und dich ausruhen?«, fragte Beth, da sie wusste, dass Cade vermutlich nicht besonders viel und gut geschlafen hatte. Er hatte seinen dritten Tag der langen Schichten hinter sich gebracht und ihr erzählt, dass sie in der Nacht zuvor zu einem Einsatz nach dem anderen gerufen worden waren.

»Ich würde lieber dich sehen, anstatt zu schlafen.«

Beth lächelte und schluckte hörbar, bevor sie antwortete: »Okay. Dagegen ist schwer etwas einzuwenden, da es mir genauso geht. Fahr vorsichtig und wir sehen uns dann gleich.«

»Das werde ich. Ich habe dich vermisst.«

»Ich dich auch.«

»Tschüss.«

»Tschüss.«

Beth legte auf und umarmte sich selbst. Die beiden hatten die letzten drei Nächte damit verbracht, am Telefon miteinander zu sprechen. Cade hatte wie versprochen angerufen und gestern Abend hatten sie es sogar geschafft, in gewisser Weise Telefonsex zu haben. Es war kein *richtiger* Telefonsex, da keiner von ihnen zum Orgasmus kam, aber sie hatten sich gegenseitig einige sexuelle Fantasien anvertraut und als Beth hörte, wie Cade leise stöhnte, hatte sie ihn gefragt, ob er sich berührte.

Sie hätte vermutlich sprachloser sein sollen, als sie es tatsächlich war, aber bei der Menge an Pornos, die sie online sah – und bei denen sie versuchte, die Links zu verändern, damit der krankere Mist, wie Sex mit Kindern, nicht mehr angeschaut werden konnte –, ließ das Wissen, dass Cade an sie dachte und sich dabei selbst anfasste, den Zeiger auf ihrer Seltsamkeits-Skala nicht einmal ausschlagen.

Ihre Frage hatte ihn dazu gebracht, sie zu fragen, ob sie schon einmal Telefonsex gehabt hatte, und als sie verneinte, verbrachten sie mehr Zeit damit, sich darüber zu unterhalten, was sie antörnte. Gerade als Beth Cade erzählte, dass sie ihre Hose geöffnet hatte und sich berührte, ertönte in der Wache der Alarm.

Beide hatten enttäuscht aufgestöhnt und Cade hatte vor dem Auflegen noch rasch gesagt: »Es ist schon gut so, denn bei unserem ersten gemeinsamen Mal möchte ich derjenige sein, der dich zum Höhepunkt bringt.«

Jetzt war er auf dem Weg zu ihrer Wohnung. Beth schaute sich um und ihr fiel zum ersten Mal seit drei Tagen auf, dass es bei ihr furchtbar aussah. Ihr gesamter Couchtisch war voller abgebrannter Streichhölzer, ganz zu schweigen von den zu winzigen Stümpfen heruntergebrannten Kerzen, die überall in ihrer Wohnung verteilt waren.

Als sie das Chaos betrachtete und sich schämte, dachte sie zum ersten Mal wirklich darüber nach, was sie tat.

Sie traf im Bruchteil einer Sekunde eine Entscheidung, von der sie wusste, dass sie sie schon lange zuvor hätte treffen sollen, stöhnte leise auf und ging in die Küche, um einen Müllsack zu holen. Tief in ihrem Herzen wusste sie, dass es nicht gesund war, wenn es ihr peinlich war, Cade oder Pen sehen zu lassen, wie tief sie gesunken war, um mit ihrer Agoraphobie klarzukommen.

Sie stopfte die Kerzen und die Streichhölzer in den Müllsack. In einem Anfall von Panik riss sie die untere Schranktür auf, hinter der sie weitere Kerzen aufbewahrte, und schmiss auch diese in den Müll. Dann öffnete sie die darüberliegende Schublade und warf die brandneue Zehnerpackung mit den Feuerzeugen ebenfalls hinein.

Beth keuchte, als hätte sie soeben ein Zehn-Kilometer-Rennen absolviert, und sah sich hektisch um, um sicherzugehen, dass sie alle Beweise ihrer vorübergehenden Unzurechnungsfähigkeit beseitigt hatte.

Sie schloss den Sack und stellte ihn in eine Ecke der Küche. Später würde sie Pen bitten, ihn zur Mülltonne zu tragen.

Beth beugte sich über die Arbeitsplatte in der Küche, legte den Kopf in die Hände und versuchte, ihren Atem unter Kontrolle zu bekommen. Es war jämmerlich, wie traurig sie sich bei dem Verlust dieser Sachen fühlte. Zum ersten Mal seit Langem hatte sie sich normal gefühlt – zumindest wenn sie die Feuer kontrollierte. Es kam ihr vor, als würden die Kerzen und Streichhölzer sie aus dem Müllsack heraus verspotten. Sie hätte schwören können, fast zu hören, wie sie ihren Namen riefen und sie drängten, sie herauszuholen und wieder in ihr Zuhause im Schrank zu räumen.

Beth ignorierte den Sirenengesang aus dem Sack in der Ecke, richtete sich auf und ging in ihr Schlafzimmer. Da Cade mit ihr zu sich nach Hause fahren würde, wollte sie fertig gepackt haben, wenn er eintraf. Sie brauchte eine Pause von den Dämonen in ihrer Wohnung und wenn sie sich nicht irrte, würden Cade und sie während der nächsten zwei Nächte vermutlich in seinem Bett schlafen.

Endlich war sie bereit. Mehr als bereit. Sie *wollte* mit Cade schlafen, mehr als sie die süße Verführung der Flammen wollte oder brauchte.

Sie war ein wenig nervös wegen ihrer Narben von der Zeit mit Hurst, aber sie hatte mit Cade eines Abends darüber gesprochen und er hatte ihr sogar einige seiner Narben gezeigt, die er von zahlreichen Bränden und Unfällen davongetragen hatte. Er wusste einfach, was er tun und sagen musste, damit sie sich besser fühlte, ganz besonders, als er ihr gesagt hatte: »So sehr ich deinen Körper auch sehen will, *du* bist es, mit der ich verbunden bin.«

Sie wusste einfach, dass in Cades Armen alle Gedanken an die furchterregende Welt draußen, an das, was ihr zugestoßen war, und an den Stress über das Wissen, dass Feuer zu entzünden nicht die Antwort war, nach der sie suchte, verschwinden würden. Sie konnte es nicht erwarten.

Als es fünfzehn Minuten später an ihrer Wohnungstür klopfte, war Beth so weit. Nachdem sie sich vergewissert hatte, dass es wirklich Cade war, öffnete sie schnell die Tür und warf sich ihm in die Arme. Er roch, als hätte er erst kürzlich geduscht ... frisch und sauber. Cade betrat zusammen mit ihr ihre Wohnung und schloss mit dem Fuß die Tür. Ohne sie loszulassen und ohne sie wieder abzusetzen, lehnte er sich zurück und sah ihr in die Augen.

»Hey, Liebes.«

»Hey.«

»Du scheinst glücklich zu sein, mich zu sehen. Geht es dir gut?«

Beth nickte. »Ich bin sehr glücklich, dich zu sehen. Und nicht, weil irgendwas nicht stimmt. Ich bin nur froh, dass du hier bist. Ich habe dich vermisst.«

Cade stöhnte und beugte sich zu ihr hinunter. Beth kam ihm auf halbem Weg entgegen und die Funken, die um sie durch die Luft zu fliegen schienen, knisterten, als ihre Lippen sich trafen. Als Cade kurz den Mund von ihrem löste, bemerkte er ironisch: »Diese verdammte Tür wird mich noch umbringen.«

Beth lächelte und leckte sich verführerisch über die Lippen. Sie hätte nie gedacht, jemals wieder etwas Verführerisches tun zu wollen, aber in Cades Nähe zu sein brachte ganz plötzlich Erinnerungen an all die Male zurück, in denen sie Männer geneckt hatte, bevor sie entführt worden war.

»Bist du fertig, können wir gehen?«

»Absolut. Meine Tasche steht dort.«

Cade schaute auf die Sporttasche, die sie gepackt hatte, und dann wieder hinauf zu ihr. »Ich bin unentschlossen.«

»Unentschlossen?«

»Ja. Um zu mir zu gelangen, muss ich dich absetzen

und diese Tasche aufheben. Das bedeutet, dass ich dich während der gesamten Zeit, die ich fahre, nicht neben mir spüren werde. Und falls es dir nicht aufgefallen ist, ich mag es, dich an mir zu spüren.«

»Das ist es also? Ich dachte, du hättest eins deiner Feuerwehrmannwerkzeuge in der Hose oder so.«

»Oh, es ist durchaus ein Werkzeug, weißt du ...«

Beth kicherte über seine Antwort. »Also, wie wäre es dann, wenn du mich runterlässt, wir zu dir nach Hause fahren und du dieses *Werkzeug* an seinen richtigen Ort legst.«

Cade schüttelte amüsiert den Kopf und lockerte widerwillig den Griff, sodass sie an seinem Körper herunterrutschte, bis ihre Füße den Boden berührten. »Ich habe dich auch vermisst, Liebes. Und bevor wir irgendwo hingehen oder irgendwas anderes sagen, sollst du wissen, dass wir uns in deinem Tempo bewegen werden, ganz egal, wie sehr ich dich auch in meinem Bett haben will. Ich werde nichts tun, das dazu führt, dass du dich wieder so schrecklich fühlst.«

Beth legte die Hand an seine Wange. »Ich weiß. Ich bin bereit, Cade. Du warst geduldig mit mir und hast es langsam angehen lassen. Du hast dich kein einziges Mal über mich lustig gemacht oder warst ungeduldig, als ich eine Attacke hatte. Ich vertraue dir ... mehr als ich seit meiner Entführung irgendjemandem vertraut habe. Ich kann dir nicht versprechen, dass ich keine Flashbacks haben werde, aber in deinen Armen fühle ich mich so stark wie schon sehr lange nicht mehr. Ich will dich. Ich will dich in mir spüren. Ich will mit jemand anderem als mir selbst einen Orgasmus erleben. Ich will mit dir auf jede Weise intim sein.«

»Meine Güte, Liebes. Versuchst du, mich umzubringen?«

»Nein. Auf keinen Fall will ich dich außer Gefecht setzen, bevor wir uns der schönen Sache widmen und die Home Base umrunden können. An der dritten Base herumzuhängen wird langsam langweilig. Ich bin bereit, einen Home Run zu erzielen.«

Cade lachte und bückte sich, um ihre Tasche aufzuheben. »Los, hol deinen Laptop und lass uns von hier verschwinden. Ich bin nämlich ziemlich müde ... ich muss nach Hause ins Bett.«

Auf dem gesamten Weg von ihrer Wohnungstür bis zu Cades Haus lächelte Beth und dachte zum ersten Mal seit Langem mehr darüber nach, was wohl passieren würde, als darüber, was draußen darauf lauerte, sie zu verfolgen.

KAPITEL VIERZEHN

Beth stand neben Cades Bett und trat nervös von einem Fuß auf den anderen. Sie hatte weder Angst vor ihm noch vor dem, was sie tun würden, es war nur schon sehr lange her, seit sie sich das letzte Mal jemandem nackt präsentiert hatte, und sehr lange her, seit sie das letzte Mal Sex hatte, deshalb war alles bloß ein wenig überwältigend.

Als er ihr Unbehagen spürte, deutete Cade auf das Bett hinter ihr. »Leg dich hin, Liebes. Entspann dich.«

Sie wollte sich gerade das T-Shirt ausziehen, als Cade ihre Hand ergriff. »Mach dir darum keine Gedanken, leg dich einfach hin.«

Beth kam sich feige vor, war aber erleichtert über den Aufschub. Sie rutschte über die Matratze nach hinten und wartete darauf, dass er den ersten Schritt tat. Sie beobachtete, wie Cade sich sein T-Shirt über den Kopf zog, und schnappte nach Luft, als sie ihn zum ersten Mal ansah.

Cade hatte wenige dunkle Haare auf der Brust, die

aber nicht von seinem Körper ablenkten. Beth hatte ihn mit den Händen schon seitlich am Körper und selbst am Bauch berührt, aber alles zum ersten Mal ohne Kleidungsstücke zu sehen ließ ihr den Atem stocken.

Als Erstes fiel ihr auf, dass er nicht perfekt war, aber das machte die Sache tatsächlich einfacher, da sie ebenfalls weit davon entfernt war, perfekt zu sein. Er war nicht mehr in seinen Zwanzigern, und das brachte etwas zusätzliches Gewicht an den Seiten mit sich. Er hatte ebenfalls keinen durchtrainierten Waschbrettbauch, war aber in keiner Weise übergewichtig. Die Narben, von denen er ihr erzählt hatte, waren ebenfalls nicht zu übersehen, aber auch sie taten nichts, um ihre Bewunderung für seinen Körper zu schmälern.

Sein Oberkörper war jedoch durchtrainiert und fast perfekt. Das Anheben der Gerätschaften und anscheinend auch von Menschen tat sehr viel dafür, dass er in Form blieb. Die Muskeln an seinen Armen bewegten sich, als er neben sie aufs Bett kletterte. Seine Brustmuskeln spannten sich ebenfalls an, als er sich über sie legte. Obwohl er nicht einmal wie ein Bodybuilder aussah, verströmte er trotzdem Testosteron und Männlichkeit.

Cade hatte seine Jeans anbehalten, die tief auf seinen Hüften saß, als wartete sie nur darauf, dass er den Reißverschluss öffnete und sie auszog. Beth schluckte hörbar, sah zu ihm auf und fragte sich, wie es wohl ablaufen würde. Sie hatte vielleicht seit einer Weile keinen Sex mehr gehabt, aber selbst sie wusste, dass sie irgendwann weitere Kleidungsstücke ablegen mussten, damit es funktionierte.

»Entspann dich, Liebes«, sagte Cade mit beruhigender Stimme zu ihr, als er sich neben sie legte.

»Ich kann nicht.«

Er lachte leise, legte eine Hand leicht auf ihren Bauch und stützte mit der anderen seinen Kopf ab. »Was macht dich nervös?«

»Äh ... alles?«

»Sei genauer. Wir werden uns jedem Problem der Reihe nach widmen.«

»Ich weiß, in meiner Wohnung habe ich vermutlich erfahren geklungen, aber ich habe das hier erst zweimal gemacht – und von einem dieser Male weißt du.«

»Und du glaubst mir vielleicht nicht, aber ich habe das hier sehr viel seltener gemacht, als du wahrscheinlich denkst.« Als sie ihn ungläubig ansah, fuhr er fort: »Und Kerle sind unkompliziert. Du berührst uns, reibst dich an uns und schon sind wir bereit loszulegen. Es sind die Frauen, die uns Angst machen. Ihr habt besondere Stellen, die berührt und gestreichelt werden müssen. Tun wir es zu fest oder zu sanft, funktioniert es nicht. Es ist schwieriger zu erkennen, wann ihr ausreichend erregt seid, damit wir euch nicht wehtun, wenn wir in euch eindringen. Es ist sehr schwierig, mir wehzutun, aber Frauen sind nicht so gebaut wie wir. Ich könnte dir problemlos Schmerzen zufügen, aber das ist wirklich das Letzte, was ich tun will. Deshalb werden wir zusammen herausfinden, was für uns am besten funktioniert, okay?« Ohne auf ihre Antwort zu warten, sprach er weiter. »Was noch?«

Der Gedanke, dass Cade vielleicht nicht so selbstsicher sein könnte, wie er aussah, half Beth sehr dabei, sich zu entspannen. Das und seine warme Hand, mit der er über ihren Bauch streichelte, als sie miteinander sprachen. »Ich trainiere nicht. Ich sitze viel herum und arbeite an meinem Computer.«

»Und?«

»Ich sehe nicht so aus wie du. Ich habe ein kleines Bäuchlein, und dann sind da noch meine Narben.«

Cade ergriff eine von Beths Händen und führte sie an seine Seite. Er drückte sie an sich und das Fleisch an dieser Stelle. »Spürst du das?« Als sie nickte, bemerkte er vollkommen ohne Selbsthass: »Es ist zusätzliche Haut. Schwabbel. Rettungsringe. Meine Speckröllchen.«

Beth kicherte. »Du hast keine Speckröllchen. Meine Güte!«

»Die habe ich. Du kannst dir nicht vorstellen, wie viele Seiten-Situps ich gemacht habe, um sie loszuwerden, aber sie gehen einfach nicht weg.« Er führte ihre Hand an seine Brust und drückte ihre Finger auf die winzigen Narben, die sich dort befanden. »Und ich habe meine eigenen Narben, Liebes. Ich weiß, wir haben uns schon darüber unterhalten, aber wir werden erneut darüber sprechen, so lange, bis du mir glaubst, dass die Narben auf deinem Körper an meinen Gefühlen für dich überhaupt keinen Unterschied machen werden. Du empfindest wegen meiner doch nicht weniger für mich, oder?«

»Natürlich nicht. Aber Cade, deine stammen von deinem Job, bei dem du etwas Gutes für andere tust.«

Cade wandte den Blick von Beth nicht ab, als er versuchte, seine Gefühle zu artikulieren. »Ich will damit sagen, dass keiner von uns perfekt ist. Aber ich kann dir versichern, dass ich mich noch nie so zu jemandem hingezogen gefühlt habe wie zu dir. Zu *dir*, Beth. Ja, ich will jeden Zentimeter deines Körpers sehen, aber ich liebe das, was du in dir trägst, und nicht die Hülle, in der es sich befindet.«

Beth starrte Cade mit großen Augen an, als er weitersprach. Sie hatte keine Ahnung, ob ihm bewusst war, was er soeben zugegeben hatte, aber er gab ihr keine Gelegenheit, ihn zu fragen.

»Deine Narben stammen von dem, was dir jemand anderes angetan hat, aber ich sehe sie nicht als Narben, sondern mehr als Lebensmedaillen. Das Leben stellt uns vor viele Herausforderungen. Die Anzahl der Narben, die ein Mensch hat, bedeutet nur, dass er mehr von dem überlebt hat, was das Leben ihm in den Weg gestellt hat. Sie bedeuten, dass er stärker ist als der Durchschnittsmensch. Im Vergleich zu deinen sind meine trivial. Du bist die wunderbarste, stärkste, dickköpfigste, diszipliniertste, klügste, *sturste* Frau, die ich je getroffen habe. Und das meine ich auf die positivste Art und Weise. Wenn du nicht all diese Dinge wärst, hättest du nicht überlebt, was du durchgemacht hast. Du hast dem Tod ins Gesicht gespuckt und es auf die andere Seite geschafft. Ich werde deine Narben lieben, weil sie dich zu dem Menschen gemacht haben, der du heute bist.«

»Cade ...«

»Kann ich dich sehen?«

Beth konnte nur nicken. Sie sah sich nicht so – offensichtlich –, aber es war atemberaubend, dass Cade es tat. Plötzlich wünschte sie sich von ganzem Herzen, dass sie *wirklich* diese Frau war. Für Cade *wollte* sie diese Frau sein. Sie wollte niemals irgendwas tun, das seine Meinung über sie ändern könnte.

Plötzlich war sie dankbar, dass sie ihr gesamtes Zündelzubehör weggeworfen hatte – er sollte niemals erfahren, wie schwach sie gewesen war –, und schwor sich, die Frau zu sein, die Cade sah.

Sie hielt den Atem an, als Cade ihr T-Shirt langsam hochschob und ihr über den Kopf zog. Beth streckte die Arme nach oben aus, um es ihm einfacher zu machen, es auszuziehen, und atmete überhastet aus, als er seine warme Handfläche auf ihren Unterbauch legte. Sie schaute nach unten und liebte den Anblick seiner gebräunten Haut auf ihrem blassen Körper. Als er sich nicht bewegte, schaute sie ihm in die Augen.

Er sah ihr ins Gesicht anstatt auf ihren Körper. Als er ihren Blick erhaschte, murmelte er: »Ist soweit alles okay?«

Beth nickte und ergriff die Initiative. Sie bog den Rücken durch und griff unter sich, um den Verschluss ihres BHs zu öffnen. Es war jetzt oder nie und sich auf einmal auszuziehen wäre besser, als es stückweise zu tun. Wie ein Pflaster abzureißen ... sie wollte es hinter sich bringen. Sie löste die beiden Häkchen aus den Ösen, streifte die Träger über die Arme ab und warf den BH zu Boden.

Endlich richtete Cade den Blick nach unten und sie hörte, wie er zischend einatmete, als sie sich für ihn entblößte.

Er bewegte die Hand Zentimeter für Zentimeter nach oben, bis er ihre nackte Brust schließlich mit seiner Handfläche bedeckte.

»Perfekt«, hauchte er, als er sie zärtlich streichelte. Als wüsste er ganz genau, wo Hurst ihr wehgetan hatte, bewegte er die Finger zu jeder Narbe und strich leicht darüber. Wegen der Cremes, die sie benutzt hatte, waren sie mit der Zeit verblasst, aber für Beth stachen sie weiterhin hervor.

Cade beugte sich zu ihr und küsste jede Narbe. Es war nicht sexuell, vielmehr ehrfürchtig. Die durch Zigaretten hervorgerufenen Brandnarben erhielten die gleiche Behandlung wie der verblassende Schnitt an ihrer Seite, der vom Messer des Mörders stammte. Ihr war, als könnte seine Berührung auslöschen, was ihr widerfahren war. Und auf gewisse Weise tat sie genau das.

Irgendwann veränderten seine Berührungen sich von zärtlich und heilend zu erotisch und erregend. Als er eine ihrer Brustwarzen in den Mund nahm und sanft daran saugte, hätte Beth schwören können, dass sie es bis in die Zehenspitzen fühlte. Sie spürte, wie sie feucht wurde, und bewegte sich unter ihm. Mit seiner großen Hand hielt er ihre Brust an seinem Mund, als er sich an ihr labte. Als Beth es nicht länger aushielt, beklagte sie sich:

»Cade ... ich will dich auch berühren.«

Sofort drehte Cade sich auf den Rücken und zog sie dabei mit sich. Beth fand sich halb auf ihm wieder und stützte sich vorsichtig auf die Ellbogen auf, um sie ihm nicht in die Brust zu bohren.

»Ich gehöre ganz dir, Liebes.«

Beth zögerte nicht, da sie zu erregt war, um sich Gedanken darüber zu machen, wie sie eventuell aussehen könnte, als sie sich zu seinen Brustwarzen hinunterbeugte. Wenn ihr das Gefühl seines Mundes an ihr gefiel, würde er es wahrscheinlich genauso mögen. Sie saugte und knabberte an seiner Brustwarze, während sie mit den Händen über seinen Körper streichelte. Als sie mit ihrer Hand seinem steifen Schwanz zu nahe kam, drehte er sich mit ihr um, bis sie wieder unter ihm lag.

»Ich will dich.« Seine Worte waren direkt und drangen tief aus seiner Kehle, als hätten ihre Liebkosungen ihn an seine Grenzen getrieben.

»Ja.«

Cade kniete sich auf die Matratze, öffnete den Knopf an ihrer Jeans und schob den Reißverschluss nach unten, ohne den Blick von ihr abzuwenden. Er zog sich Hose und Boxershorts zusammen aus, wobei er sich auf eine Hüfte lehnte, um sie abzustreifen, bevor er sich neben sie kniete.

Beths Augen wurden größer, als sie ihn mit Blicken streichelte. Sein Schwanz war hart und wippte mit seinen Bewegungen auf und ab, als würde er ihr zur Begrüßung zuwinken. Sie streckte eine Hand aus, strich mit der Fingerspitze über den pilzförmigen Kopf und sah fasziniert zu, wie er bei ihrer Berührung zuckte und sich ein Tropfen des Präejakulats an der Spitze bildete.

»Wie ich dir vorhin schon gesagt habe, Liebes, Männer sind unkompliziert. Du kannst sehen, wenn wir erregt sind, denn es ist ziemlich schwierig, es zu verbergen. Und wir sind relativ einfach zufriedenzustellen. Zärtliche und grobe Berührungen ... wir mögen alles. Macht dir das Angst?«, fragte Cade und deutete vage auf seinen nackten Körper, der sich dicht über ihrem befand. Er war wunderbar gelassen angesichts der Tatsache, dass er sich ihr vollkommen nackt und unübersehbar erregt präsentierte. Sein fehlendes Drängen trug sehr viel dazu bei, sie zu beruhigen, dass er nicht die Kontrolle verlieren und sich auf sie stürzen würde.

Sie schüttelte den Kopf. »Nein, ich habe keine Angst vor dir, Cade.«

»Gut, ich will den Rest von dir sehen.«

Und einfach so wollte Beth plötzlich das Gleiche. Sie wollte mit Cade nackt sein. Sie wollte, dass er alles von ihr sah. Es war schon so lange her, seit sie diese Verbindung mit einem anderen Menschen eingegangen war, und ganz plötzlich wollte sie Haut an Haut mit ihm sein.

Sie schob die Hände an den Gummizug ihrer Jogginghose, schob sie an den Beinen nach unten und strampelte sie von sich. Sie war allerdings nicht so geschickt wie er und musste sich ihr simples, rosafarbenes Baumwollhöschen nach der Jogginghose separat ausziehen. Endlich legte sie sich so nackt wie am Tag ihrer Geburt wieder zurück aufs Bett.

Cade ließ sie nicht warten und teilte ihr mit, was ihm durch den Kopf ging.

»Absolut wundervoll.« Seine Worte waren ehrfürchtig und verströmten Aufrichtigkeit.

Beth war unfassbar erleichtert, dass er weiterhin so erregt zu sein schien, wie er es war, bevor sie ihre Kleidungsstücke abgelegt hatten. Er hatte recht gehabt damit, dass er seine Reaktion auf sie nicht verbergen konnte. Beth schlang einen Arm um seinen Oberschenkel und ergriff mit der anderen Hand seinen Schwanz. Sein Atem entwich stoßweise, als er sich zu ihr beugte und an ihrem Bauchnabel schnupperte.

Wortlos lernten sie den Körper des anderen kennen. Er kniete weiterhin neben ihr, als er ihre Oberschenkel und Beine streichelte, während sie das Gleiche mit ihm tat. Er beugte sich zu ihr und spreizte die Beine, um ihrer Hand Platz zu geben, seinen Schaft zu streicheln, dann leckte er über ihren Bauch und blies über ihre feuchten Schamlippen. Beth rieb sein Präejakulat über die Spitze seines Schwanzes, als sie ihn streichelte. Endlich veränderte er die Position so, dass er zwischen ihren Beinen lag.

Beth schaute zu dem großartigen Mann auf, der kurz davor stand, ihren Körper aus der Nähe kennenzulernen. Er öffnete zärtlich ihre Schamlippen mit den Daumen, beugte sich zu ihr hinunter und leckte sie.

Als sie bei der Berührung seiner Zunge zusammenzuckte, blickte Cade auf und beruhigte sie. »Ich schwöre bei Gott, dass ich das hier noch nie so sehr tun wollte wie bei dir. Hat dich zuvor schon einmal jemand oral befriedigt, Liebes?«

Beth schüttelte bloß den Kopf, denn sie war nicht in der Lage, irgendwelche Worte aus ihrer zugeschnürten Kehle herauszupressen.

»Gut.« Cades Stimme war besitzergreifend und streng. »Ich werde der Erste sein. Das gefällt mir. Warte. Ich bin vielleicht kein Experte, aber ich denke, ich kann dir ein gutes Gefühl verschaffen.«

Als Cade sich an die Arbeit machte, dachte Beth, sie würde sterben. Sie verkrampfte die Zehen und zog die Knie an, als er zwischen ihren Beinen leckte, saugte und ... sie *verehrte*. Alles fühlte sich gut an, aber als er sich nach oben bewegte und anfing, ihre Klitoris zu lecken, konnte Beth vor Ekstase nur aufstöhnen. Sie mochte das Gefühl seines Mundes an ihr, aber das hier war etwas anderes.

Als er den Mund von ihr nahm, drückte sie die Hüften nach oben und versuchte, ihm zu folgen. Sie brauchte mehr. Mehr Druck und mehr Aufmerksamkeit auf ihre Klitoris. Sie wusste, wenn er sich ihr nur ein wenig mehr widmen würde, wäre sie so weit. Sie hatte zuvor schon Orgasmen erlebt, zu denen sie sich selbst gebracht hatte, aber dass Cade derjenige war, der sie in den Abgrund stieß, machte ihr fast schon Angst. Er hatte die vollkommene Kontrolle über ihre Lust und sie wollte, dass er derjenige war, der sie zur Explosion brachte.

»Fester, Cade. Direkt an meiner Klitoris. Bitte, ich bin fast ...« Ihr stockte der Atem, als Cade genau das tat, worum sie ihn angefleht hatte. Er konzentrierte sich auf das winzige Nervenbündel und zog mit dem Daumen die Hautfalte nach oben, damit er ungehinderten Zugang zu der empfindlichen Knospe hatte, die sich darunter befand. Er leckte sie kräftig und schnell, immer und immer wieder. Sie zuckte mit den Hüften an ihm, doch er ließ nicht von ihr ab. Mit den Händen hielt er sie fest, als er die Lippen über ihre Klitoris stülpte und saugte, während er gleichzeitig mit der Zunge dagegenschnalzte.

Beth balancierte auf dem Abgrund eines Monster-Orgasmus und brauchte nur ein klein wenig mehr, um hinunterzustürzen. Als er einen Finger in ihre enge Muschi einführte und ihn beim Saugen rein- und rausbewegte, war es genau das, was sie gebraucht hatte.

Sie erzitterte in Cades Halt, während er sie weiter leckte. Gerade als sie dachte, es sei vorbei, ließ er seine Zunge erneut gegen ihre Klitoris schnellen und sie erlebte zitternd einen weiteren Mini-Orgasmus. Als sie vor Lust endlich schwach war, hob er den Kopf und sie sah zu, wie er sich den Finger, der sich soeben noch in ihr befunden hatte, an den Mund führte und ihn sauber leckte.

»Köstlich.«

»Oh mein Gott. Das hast du nicht getan.«

Cade rutschte hinauf, bis er sich über ihrem erschöpften Körper befand, und stützte sich auf den Ellbogen auf. Beth konnte seine Erektion spüren, die hart und feucht gegen ihren inneren Oberschenkel drückte. Er lächelte, ein breites Grinsen, für das sie bezahlen würde, um es dauerhaft auf seinem Gesicht zu sehen. »Ich habe es getan. Du *bist* köstlich.«

Beth rümpfte die Nase und er lachte leise. »Das muss ein Männerding sein.«

»Wahrscheinlich«, stimmte sie zu.

Er wurde ernst. »Geht es dir gut? Keine schlechten Erinnerungen?«

»Nein!«, entgegnete Beth sofort mit Nachdruck. »Nichts, was du getan hast, war in irgendeiner Weise auch nur annähernd wie das, was in jener Nacht geschehen ist.«

»Gut. Und ich habe das Gefühl, dich warnen zu müssen. Es hat mir gefallen ... sehr sogar.«

»Ja?«

»Ja. Dich oral zu befriedigen, dass du mir genau gesagt hast, wie du es magst und was du brauchst, um zum Höhepunkt zu kommen, dass du an meinem Mund gekommen bist. Alles. Ich habe das Gefühl, dass ich es sehr oft tun werde.«

»Ich will dich.«

»Heute Abend ging es um dich, Liebes.«

»Und es war fantastisch. Umwerfend. Wunderbar. Aber ich will dich trotzdem.«

»Ich will dich nicht drängen.«

Beth fing an, sauer zu werden. »Hör zu. Ich verstehe, dass du nicht willst, dass ich eine Panikattacke bekomme, aber ich bin so weit davon entfernt, dass es nicht einmal lustig ist. Und auch wenn ich weiß, dass du mir soeben den besten Orgasmus meines Lebens beschert hast, will ich jetzt einen erleben, bei dem *du* in mir bist. Ich habe gehört, dass es sensationell ist, einen Höhepunkt zu erleben, wenn man von einem harten Schwanz ausgefüllt ist. Ich weiß das zwar nicht aus eigener Erfahrung, aber ich muss gestehen, sobald du deinen Finger in mich eingeführt hast, habe ich mir gewünscht, dass es dein Schwanz ist.«

»Herrgott, Beth«, sagte Cade und stürzte sich auf den kleinen Tisch neben seinem Bett, »ich schwöre bei Gott, du bringst mich noch um. Ich war absolut darauf vorbereitet, höflich zu sein und dich zu einem weiteren Orgasmus zu fingern, aber du musstest ja die Klappe aufreißen.«

Er riss die Kondomverpackung auf, während er vor sich hin murmelte. Beth war sich nicht sicher, ob er überhaupt wusste, was er sagte oder dass er laut sprach. Sie lag geduldig da und wartete darauf, dass er zu ihr zurückkam.

»Du musstest mir ja erzählen, dass du noch nie einen Orgasmus hattest, während du gevögelt wurdest. Zuerst war ich der einzige Mann, der deine köstliche Muschi mit der Zunge bearbeiten durfte, und jetzt das. Scheiße, ich kann es nicht erwarten zu spüren, wie deine heißen Muskeln meinen Schwanz umschließen. Du hast ja keine Ahnung, wie großartig es sich angefühlt hat, als deine Muschi sich um meinen Finger verkrampft hat.«

Cade kniete sich hin und drückte ihre Beine auseinander. Beth gehorchte und half ihm, indem sie die Knie beugte, um ihm mehr Platz zu geben. Sie lächelte, als er seinen Mini-Wortschwall leise fortsetzte.

»Du bist so hübsch und empfänglich. Ich kann nicht glauben, dass dir jemals jemand wehtun würde.« Er ließ den Blick über ihren Körper wandern und streichelte mit einer Hand über ihre Brust, als er sprach. Mit der freien Hand ergriff Cade seinen Schwanz, berührte mit der Spitze, die nun mit einem Kondom bedeckt war, ihre Schamlippen und atmete tief ein, als er sie ein klein wenig in sie einführte. Das schien ihn wieder zur Besinnung zu bringen, denn er schaute zu ihr auf.

»Beth, ich –«

»Ja, Cade. Fick mich. Ich will dich und ich bin mehr als bereit für dich.« Sie hob ein klein wenig die Hüften an und zeigte ihm sowohl mit ihren Taten als auch mit ihren Worten, dass sie tatsächlich in Ordnung war.

Ohne ein weiteres Wort schob Cade sich weiter in sie hinein und hielt alle paar Millimeter an, um dafür zu sorgen, dass sie sich an seine Größe gewöhnte. Als er vollständig in sie eingedrungen war, atmete er tief ein und beugte sich zu ihr, um sie lange und ausgiebig zu küssen. Er schien nicht in Eile zu sein, denn er ließ sich Zeit und verschlang ihren Mund, ohne einen Muskel zu bewegen. Erst als Beth den Mund von seinem löste, ihre Fingernägel seitlich in seinen Körper bohrte und »Cade ... bitte« sagte, meldete er sich wieder zu Wort.

»Was brauchst du?«

»Dich.«

»Du hast mich.«

»Beweg dich. Fick mich.«

»Hier wird nicht gefickt, Liebes«, sagte Cade zu ihr, als

er sich aufrichtete und langsam in ihr bewegte, während er sprach. »Ich habe es vorhin schon einmal gesagt, aber ich werde es wiederholen, falls du es nicht mitbekommen hast. Ich liebe dich.«

Beth stockte der Atem, als sie zu dem Mann aufschaute, der ihr Leben verändert hatte.

»Ich bewundere dich und weiß nicht, ob ich der großartigen Frau, die du bist, jemals gerecht werden kann. Aber ich werde dich jeden Moment meines Lebens lieben, beschützen und an deiner Seite stehen.«

Beth wimmerte, als er das Tempo erhöhte und in sie hineinstieß, als wollte er seine Aussage unterstreichen.

»Es ist mir egal, ob ich ein Loch in einen Berg hacken muss, in dem wir leben können, oder ob du niemals deine Wohnung verlassen kannst, ohne meine Hand zu halten. Ich werde es bereitwillig für den Rest meines Lebens tun. Deine Hand zu halten fällt mir nicht schwer.« Dann stöhnte er, als Beth die Beine mit Schwung anhob und sie um ihn schlang.

Aus dem Gleichgewicht gebracht, fiel Cade nach hinten und hielt Beth an sich fest, als er schließlich unter ihr auf der großen Matratze liegen blieb. Ihre Köpfe befanden sich nun am Fußende, aber das war ihm egal.

»Du liebst mich?«

»Ja.« Seine Antwort erklang sofort und war selbstbewusst.

»Ich liebe dich auch.«

Bei ihren Worten schloss er kurz die Augen, als sei er erleichtert, dann öffnete er sie wieder. »Fick *mich*, Beth. Nimm mich so, wie du es brauchst.«

»Aber ich bin bereits zum Höhepunkt gekommen.«

»Ich habe dir vorhin schon gesagt, dass Männer sehr viel einfacher zum Orgasmus kommen als Frauen. Nimm mich so, wie du es brauchst, Liebes. Es ist relativ egal, was du tust, ich werde in jedem Fall kommen. Das kann ich dir garantieren.«

Beth lächelte und fühlte sich stark, als sie auf den Mann hinuntersah, den sie liebte und der diese Liebe erwiderte. Sie kreiste mit den Hüften und liebte das Stöhnen, das bei ihrer Bewegung aus seinem Mund drang. »Sag mir, was ich tun soll. Ich habe es in dieser Stellung noch nie gemacht.«

»Oh Gott. Noch ein erstes Mal für mich. Ich bin wirklich ein Glückspilz. Reite mich, Beth. Auf und ab. Fest und schnell.« Cades Worte kamen tief aus seiner Kehle und klangen verzweifelt. Schon möglich, dass er behauptete, auf jeden Fall zum Orgasmus kommen zu können, aber es war offensichtlich, dass einige Handlungen besser waren als andere.

Beth richtete sich so weit auf, dass sein Schwanz fast vollständig aus ihr herausglitt, dann ließ sie sich auf ihn fallen und nahm ihn wieder bis zum Ansatz in sich auf.

»Scheiße, ja. Noch mal.«

Sie wiederholte es und ihr gefiel, dass er ihr Anweisungen gab. Beth entdeckte, dass es sich auch für sie besser anfühlte, je fester sie ihn nahm. Begeistert stürzte sie sich in die neue Erfahrung und hüpfte auf Cades Schwanz auf und ab, als reite sie in Höchstgeschwindigkeit auf einem mechanischen Bullen.

»Lehn dich zurück«, wies Cade sie scheinbar aus dem Nichts an.

Erschrocken tat Beth wie geheißen und hielt sich an seinen Oberschenkeln fest. Sie verstand nicht, warum er sie in dieser Position haben wollte, da sie sich nicht so einfach bewegen konnte, bis er den Daumen an ihre Klitoris brachte und sie fest rieb. Sie befand sich nicht mehr im richtigen Winkel, um ihn zu reiten, aber sie konnte sich an ihm reiben, während sie die Hüften bei seinen Berührungen kreisen ließ.

»Cade!«

»Genau so, reibe dich an mir. Oh ... ja ... scheiße. Ich kann spüren, wie du mich zusammendrückst. Du stehst kurz davor ... tu es ... komm für mich, Liebes, während ich dich mit meinem Schwanz ausfülle.«

Seine schmutzigen Worte und sein Daumen waren alles, was sie brauchte, um an diesem Abend zum dritten Mal zu kommen. Entfernt spürte sie, wie Cade sie mit den Händen an den Hüften packte und sie fest auf ihn drückte, während sie sich inmitten ihres Orgasmus wand und zuckte. Schließlich setzte sie sich vollkommen erschöpft auf und Cade zog sie an sich, sodass sie regungslos auf seinem Oberkörper lag. Sie streckte die Beine aus und stöhnte erleichtert auf, als sie ihre Knie in eine bequemere Position brachte.

Die Worte kamen ihr unaufgefordert über die Lippen. »Sie hatten recht. Es fühlt sich wirklich so viel besser an, wenn ich einen harten Schwanz in mir habe.«

Cade entfuhr ein lautes Lachen und er drückte sie liebevoll. »Ich weiß nicht genau, wer ›sie‹ sind, aber ich glaube, das ist der Grund, warum Dildos und Vibratoren erfunden wurden, Liebes.«

»Hmmm.« Beth fühlte sich auf positive Weise träge. »Ich kann mir nicht vorstellen, dass ein Plastikspielzeug sich besser anfühlt als ein Mann aus Fleisch und Blut.«

»So lange sich *mein* Fleisch und Blut in dir befinden, habe ich gegen diese Logik nichts einzuwenden.«

Beth hob den Kopf. »Für dich war es doch auch gut, nicht wahr?«

»Meine Güte, Liebes. Wenn es noch besser gewesen wäre, wäre ich ohnmächtig geworden.«

»Dann bist du also gekommen?«

»Ja, ich bin gekommen. Sobald ich gespürt habe, wie du auf mir gezittert und gebebt hast, konnte ich mich nicht mehr zurückhalten. Ich habe so heftig abgespritzt wie seit meinem sechzehnten Lebensjahr nicht mehr.«

»Ich liebe dich.«

Cade seufzte zufrieden auf. »Ich liebe dich auch. Los, wir liegen ja vollkommen falsch herum. Lass mich aufstehen und dieses Kondom entsorgen, und dann komme ich wieder, damit wir ein bisschen schlafen können. Klingt das gut?«

»Hmm hmm.«

»Du schläfst schon fast, was?«

»Hmm hmm.«

Cade lächelte über die Frau in seinen Armen. Er war nie glücklicher gewesen. Beth wirkte auf einige vielleicht nicht wie die ideale Freundin, aber für ihn war sie perfekt.

Er hatte vorhin nicht gelogen, als er ihr sagte, dass er mit ihr glücklich sei, ob sie nun ihre Phobien überwand oder nicht. Er erinnerte sich daran, dass er vor langer Zeit gedacht hatte, das mit ihnen würde nicht funktionieren, weil er seine Aktivitäten in der Natur nicht aufgeben wollte. Aber jetzt? Jetzt interessierte es ihn nicht, ob er zelten ging oder draußen herumlief. Er war vollkommen ehrlich gewesen, als er ihr gesagt hatte, dass er mit ihr in einer Höhle leben würde. Er liebte sie genau so, wie sie war.

Er konnte sich nicht vorstellen, dass sie irgendetwas tun würde, was ihn vom Gegenteil überzeugte.

KAPITEL FÜNFZEHN

Die letzten beiden Wochen waren für Beth idyllisch gewesen. Manchmal musste sie sich kneifen, um sich zu vergewissern, dass alles wahr war. Sie verbrachte Cades freie Tage mit ihm und manchmal auch mit den Jungs von der Wache. Immer wenn es ihnen möglich war, verbrachten Cade und sie die Nacht zusammen und hatten auf viele verschiedene Weisen Sex miteinander. Nachdem sie einen Home Run erzielt hatten, war es, als wollten sie es jeden Abend aufs Neue tun.

Beth hatte Cade eines Abends sogar ein Video gezeigt, das sie gefunden hatte, während sie versucht hatte, eine Pornoseite lahmzulegen, auf der neben der üblichen Auswahl an Videos auch Kinderpornographie zu finden war. In dem Video, das ihre Aufmerksamkeit erregt hatte, war eine Frau zu sehen gewesen, die sich zu einem Orgasmus nach dem anderen brachte. Faszinierenderweise hatten Cade und sie ohne Scham ausgiebig darüber gesprochen und diskutiert, ob es echt war oder nicht. Um ihr zu beweisen, dass Frauen tatsächlich pausenlos zum Orgasmus kommen konnten, hatte Cade einen Massagestab gekauft und ihr die Kraft des Vibrators demonstriert. Er hatte das Ding auf ihre Klitoris gedrückt, bis sie mindestens ein halbes Dutzend Orgasmen erlebt hatte und ihn anflehte aufzuhören.

Ohne sich darum zu kümmern, ihn auszuschalten, hatte er ihn zur Seite geworfen und ihr das Gehirn rausgevögelt, wobei es ihm gelungen war, sie zu einem letzten Höhepunkt zu bringen, als er sie von hinten nahm. Als sie schwach und erschöpft in seinen Armen lag, hatte sie zugeben müssen, dass das Video vermutlich tatsächlich echt war.

Der Müllsack mit den Kerzen, Streichhölzern und Feuerzeugen stand immer noch in ihrer Küche und verhöhnte sie. Jedes Mal wenn sie in ihrer Wohnung übernachtete, musste Beth sich zwingen, dem Sack fernzubleiben. Obwohl es zwischen ihr und Cade gut lief, kämpfte sie weiterhin gegen das Bedürfnis, raus zu ihrem Grill zu gehen und ein weiteres Feuer zu entzünden. Jeden Tag schwor sie sich, Penelope zu bitten, den Sack für sie zum Container zu bringen, aber bis jetzt war sie dazu noch nicht in der Lage gewesen. Es war eine Stütze ... eine, für die Beth sich schämte, aber die sie scheinbar nicht loswurde.

Cade arbeitete eine Teilschicht für Taco und würde die Wache erst um Mitternacht verlassen. Da Beth in letzter Zeit ihre spätabendliche Hacker-Detektivarbeit vernachlässigt hatte, hatten die beiden beschlossen, sich am nächsten Morgen zu treffen. Auf diese Weise konnte Cade schlafen und die beiden konnten den ganzen Tag miteinander verbringen. Wenn sie die Nacht zusammen verbrachten, blieben sie oftmals viel zu lange auf und hatten Sex und verschliefen dann den halben nächsten Tag.

In jener Nacht schreckte Beth aus dem Schlaf hoch. Sie schaute auf die Uhr und sah, dass es halb vier Uhr morgens war. Sie war erst vierzig Minuten zuvor eingeschlafen und fragte sich, was sie wohl gestört hatte.

Ein Schrei ertönte durch die Stille der Nacht, bei dem Beth selbst ein leises Kreischen entfuhr. Es hatte nahe geklungen, zu nahe.

Sie sprang aus dem Bett und eilte in ihr kleines Wohnzimmer. Ohne an ihre eigenen Phobien zu denken, riss sie die Vorhänge auf und sah ein unheimliches orangefarbenes Glühen. Sie wusste sofort, was es war. Sie hatte es in letzter Zeit oft genug gesehen und ausgiebig studiert.

Feuer. Und es war groß, sehr viel größer als die winzigen Feuer, mit denen sie herumgespielt hatte. Und es war nahe.

Sie wollte zwar herausfinden, woher es kam, doch momentan interessierte sie einzig die Person, die hinter dem Schrei steckte. War sie in Schwierigkeiten? Verletzt? Wurde sie gegen ihren Willen weggebracht?

Vor langer Zeit hatte Beth sich geschworen, dass sie niemals herumsitzen und nichts tun würde, wenn sie die Möglichkeit hätte, jemand anderen vor dem zu bewahren, was ihr passiert war. Agoraphobie hin oder her.

Vorsichtig öffnete sie die Glasschiebetür und schaute nach draußen. Sie sah eine Menschengruppe, die auf dem Rasen stand und zu einer der Wohnungen über ihr deutete. Sie schaute nach oben.

Einer der Balkone im zweiten Stock stand vollständig in Flammen.

Einen Moment lang starrte Beth dorthin. Das Feuer war so viel größer, als Beth jemals den Mut gehabt hatte, es zu legen ... wenngleich sie sich zu immer größeren Flammen vorgearbeitet hatte, bevor sie aufhörte. Sie konnte sehen, wie die Glut träge vom leichten Wind davongetragen wurde, während das Holz, aus dem der Balkon gebaut war, leuchtend orange glühte.

Die Menschenansammlung wurde größer und Beth sah zahlreiche Menschen an ihren Handys. Sie hoffte, dass sie Hilfe herbeiriefen und das ganze Schauspiel nicht für ihre Konten in den sozialen Medien filmten.

Beth kämpfte mit ihrer Psyche. Einerseits sollte sie nach draußen gehen und sich zu den anderen in den relativ sicheren Bereich hinter dem Wohngebäude stellen, aber der Gedanke daran ließ sie erzittern. Andererseits wusste sie, dass sie es schaffen könnte, wenn sie sich auf das Feuer konzentrierte – aber was würde passieren, wenn es gelöscht war? Dann wäre sie draußen gefangen und hätte nichts, was sie ablenken könnte.

Es ging ihr besser. Cade und Penelope hatten lange und hart mit ihr gearbeitet und ihr den Mut gegeben, Risiken einzugehen. Aber je länger sie im Türrahmen stand, desto mehr Menschen versammelten sich draußen.

Beth wirbelte herum und eilte zurück in ihr Schlafzimmer, wo sie eine Jeans, Socken, Turnschuhe und ein langärmeliges Hemd anzog. Zur Sicherheit steckte sie eins der Messer, die sie gekauft hatte, in ihre Gesäßtasche und nahm einen der zwei Feuerlöscher, die Cade ihr »für Notfälle« gegeben hatte.

Ohne zu wissen, was sie damit tun würde, ging Beth zurück zu ihrer Terrasse und trat nach draußen. Den

Blick nach oben gerichtet, stand sie am Ende der Betonfläche. In gewisser Weise war es ein Kompromiss. Sie war draußen, damit sie nicht in ihrer Wohnung gefangen wäre, konnte aber jeden Moment wieder nach drinnen laufen, wenn sie müsste.

Beth biss sich auf die Wange und konzentrierte sich auf die Flammen, die über ihrem Kopf zischten. Sie konnte sehen, wie sie am Dachvorsprung züngelten, als sie die Sirenen hörte. Sie fragte sich, ob Wache sieben wohl ausrücken würde und wer Dienst hätte. Cade sollte Feierabend haben, aber vielleicht würden Pen oder einer der anderen Jungs, die sie kennengelernt hatte, arbeiten.

Beth nahm mit Absicht lange Atemzüge und konzentrierte sich auf das Ein- und Ausatmen, anstatt auf die Menschen um sie herum. Sie drückte den Feuerlöscher fest gegen ihre Brust und zählte leise bis siebenundachtzig, bevor sie den ersten Feuerwehrmann hörte.

»Alle zurücktreten! Sie müssen sich weiter von dem Gebäude entfernen.«

Einer der Feuerwehrmänner rief den Bewohnern zu, die auf dem Rasen versammelt waren. Es war nur eine Frage der Zeit, bevor jemand sie bemerken würde. Beths Atem beschleunigte vor Panik. Sie würden dafür sorgen, dass sie sich wegbewegte, daran hatte sie keinen Zweifel.

»Sie sind Beth, nicht wahr? Kommen Sie, wir müssen hier weggehen.«

Die Stimme war leise und ruhig. Als sie sich zur Seite drehte, sah sie einen ihrer Nachbarn. Sie hatte keine Ahnung, wie er hieß, sie wusste nur, dass sie ihn schon einmal gesehen hatte. Er war etwa zwanzig Jahre älter als sie. Er hatte eine hohe Stirn, sein Haar ergraute leicht und war derzeit vom Schlaf zerzaust. Seine Stimme war melodisch und beruhigend. Doch viel wichtiger war, dass er ihr die Hand hinstreckte.

Beth wurde unsicher. Es könnte ein Trick sein. Ben Hurst war nicht jung gewesen ... er war älter und wenn sie darüber nachdachte, hatte er in gewisser Weise wie ihr Nachbar ausgesehen. Der Mann, der mit seiner ausgestreckten Hand so geduldig neben ihr stand, könnte sie entführen ... nur hatte sie ihn zuvor schon gesehen. Sie kannte ihn. Er wohnte mit ihr zusammen. Nun, zumindest auf derselben Etage wie sie. Sie hatten Blickkontakt aufgenommen und Hallo gesagt, wenn sie ihm während der letzten Monate mit Cade begegnet war.

Sie wusste, wie sie es auch machte, es wäre verkehrt.

Sie streckte die Hand aus und hoffte inständig, dass er einer der Guten war. Wenn nicht, würde sie sich niemals davon erholen, ein zweites Mal entführt worden zu sein, dessen war sie sich sicher.

Cades Reifen quietschten, als er auf die Bremse trat und willkürlich in die erstbeste Parklücke einbog. Er war immer noch zwei Blocks von Beths Wohnung entfernt, doch er wusste, dass es ihm bei der Anzahl von Einsatzfahrzeugen nicht möglich wäre, näher an ihr Gebäude heranzukommen.

Seine Schicht war bereits zu Ende gewesen, als das Feuer gemeldet worden war. Er hatte tief und fest geschlafen, als Penelope ihn vollkommen außer sich anrief. Sie war wach gewesen und hatte den Notruf über Funk gehört. Cade hatte sich kaum Zeit genommen, Turnschuhe und ein T-Shirt anzuziehen, und war aus dem Haus gestürmt. Die fünfzehn Minuten, die er brauchte, um zu Beth zu fahren – Gott sei Dank war das Verkehrsaufkommen mitten in der Nacht gering –, waren die längsten seines Lebens.

Erst gestern Abend hatten er, Penelope und die anderen Jungs über seinen Verdacht in Bezug auf Beth gesprochen.

Er konnte die Zeichen nicht länger ignorieren. Ihre Agoraphobie war besser geworden, ihm war mit der Art der Erkenntnis, die er während seines Erwachsenenlebens in diesem Job erlangt hatte, jedoch klar geworden, dass es höchstwahrscheinlich daran lag, dass sie absichtlich Brände legte.

Cade hatte sich nicht viel dabei gedacht, als es passiert war, aber er erinnerte sich daran, wie er zu Beginn ihrer Beziehung einmal mitten in der Nacht aufgewacht und ins Wohnzimmer gegangen war, um nach ihr zu sehen. Er hatte sie auf dem Sofa vorgefunden, wo sie gesessen und einem Dutzend Kerzen beim Brennen zugesehen hatte. Sie hatte sie angezündet, auf dem Sofa nach vorn gebeugt gesessen und war vollkommen auf die tanzenden Flammen fixiert gewesen. Er hatte sie dreimal mit ihrem Namen ansprechen müssen, bevor sie bemerkt hatte, dass er dort stand.

Sie hatte rasch die Kerzen ausgeblasen und eine Ausrede gestammelt, aber er hatte eins und eins zusammengezählt.

Er hatte bereits einen Verdacht gehabt, wollte sie jedoch nicht wegen etwas beschuldigen, das vielleicht nicht stimmte. Nachdem er alle Hinweise und Vorfälle zusammengesetzt hatte, wurde ihm schließlich mit einem flauen Gefühl im Magen klar, dass alle Zufälle mit ihr und Feuer tatsächlich keine Zufälle gewesen waren. Mit einem Mal war es ihm so bewusst, als hätte sie es ihm direkt gesagt.

Und wie sehr er sich wünschte, dass sie es getan *hätte*.

Es war offensichtlich, dass Beth lediglich einen Dämon gegen einen anderen ausgetauscht hatte. Er würde nicht so weit gehen, sie als Pyromanin zu bezeichnen, sie steuerte aber definitiv auf etwas zu, das schwierig abzuschütteln wäre. Schwieriger als ihre Angst, draußen mit Menschen zusammen zu sein.

Die Kerzen, das Kaufen eines Grills, wo sie doch schreckliche Angst hatte, auch nur einen Fuß aus ihrer Wohnung zu setzen, die Feuerzeuge in ihrer Tasche, die Brandspuren auf ihrer Terrasse, ihre verbrannten Finger – die nicht davon stammen konnten, einen heißen Topf angefasst zu haben, denn dann wäre ihre Handfläche verbrannt gewesen und nicht ihre Finger –, alle Anzeichen waren da gewesen und es war herzzerreißend.

Er war Feuerwehrmann ... sein Beruf war es, Feuer zu *bekämpfen*. Er hatte keine Ahnung, wie er Beth vertrauen sollte, wenn sie so weitermachte wie bisher. Erst letzte Woche hatte er kurz davor gestanden, sie zu fragen, ob sie zu ihm ziehen wolle, aber wenn er sich darum sorgen musste, nach Hause zu kommen und nur einen Haufen Asche oder ihren verbrannten Körper vorzufinden, oder wenn sie dazu überginge, Gebäude in Brand zu setzen, könnte das mit ihnen niemals funktionieren ... und das brach ihm das Herz.

Als Cade rannte, sah er, wie der Rauch gemächlich in den Himmel stieg, der von den Scheinwerfern aller Einsatzfahrzeuge erhellt wurde, die ihre Lichter auf die Wohnung gerichtet hatten. Es sah so aus, als sei das

Feuer selbst erloschen, aber so wie er es beurteilen konnte, war es ein ziemlich großer Brand gewesen. Er betrat den großen Hof und schaute zu Beths Gebäude. Es hatte den Anschein, als befände sich der größte Schaden im oberen Stockwerk, wenngleich die gesamte Außenseite des Gebäudes Brandspuren aufwies, die sich auch um ihre Wohnung herum verteilten. Cade wollte es nicht glauben, sein Bauchgefühl sagte ihm aber, dass Beth etwas damit zu tun hatte. Sie war bekannt dafür, bis in die frühen Morgenstunden wach zu bleiben, und war offensichtlich auf Feuer fixiert.

Die Feuerwehrleute konzentrierten sich auf ihr Gebäude und spritzten mithilfe der Leiter Wasser auf das Dach und die Außenmauern.

Cade wandte den Blick von den Brandspuren am Gebäude ab und schaute sich wild suchend nach Beth um. Trotz der Zweifel, die ihm durch den Kopf schossen, musste er sich davon überzeugen, dass mit ihr alles in Ordnung war. Er hatte noch keine Entscheidung getroffen, was er tun würde. Ihm war erst kürzlich das Ausmaß ihres Problems bewusst geworden.

Weil überall Menschengruppen herumstanden, sah Cade Beth nicht sofort. Zum ersten Mal bekam er eine Ahnung davon, wie es sich für sie anfühlen musste, wenn sie eine Panikattacke hatte. Er spürte, wie sein Herzschlag beschleunigte, und das Adrenalin, das in seinem Körper wütete, ließ seine Hände zittern.

Gerade als er sich sicher war, dass sie zusammengekauert in ihrer Wohnung sitzen musste, weil sie Angst hatte, nach draußen zu gehen, selbst wenn ihre Wohnung um sie herum niederbrennen würde, sah Cade zwei Personen, die etwas abseits der neugierig schauenden Menschenmenge standen.

Sofort ging er auf sie zu, denn er erkannte Beths Körpersprache, selbst als er sich den beiden näherte. Sie stand etwa einen halben Meter von dem älteren Mann entfernt, hatte aber den Arm ausgestreckt und hielt seine Hand. Cade erkannte ihn als einen ihrer Nachbarn. Er hatte ihm in der Vergangenheit schon zugenickt, wenn er bei Beth zu Besuch gewesen war.

Ihr Gesicht war bleich und sie starrte mit großen Augen zum Dach ihres Wohngebäudes, als könnte sie den Blick einfach nicht abwenden. Cade betrachtete sie, als er sich näherte, und versuchte herauszufinden, ob sie verletzt war. Sie trug eine Jeans und eins seiner langärmeligen Hemden von Wache sieben, das für ihre winzige Statur viel zu groß war. Mit einer Hand krallte sie sich an der ihres Nachbarn fest, mit dem anderen Arm hielt sie einen der Feuerlöscher, den er für sie gekauft hatte. Beth stand steif da und wenngleich sie überaus unbehaglich aussah, erkannte Cade, dass sie nicht durchdrehte ... noch nicht.

»Beth? Ist mit dir alles in Ordnung?«

Sofort richtete Beth den Blick auf ihn und Cade seufzte erleichtert auf, als sie in ihren Augen sah, dass sie ihn erkannte. Er streckte ihr die Hand hin, woraufhin sie sich sofort hinunterbeugte, um den Feuerlöscher auf den Boden zu stellen, und dann nach ihr griff. Cade fiel auf, dass sie die Hand ihres Nachbarn erst losließ, als er ihre fest umschlossen hatte.

Cade spürte, wie sie seufzte, als sie in seiner Umarmung mit ihm verschmolz und das Gesicht an seiner

Brust vergrub. Sie zitterte, als sie sich an ihn drückte und sich mit aller Kraft an ihm festhielt.

»Pst, ich bin ja da. Es geht dir gut.« Cade wandte sich an ihren Nachbarn. »Danke.«

»Gern geschehen. Mir ist aufgefallen, dass sie in Gegenwart von anderen Menschen etwas schüchtern ist und nicht besonders viel rausgeht. Ich dachte mir, ich bleibe so lange bei ihr, bis Sie eintreffen.«

Cade war nicht überrascht, dass es dem Mann aufgefallen war – schließlich war er während der letzten zwei Monate sehr häufig bei Beth zu Besuch gewesen –, und hob zum Dank das Kinn in seine Richtung.

Jetzt, da er wusste, dass Beth sicher in seinen Armen lag, erinnerte Cade sich an all die anderen Sachen, über die er während der letzten paar Tage nachgedacht hatte. Er hatte so viele Fragen, aber jetzt war nicht der richtige Zeitpunkt dafür.

Sie standen im Hof und sahen zu, wie die Feuerwehrleute das Gebäude löschten und danach im Inneren nach Brandherden suchten. Als sie endlich wieder hinaustraten, verkündeten sie, dass der Schaden zwar örtlich begrenzt sei, die Menschen, die in diesem Gebäude wohnten, bis zum nächsten Tag jedoch nicht in ihre Wohnungen zurückkehren könnten. Der Brandinspektor und Gebäudeschutzbeauftragte würden in den nächsten Tagen die Gebäudestruktur überprüfen, um sich davon zu überzeugen, dass sie intakt war. Für die Bewohner des Hauses wurden Notunterkünfte vom Roten Kreuz errichtet.

Bei der Ankündigung hatte Beth sich nicht gerührt, einzig vielleicht, um sich noch weiter in seiner Umarmung zu vergraben. Ohne ihre Hand loszulassen, drückte

Cade sie noch fester an seine Brust. Er würde sie nicht allein lassen, aber er hatte keine Ahnung, wie er damit umgehen sollte, sie in seinem Haus zu haben, ohne mit ihr zu schlafen.

An dem Abend nach dem Gespräch mit den anderen in der Feuerwache hatte er beschlossen, dass er sich von ihrer Beziehung zurückziehen musste, bis sie ihre Brandstifter-Neigungen unter Kontrolle bekam. Er würde sie nicht gänzlich aufgeben, aber sie musste sich bessern und diese Sache mit dem Feuer beenden wollen, bevor er sich ihrer Beziehung tiefer verschreiben konnte.

Cade wollte über sich selbst schnauben. Er war sich nicht sicher, wie viel tiefer er noch gehen konnte. Er liebte sie. Und zu wissen, dass sie sich dem Feuer zuwandte, um ihre Ängste unter Kontrolle zu bekommen, brachte ihn um. Sie bei sich zu Hause zu haben würde seiner Entscheidung, eine Zeit lang Abstand von ihrer intensiven Beziehung zu nehmen, nicht dienlich sein.

»Los, Liebes, gehen wir. Es ist spät, du musst erschöpft sein.«

Sie sah zu ihm auf. »Ich habe keine meiner Sachen.«

»Wir werden dir alles, was du brauchst, später holen. Ich werde mich um dich kümmern, Beth.«

»Das weiß ich. Ich versuche, gut damit klarzukommen ... aber es fällt mir schwer. Wenn ich nicht zurückgehen kann, werde ich nur ...«

»Es wird alles gut. Du schaffst das. Es geht dir schon sehr viel besser. Gib nicht auf.«

Beth sah mit fragendem Blick zu Cade auf. Cade wusste, dass sie vermutlich mehr von ihm erwartete. Verdammt, vor einer Woche hätte er nicht gezögert, ihr zu sagen, sie solle sein Zuhause zu *ihrem* Zuhause machen. Er hatte vorgehabt, genau das am Anfang der Woche zu tun. Aber jetzt hatte er zu viele Fragen. Er stählte sich gegen ihren Blick.

Es war zu ihrem Besten. Sie brauchte mehr Hilfe, als er ihr geben konnte.

»Komm, ich musste wegen des Verkehrs etwas weiter weg parken. Morgen früh sehen die Dinge schon anders aus.«

Beth nickte und sie machten sich auf den Weg zu seinem Wagen. Cade hatte keine Ahnung, was der nächste Tag bringen würde – hoffentlich Antworten auf einige seiner Fragen. Wie dem auch sei, sie mussten über ihre Probleme sprechen und in welche Richtung die beiden von hieran gehen würden.

KAPITEL SECHZEHN

»Warum gehst du nicht schon mal hoch und machst es dir bequem? Ich komme später nach.«

Beth hielt auf der Treppe an, die nach oben führte. Sie war zufrieden damit gewesen, wie sie mit allem umgegangen war. Sie hatte ihrem Nachbar vertraut, er hatte sie nicht entführt, sie hatte wer weiß wie lange mit ihm draußen gestanden, bevor Cade aufgetaucht war, ohne vollkommen durchzudrehen. Sie hatte keine Ahnung, ob es ihr am nächsten Tag möglich wäre, in ihre Wohnung zurückzukehren, an ihren sicheren Ort, und sie hatte alles geschafft, ohne das Feuerzeug zu benutzen, das sie seit einiger Zeit wieder mit sich herumtrug.

In dem verdammten Müllsack in der Küche befanden sich alle ihre Zündelutensilien, mit Ausnahme eines Feuerzeugs. Sie war der Meinung, sie könnte es ab und zu mal benutzen, um sich zu beruhigen, und hatte es noch nicht übers Herz gebracht, es wegzuwerfen. Es war ja nicht so, als würde sie damit tatsächlich Feuer legen ...

aber die Flamme entspannte sie ausreichend, um die Panikattacken wegzuschieben.

Aber das hier – sie war sich nicht sicher, ob sie damit fertigwurde, wenn Cade sich, zusätzlich zu allem anderen, von ihr distanzierte. Er war ihr Fels, selbst wenn ihm nicht klar war, wie sehr sie sich auf ihn verließ. Für ihn wollte sie ganz gesund sein.

Beth spürte, wie ihr Herzschlag beschleunigte und sie schneller atmete. Sie ballte die Hände zu Fäusten und versuchte, nicht in Panik zu verfallen. »Du kommst nicht mit?«

»Ich komme später nach.«

»Cade? Ist alles in Ordnung?«

»Wir unterhalten uns später.«

Mist, Mist, Mist. »Gibt es etwas, worüber wir sprechen müssen?«

»Ja, aber es ist schon gut, Beth. Geh einfach schlafen. Es war ein hektischer Abend und du bist vermutlich todmüde. Ich bin gerade einfach zu aufgedreht.«

Beth atmete tief durch. In dieser Situation würde sie auf keinen Fall schlafen können. »Ich denke, wir sollten uns jetzt unterhalten. Wenn du etwas zu sagen hast, solltest du es dir von der Seele reden.«

»Nicht jetzt.«

Beth musterte Cade. Er war weit entfernt von dem unbeschwerten Mann, den sie während der letzten Monate kennengelernt hatte. Sie hatten in der Vergangenheit bereits Meinungsverschiedenheiten gehabt, aber nicht so. Angst kroch ihr den Rücken hinauf und ihr Mund wurde trocken. »Ich bin der Meinung, dass jetzt der perfekte Zeitpunkt ist. Willst du mich nicht hier haben? Ist es das?«

Cade biss die Zähne aufeinander und Beth sah, wie seine Kiefermuskeln sich anspannten.

»Das ist es doch, nicht wahr? Du hättest etwas sagen sollen, als wir noch bei mir zu Hause waren, Cade.«

»Es ist kompliziert.«

»Kompliziert.« Beth lachte verbittert. »Ist das Code für ›es funktioniert nicht‹? Nein, warte, lass mich raten. Es liegt nicht an mir, sondern an dir, richtig?«

Cade lehnte sich an die Arbeitsplatte in der Küche und verschränkte die Arme. »Nein, es bedeutet nur, dass es kompliziert ist.«

»Du brauchst für mich nicht das Kindermädchen zu spielen. Ich dachte, das hätten wir bereits geklärt.«

»Das dachte ich auch.«

Jetzt wurde Beth sauer. Er sprach in Rätseln und Beth wusste, dass ihr irgendetwas Wichtiges entging, sie hatte nur keine Ahnung, was es war. »Spuck's aus, Cade. Wenn du es satt hast, buchstäblich ständig meine Hand zu halten, dann sag es mir einfach. Ich bin ein großes Mädchen. Ich habe vielleicht vor vielen Sachen Angst, aber ich würde niemals bei jemandem bleiben, der mich verachtet.«

»Wie ist das Feuer heute Abend entstanden, Beth?«

»Was?« Beth war über den scheinbar abrupten Themenwechsel verwirrt. »Ich habe keine Ahnung. Ich war im Bett, als ich Schreie gehört habe und der Feueralarm losging.«

Cades Gesichtsausdruck veränderte sich nicht. »Was ist mit dem Feuer auf deiner Terrasse vor ein paar Wochen? Wie hat das angefangen? Und die Verbrennungen an deinen Fingern? Ich weiß, dass sie nicht davon stammen, dass du einen heißen Topf angefasst hast. Hast du zu lange ein Streichholz gehalten? Bist du einem deiner Feuer zu nahe gekommen? Was ist mit den ganzen Kerzen, die du plötzlich bei dir zu Hause hattest?«

Beth schluckte. Hörbar. Sie dachte, sie sei diskret gewesen. Einen Freund zu haben, der Feuerwehrmann war, bedeutete offensichtlich, dass ihm diese Dinge auffielen. »Was ist damit?«

»Willst du mir ernsthaft erzählen, dass das alles nichts mit heute Abend zu tun hat?«

»Ja, das hat es nicht.«

Jetzt sah Cade geschlagen aus. »Geh schlafen, Beth.«

»Cade. Das Feuer heute Abend hatte nichts mit mir zu tun«, sagte Beth bestimmt und hoffte mit allem, was sie hatte, dass er die Aufrichtigkeit in ihrer Stimme hören konnte.

Er sagte nichts, starrte sie aber weiterhin so durchdringend an, als könnte er ihr direkt ins Herz blicken.

Sie senkte ihre Stimme zu einem Flüstern. »Ich gebe zu, dass ich … eine Phase durchmache, in der ich es … beruhigend finde, den Flammen zuzusehen. Aber dieses Feuer habe ich *nicht* angefangen.«

»Beruhigend. Hörst du dir eigentlich selbst zu?« Cade stieß sich von der Arbeitsplatte ab und ging nervös auf und ab. »Beth, du siehst nicht, was direkt vor deiner Nase ist. Ich gebe zu, dass es etwas gedauert hat, bis ich darauf gekommen bin, aber normale Menschen entzünden keine Streichhölzer und lassen sie bis auf die Finger hinunterbrennen, sodass sie dadurch verletzt werden. Normale Menschen finden Feuer nicht beruhigend. *Normale* Menschen zünden keinen Müll in ihrem Grill an, nur um dabei zuzusehen, wie er brennt.«

Beth hatte keine Ahnung, ob Cade seine Worte

absichtlich so gewählt hatte, aber das war auch unwichtig. Sie hatten sie mit der Wucht eines Zehntonners getroffen. Er sprach weiter, als hätte er nicht soeben ihr Herz herausgerissen, darauf herumgetrampelt und dann versucht, es ihr zurückzugeben, als sei nichts geschehen.

»Und das Feuerzeug, das du mit dir herumträgst? Ich nehme an, das tust du nur, falls irgendjemand sich seine Zigarette anzünden will.« Cades Stimme wurde sanfter, als würde er endlich verstehen, dass seine Worte verletzend sein könnten. »Du kannst eine Stütze nicht durch eine andere ersetzen, Liebes.«

»Denkst du, dass *du* so was bist? Eine Stütze?«

»Ja. Und Penelope. Und dein Nachbar heute Abend. Wir sind alle deine Stützen. Und das ist in Ordnung, ich habe damit kein Problem. Ich *habe* aber ein Problem damit, wenn du Feuer als Stütze benutzt. Ich verbringe schon mein gesamtes Leben damit, Feuer zu verstehen und zu bekämpfen. Fehlerhafte Ölheizungen, Weihnachtslichter, die überhitzen, Küchenunfälle, weil das Öl zu heiß wird.« Über das letzte Beispiel lächelte er traurig, bevor er weitersprach. »Ich habe kein Problem damit, der Held zu sein und herbeizueilen, um die Situation zu retten. Aber das vorsätzliche Legen von Bränden ist etwas, was ich einfach nicht verstehen kann.«

»Mit dem Feuer heute Abend hatte ich nichts zu tun«, wiederholte Beth zum scheinbar hundertsten Mal.

»Vielleicht. Vielleicht auch nicht. Aber es geht doch tatsächlich eher darum, dass du eines Tages vielleicht etwas mit einem Feuer zu tun haben *könntest*, zu dem ich gerufen werde, wenn du so weitermachst. Was, wenn bei dem nächsten jemand ums Leben kommt? Wird es das Hochgefühl wert sein, das du davon bekommst?«

Beth wusste, dass sie durchdrehen sollte. Sie sollte Panik bekommen, aber sie war zu sehr damit beschäftigt zu verhindern, dass ihr Herz aufbrach und Cades Fußboden vollblutete, um sich über eine lästige kleine Sache wie das Atmen Gedanken zu machen. Cade verstand nicht, dass sie von den Flammen kein »Hochgefühl« bekam; vielmehr war das Gegenteil der Fall. Sie beruhigten etwas in ihr, sodass sie das Gefühl hatte, ein wenig Kontrolle in ihrem Leben zu haben. Sie sorgten dafür, dass sie funktionieren konnte. Sie wollte es erklären. Ihm erzählen, wie die Feuer ihr halfen, aber sie hatte Angst. Sie wollte ihn nicht verlieren, aber sie konnte nicht klar denken. Es schien, als hätte Cade sich bereits festgelegt und sei tatsächlich der Meinung, dass sie für das Feuer in ihrem Wohngebäude heute Abend verantwortlich war, obwohl sie ihm etwas anderes gesagt hatte.

»Dann war es das also?« Ihre Stimme war flach und tonlos.

»Nein! Auf keinen Fall! Das sage ich nicht. Ich *will* nicht, dass es das war. Beth, ich liebe dich. Ich liebe dich so sehr, dass es mir mehr wehtut als dir.« Offensichtlich frustriert fuhr Cade sich mit der Hand durchs Haar.

Beth bezweifelte das, doch er sprach weiter.

»Aber ich kann dich nicht in meinem Haus lassen und mich fragen, ob heute der Tag ist, an dem ich zu einem Einsatz hierhergerufen werde, um das Haus in Flammen vorzufinden. Um deine Leiche in einem Hinterzimmer zu entdecken, weil du bei dem Gedanken, nach draußen zu gehen, in Panik verfallen bist. Um deinen Körper wegen eines der Feuer, die du angefangen hast, um mit Problemen in deinem Leben ›fertigzuwerden‹, mit Verbrennungen dritten Grades vorzufinden, weil es außer Kontrolle geraten ist. Dafür liebe ich dich zu sehr.«

Beth biss sich auf die Lippe und sagte nichts. Es war offensichtlich, dass Cade dachte, er hätte bereits alles durchschaut.

»Du brauchst Hilfe, Liebes. Mehr, als ich dir geben kann. Ich dachte, ich würde helfen, indem ich für dich da bin und du dich auf mich verlassen kannst. Aber ich erkenne jetzt, dass es nichts nützt. Du brauchst professionelle Hilfe. Wahrscheinlich mehr als nur deine Therapiegruppe.«

»Morgen bist du mich los«, sagte Beth, ohne den Blick von Cade abzuwenden. Er trat einen Schritt auf sie zu und streckte die Arme aus, um ihr die Hände auf die Schultern zu legen, aber Beth wich zurück, bevor er sie berühren konnte. »Du hast keine Ahnung, Cade Turner. Absolut keine Ahnung. Ich wünschte, du könntest nur einen Tag lang in meiner Haut stecken. Nur einen Tag. Ich habe das Feuer heute Abend nicht gelegt. Es stimmt, ich habe mit dieser neuen Besessenheit von Feuer zu kämpfen, aber der Brand auf meiner Terrasse vor einigen Wochen hat mir furchtbare Angst eingejagt und seitdem habe ich es unter Kontrolle. Ich hatte vor, mit Penelope darüber zu sprechen ... dann mit dir. Aber du hast voreilige Schlüsse gezogen und hauptsächlich hörte ich aus deinen Worten heraus, dass du mir nicht vertraust.«

»Es geht nicht um Vertrauen«, sagte Cade eindringlich. »Es geht darum, dass ich dich so sehr liebe und will –«

Beth winkte ab. »Ich erinnere mich daran, wie du im Supermarkt zum ersten Mal meine Hand ergriffen hast. Penelope war bei mir und sie wollte sich mit Hayden treffen, um irgendwas zu machen. Ich war unglaublich nervös, wollte Pen aber nicht zurückhalten. Du hast mich angelächelt und meine Hand genommen und ich schwöre bei Gott, ich habe gefühlt, wie meine Sorgen aus meinem Körper geflossen sind und sich auf dem Boden verteilt haben. Ich habe sogar zurückgeblickt, um mich zu vergewissern, dass ich keine Pfütze hinterlassen habe, als wir weitergegangen sind. Ich habe nicht einmal gedacht, ich könnte eine Last für dich sein ... bis jetzt.

Das Letzte, was ich jemals sein wollte, war eine Last. Was glaubst du, warum ich Kalifornien verlassen habe? Meine Eltern hatten keine Ahnung, wie sie mir helfen sollten, und ich konnte sehen, dass es sie innerlich zerrissen hat. Mein Bruder wollte zurück nach Hause ziehen, um dabei zu helfen, sich ›um mich zu kümmern‹. Ich will nicht, dass sich irgendwer ›um mich kümmert‹, Cade. Ich wollte immer nur für den Menschen geliebt werden, der ich bin.«

»Beth –«

Sie sprach einfach weiter, da sie wusste, wenn sie es jetzt nicht sagte, würde sie vielleicht niemals dazu in der Lage sein. Er wollte reden? Gut. Sie redete. »Ich verstehe, warum du denkst, dass ich das Feuer heute Abend angefangen habe. Das tue ich. Und ich mache dir deswegen keinen Vorwurf. Aber seit Hurst mich vergewaltigt hat, seit er mir an der Seite eine Stichwunde mit einem Messer zugefügt hat, seit er brennende Zigaretten auf meinem Körper ausgedrückt hat ... will ich einzig *normal* sein. Ich dachte, ich würde in dieser Hinsicht gute Fortschritte machen, bis du mir vor drei Minuten etwas anderes gesagt hast. Ich werde vielleicht nie gelassen und sorglos durch die Gänge im Supermarkt schlendern können, aber das bedeutet nicht, dass ich es nicht verdiene, jemanden an meiner Seite zu haben, der mich unterstützt, während ich diesen Versuch wage.

Ich liebe dich, Cade. Ich bin vielleicht jünger, aber in diesem Moment fühlt es sich an, als sei ich dir Jahre voraus. Du hast keine Ahnung –« Ihre Stimme zitterte, aber Beth sprach trotzdem weiter. »Du hast keine Ahnung, was du angerichtet hast. Es tut mir leid, dass ich dir nichts von den Streichhölzern erzählt habe. Und von den Kerzen und Feuerzeugen. Es tut mir leid, dass ich versucht habe, alles zu tun, was mir möglich war, um die Frau zu sein, die du brauchst. Die Frau, die während eines Softballspiels auf der Tribüne sitzen und dich anfeuern kann. Die Frau, deren Hand du voller Stolz hältst und neben der du hergehst, nicht weil sie den Kontakt braucht, um nicht durchzudrehen, sondern weil du es nicht aushältst, neben ihr zu sein und sie *nicht* zu berühren. Meine gesamten Feuersachen sind in einem Müllsack in meiner Wohnung. Ich habe vor zwei Wochen alles hineingestopft. Ich habe mich darauf vorbereitet, Pen zu bitten, ihn für mich wegzuwerfen. Ich habe für nächste Woche einen Termin bei meiner Therapeutin vereinbart, um über alles zu sprechen. Ich hätte mit dir reden sollen, das weiß ich. Aber ich wollte dich nicht enttäuschen. Von meiner Seite war das ein großer Fehler.«

Beth zuckte mit den Schultern und hörte auf zu sprechen. Momentan hatte sie nichts mehr zu sagen. Sie hatte alles gesagt, was sie hatte sagen wollen.

»Leg dich schlafen, Beth. Wir unterhalten uns morgen früh. Wir kriegen das schon hin. Ich will dich nicht verlieren. Ich wollte immer nur, dass du Vertrauen in dich selbst hast. Dass du dich als der tolle Mensch siehst, den ich sehe. Und den Penelope und Tex und alle meine Freunde sehen.«

Obwohl Beth wusste, dass sie nicht schlafen würde, nickte sie und stieg die Treppe nach oben. Langsam ging sie zum Schlafzimmer und hoffte inständig, dass Cade ihr nachkommen würde, um sie um Entschuldigung zu bitten. Sie betrat das Zimmer, in dem sich so viele schöne Erinnerungen der beiden befanden, und schloss die Tür. Das Einrasten des Schlosses klang in dem stillen Raum laut. Endgültig.

Auch wenn es ihr sehr wehtat, wusste Beth, dass Cade sie nicht verletzen wollte. Er war frustriert und sorgte sich um sie. Wenn sie denken würde, dass er ihre Wohnung abbrennen könnte, hätte sie ebenfalls Zweifel. Aber das änderte nichts.

Mit einer Sache hatte er jedoch recht gehabt. Sie hatte Cade und Penelope *tatsächlich* als Stützen benutzt. Das war ihr nun klarer als jemals zuvor. Wenn sie wollte, dass es ihr besser ging, musste sie sich selbst helfen. Sie konnte sich nicht auf andere Menschen verlassen, um sich besser zu fühlen. Es lag nun an ihr.

KAPITEL SIEBZEHN

Für den Rest der Nacht ... nun, des Morgens ... warf Cade sich unruhig auf dem Sofa hin und her. Er dachte immer wieder über sein Gespräch mit Beth nach und trat sich mental jedes Mal selbst in den Hintern. Er hatte alles falsch gesagt. Er hatte nicht andeuten wollen, dass sie unnormal war oder dass sie Penelope und ihn benutzte. Er hatte sich nur Sorgen um sie gemacht und darum, wie sie mit der Sache umging.

Ein Teil von ihm war über seinen Ruf als Feuerwehrmann besorgt, aber jetzt, da er darüber nachdachte, wurde ihm klar, dass seine Freunde ihn nicht anders behandeln würden, wenn sie wüssten, dass Beth eine Pyromanin war. Vermutlich würden sie nur näher an ihn heranrücken und alles in ihrer Macht Stehende tun, um ihm und seiner Freundin zu helfen. Davon abgesehen war er besser ausgestattet als viele andere, um mit ihrer Sucht umzugehen. Und er wusste, dass die anderen alles tun würden, um zu helfen, und sich weder über ihn noch sie lustig machen würden.

Sie war durch die Hölle gegangen und er hatte es ihr einfach ins Gesicht geschleudert. Cade fühlte sich schrecklich und konnte es nicht erwarten, die Sache zwischen ihnen richtigzustellen. Er vermisste sie, dabei war sie nur ein Stockwerk höher. Cade mochte dieses Gefühl nicht. Ganz und gar nicht.

Sobald Beth aufstand, würde er dafür sorgen, dass sie verstand, was seine Beweggründe waren, dass er sie liebte und wollte, dass es ihr besser ging. Sie würden ihr gemeinsam Hilfe besorgen. Er würde sie nächste Woche zu ihrem Termin begleiten und alles tun, was getan werden musste, damit sie wieder zurück in die Spur fanden.

Er wollte Beth in seinem Leben, wie auch immer er sie haben konnte. Er konnte es nicht ertragen, sie jetzt zu verlieren, nicht nach allem, was sie zusammen durchgemacht hatten. Er liebte sie und es würde ihn zerstören, wenn er etwas gesagt hätte, was sie in ihrem Heilungsprozess zurückwarf.

Weil Cade sie sehen und die Sache zwischen ihnen richtigstellen musste, ging er schließlich nach oben und klopfte leise an die Tür zu seinem Schlafzimmer. Als er mit einem Blick auf die Uhr feststellte, dass es neun Uhr war, erwartete er, dass Beth trotz des späten Zubettgehens mittlerweile wach wäre. Er klopfte noch einmal.

Als er keine Antwort bekam, öffnete er die Tür einen Spaltbreit und schaute hinein.

Beunruhigt stieß er die Tür vollständig auf und sah sich im Zimmer um. Sein Bett war gemacht und von Beth war nichts zu sehen. Die Badezimmertür stand etwas offen und es war offensichtlich, dass sie nicht einfach nur duschte.

Cade wurde schwindelig, als er einen Moment dastand und zu verarbeiten versuchte, was er sah. Wo war sie? Es war ja nicht so, als könnte sie allein rausgehen ... oder doch? Wie um alles in der Welt war sie an ihm vorbeigekommen?

Oh Gott, er war so ein Idiot.

Er ging wieder nach unten, betrat die Küche und nahm sein Telefon zur Hand, um Penelope anzurufen. Ohne ihr Zeit zu geben, irgendwas zu sagen, fragte er sofort, nachdem sie rangegangen war: »Wo ist Beth?«

»Dir auch einen guten Morgen, Cade. Was meinst du, wo ist Beth? Sie ist mit dir nach Hause gefahren.«

»Sie ist nicht hier. Hast du sie abgeholt?«

Penelope klang nun nicht mehr ganz so gelassen. »Nein. Was ist passiert?«

Cade seufzte und fuhr sich mit der Hand durchs Haar. »Wir haben gestern Abend über ihre Feuersache gesprochen.«

»Ich gehe davon aus, dass es nicht gut gelaufen ist.«

»Es ist nicht gut gelaufen.«

»Sie hat mich nicht angerufen, Cade. Wen würde sie sonst kontaktieren?«

»Eure Therapeutin? Ihre Eltern? Ihren Bruder? Ich weiß es nicht, Schwesterherz.«

»Okay, teilen wir uns auf. Ich tätige diese Anrufe. Und du siehst zu, ob du ihre Eltern erreichen kannst.«

»Ich kenne deren Nummer nicht.«

»Mist. Ich auch nicht. Okay, irgendwen muss sie angerufen haben, richtig? Es ist ja nicht so, als hätte sie einfach zurück in die Stadt gehen können.«

»Sie hat wahrscheinlich das Telefon in meinem Schlafzimmer benutzt. Ich habe dort ein Festnetztelefon, das ich nie benutze, deshalb habe ich nicht daran gedacht. Ich werde sehen, ob Cruz mir helfen kann.«

»Das ist nicht so richtig legal. Warum fährst du nicht zu ihrer Wohnung und schaust nach, ob sie dort ist, bevor du das FBI informierst? Sie ist vermutlich dort und leckt ihre Wunden. Ich werde ihre Therapeutin anrufen und dich dort treffen, okay?«

»In Ordnung. Bis gleich.«

»Ich rufe dich an, wenn ich etwas höre.«

»Danke, Penelope.«

»Wir werden sie finden, Cade. Versuche, dir keine Sorgen zu machen.«

»Tschüss.«

»Tschüss.«

Cade schaltete den Bildschirm seines Handys aus, eilte ins Schlafzimmer und zog sich rasch eine Jeans und ein sauberes T-Shirt an. Schnell setzte er sich in seinen Wagen und machte sich auf den Weg zu Beths Wohnung. Bei den Worten seiner Schwester hatte er nicht geschnaubt, auch wenn er es hatte tun wollen. Sich keine Sorgen machen? Unmöglich.

Die Schilder mit der Aufschrift *Kein Zutritt*, die am Vorabend von der Feuerwehr aufgehängt worden waren, hingen immer noch an Beths Wohngebäude, doch Cade ignorierte sie und winkte dem Brandinspektor zu. Zum Glück erkannte der Mann ihn und es schien ihm nichts auszumachen, dass er dort war.

Cade klopfte an Beths Tür, bekam aber keine Antwort. Er nahm den Ersatzschlüssel, den sie ihm gegeben hatte, und trat ein.

Er wusste sofort, dass sie nicht zu Hause war. In ihrer Wohnung herrschte eine Stille, die nur Leere mit sich brachte. Cade schaute sich um und versuchte herauszufinden, ob sie seit gestern Abend hier gewesen war. Er betrat die Küche und sah einen Müllsack, der neben dem großen Mülleimer auf dem Boden stand.

Cade öffnete das Plastik und schaute hinein.

Im Inneren befanden sich Dutzende Kerzen und mindestens ein Karton Streichhölzer, die immer noch in ihren Schachteln waren. Er sah ebenfalls mindestens zwei Propangas-Grillanzünder und andere Dinge. Cade schluckte die Galle hinunter, die in seiner Kehle aufstieg.

Beth hatte ihn nicht angelogen, sie versuchte tatsächlich, es aufzugeben.

Sie hatte dies eine Weile vor dem Feuer gestern Abend getan. Das war offensichtlich durch den Wasserschaden in ihrer Küche, der von dem Wasser stammte, das zum Löschen der Flammen gedient hatte. Er blickte auf. Von der Decke tropfte immer noch an einigen Stellen das Wasser, auch auf den Müllsack, in dem sich Beths Dämonen befanden.

Er ließ den Plastiksack los, als hätte er ihm die Hand verbrannt, und ging ins Wohnzimmer. Auch dort gab es einen Wasserschaden, aber er war nicht so groß wie in der Küche. Als er nichts Ungewöhnliches sah, stieß Cade die Tür zu ihrem Schlafzimmer auf. Die Bettdecke war zurückgeschlagen, als sei sie soeben erst aufgestanden.

Als sei sie mitten in der Nacht von Schreien aufgeweckt worden, genau wie sie behauptet hatte, und eilig aus dem Bett geklettert.

Ohne genau zu wissen, wonach er suchte, schaute Cade erst in ihren Schrank, dann in ihr Badezimmer. Wieder entdeckte er nichts, was fehlen könnte.

Ganz plötzlich wurde Cade klar, wonach er suchen

sollte, und er ließ den Blick durch das Zimmer wandern. Als er nicht das fand, was er suchte, eilte er zurück ins Wohnzimmer, wo er sofort sah, dass sie hier gewesen und nun verschwunden war.

Cade setzte sich auf das durchweichte Sofa, ignorierte die feuchten Polster und legte den Kopf in die Hände.

Zehn Minuten später fanden Penelope und Moose ihn genau so vor. Sie waren ohne die Therapeutin gekommen, aber das spielte nun auch keine Rolle mehr.

»Cade?«, fragte Penelope besorgt.

»Sie ist weg«, sagte Cade, ohne aufzublicken. »Ich habe es versaut und jetzt ist sie weg.«

»Wie kann sie weg sein?«, wollte Penelope verwirrt wissen. »Während der letzten Monate ist sie nirgends ohne einen von uns hingegangen. Ich habe mit der Therapeutin gesprochen, die unsere Gruppe leitet, und sie hat auch nichts von ihr gehört, aber es bedeutet nicht, dass Beth sie nicht kontaktieren wird.«

»Ich schätze, Erniedrigung und Schmerz sind starke Motivatoren.«

»Sledge, Mann, komm schon. Ich bin mir sicher, dass es nicht so schlimm war«, sagte Moose und legte Cade unterstützend die Hand auf die Schulter.

Cade sah zu seinem Freund auf. »Ich habe ihr gesagt, sie sei nicht normal. Ich sagte, sie würde Penelope und mich als Stütze benutzen.«

»Du hast sicherlich nur versucht, ihr klarzumachen, dass sie mehr Hilfe braucht als die, die wir ihr bieten können.« Penelope versuchte, den offensichtlichen Schmerz ihres Bruders zu lindern.

»Das wollte ich, aber alles kam falsch raus. Ich liebe sie, Squirt. Was, wenn sie genau in diesem Moment eine

Attacke hat? Was, wenn sie da draußen hyperventiliert und Angst hat, dass jemand sie von der Straße entführt? Was, wenn sie sich wegen dem, was ich gesagt habe, wieder dem Feuer zuwendet?«

»Hast du irgendeine Ahnung, wo sie hingegangen sein könnte?«, fragte Moose in dem Versuch, Cades Gedanken von dem Abgrund wegzubekommen, auf den er zusteuerte.

»Nein, ich weiß nur, dass sie weg ist. Sie hat ihren Computer mitgenommen. Ohne ihn geht sie nirgendwo hin.«

»Das ist es! Cade, du bist ein Genie«, rief Penelope und nahm ihr Telefon zur Hand.

Cade konnte seine Schwester nur verwirrt anstarren. Er hatte in der Sekunde gewusst, dass Beth abgehauen war, in der er gesehen hatte, dass ihre Laptoptasche nicht mehr da war. Ohne ihren kostbaren Computer würde sie nirgendwo hingehen. Er war ihr Rettungsanker.

Penelope hob die Hand und hielt Cade davon ab, die Fragen zu stellen, von denen sie wusste, dass er sie unbedingt stellen wollte, während sie darauf wartete, dass am anderen Ende der Leitung jemand ranging.

»Hey, hier ist Penelope. Ich muss dich um einen Gefallen bitten. Bitte ruf mich so schnell wie möglich an.«

»Wer war das?«, fragte Cade, nachdem sie aufgelegt hatte.

»Tex. Wenn es ihm möglich war, mich inmitten einer türkischen Hölle aufzuspüren, dann kann er Beth auch finden.«

»Ich weiß nicht. Sie kennt sich mit diesem elektronischen Mist ziemlich gut aus, ich bin mir sicher, dass sie sich vor ihm verstecken kann.«

»Auf keinen Fall. Nach allem, was ich gehört habe, ist Tex der Beste. Und Beth ist zwar gut, aber Tex ist besser. Er muss besser sein.«

Zum ersten Mal an diesem Vormittag verspürte Cade Hoffnung. Beth hatte es zurück in ihre Wohnung geschafft, sie musste also in Ordnung sein. Er hatte zwar keine Ahnung, wo sie sich jetzt aufhielt, aber er würde sie finden und dafür sorgen, dass sie ihm zuhörte. Er liebte sie. Er erinnerte sich daran, es ihr letzte Nacht gesagt zu haben, aber er hatte es mit so viel Mist eingeleitet, dass es kein Wunder war, dass sie es nicht geglaubt hatte.

Er vertraute seiner Schwester und diesem Tex-Typen, es würde jedoch nicht schaden, Cruz, Daxton und auch Quint anzurufen. Sie wären ganz sicher bereit, bei der Suche nach ihr zu helfen, wenn es nötig wäre. Sie hatten Beth erst einmal getroffen, aber da sie wussten, was Cade für sie empfand, würden sie definitiv alles tun, was in ihrer Macht stand, um sie ausfindig zu machen.

Mackenzie, Mickie und Corrie um sich herum zu haben würde auch Penelope helfen. Sie tat immer so stark, aber nicht zu wissen, wo Beth war, würde sie mürbe machen. Die Frauen konnten sich zusammentun und Penelope unterstützen.

Die Jungs auf der Wache würden selbstverständlich auch helfen. Sie würden die Stadt absuchen und sie finden. Wenn sie sich irgendwo in einem Hotel versteckte, würden sich alle damit abwechseln, Unterkünfte anzurufen, um herauszufinden, ob sie dort eingecheckt hatte. Penelope und er hatten tolle Freunde, doch

Cade wollte einzig mit eigenen Augen sehen, dass es Beth gut ging.

Er hatte sie mit seinen Worten vertrieben und jetzt musste er diesen Fehler wiedergutmachen.

Vier Tage später ging Cade nervös in seinem Wohnzimmer auf und ab. Er hatte mit Cruz, Quint und Daxton gesprochen, die ihm versichert hatten, alles zu tun, was in ihnen möglich war, um Beth für ihn zu finden. Es machte ihn wahnsinnig, dass er keine Ahnung hatte, wo sie war. Er schlief nicht und hatte sich für eine Woche von der Arbeit freistellen lassen. Er konnte sich unmöglich ausreichend konzentrieren, um sicherzustellen, dass er keine Gefahr für sich selbst, seine Freunde oder irgendwelche Menschen darstellte, die sie eventuell behandeln mussten.

Cade wusste, dass Beth irgendwo in der Nähe sein musste. Sie hatte nicht mehr so viel Angst, draußen zu sein, er glaubte jedoch nicht, dass sie schon so weit war, ein Flugzeug oder einen Bus zu besteigen ... nicht mit ihren Panikattacken. Sie musste hier in San Antonio einen anderen Menschen haben, bei dem sie das Gefühl hatte, sich auf der Suche nach Hilfe an ihn wenden zu können. Sie hatte über keine anderen Freunde in der Gegend gesprochen, aber das hieß nicht, dass sie keine hatte.

Als Cade anfing, über verschiedene Szenarien nachzudenken, bekam er langsam Panik. Vielleicht hatte sie sich einem ihrer Hackerfreunde angenähert und war zu ihm oder ihr gegangen ... und wenn diese Person sich als

Psychopath herausstellte, würde er vielleicht nie wieder etwas von ihr sehen oder hören. Bei dem Gedanken daran drehte sich ihm der Magen um.

Als sein Handy klingelte, wischte Cade schnell über den Bildschirm und hielt es sich ans Ohr. Da er seine Schwester erwartete, fragte er, ohne Hallo zu sagen: »Hast du sie gefunden?«

»Beth geht es gut, sie braucht nur etwas Zeit.«

»Wer spricht da?«, fragte Cade verwirrt, da er die tiefe Stimme am anderen Ende der Leitung nicht erkannte.

»Ihr Bruder David.«

»Hast du mit ihr gesprochen? Kann ich kommen und sie sehen? Ich muss sie sehen!«

»Ja, selbstverständlich habe ich mit ihr gesprochen und wie ich bereits sagte, es geht ihr gut. Sie will derzeit niemanden sehen. Irgendein Kerl namens Tex hat mich kontaktiert und gesagt, du würdest dir Sorgen um sie machen und ich solle mich bei dir melden.«

Cade nahm auf dem Sofa Platz. Er hatte so viele Fragen, glaubte aber nicht, dass der verärgerte Mann am anderen Ende der Leitung sich ihnen stellen würde. »Danke. Aber wann? Wann kann ich kommen und sie sehen?«

»Ich weiß es nicht. Sie entscheidet das. Wenn es nach *mir* ginge, würdest du nie wieder auch nur in ihre Nähe kommen«, sagte David mit ernster Stimme. »Sie hat mir nicht alles erzählt, was vorgefallen ist, aber während der letzten Monate hatte sie so glücklich und gut geklungen wie schon lange nicht mehr ... seit dieses verdammte Arschloch sie entführt hat. Als sie mich vor ein paar Tagen morgens anrief, kam es mir vor, als sei sie wieder zu der Person geworden, die sie direkt nach ihrer Entführung war. Sie konnte nicht aufhören zu weinen und hat mit dem, was sie erzählt hat, kaum Sinn gemacht. Irgendetwas ist passiert und wäre ich um meine Schwester nicht so sehr besorgt, würde ich nach Texas fliegen und dir in den Arsch treten.«

»Wo ist sie?« Cade versagte die Stimme, als er die Frage stellte, die ihn seit vier langen Tagen verfolgte.

»An einem sicheren Ort.«

»Bitte, Mann, ich verstehe, dass du sauer bist. Verdammt, ich mache dir keinen Vorwurf. Ich habe mir während der letzten Tage selbst in den Arsch getreten. Ich muss nur wissen, wo sie ist und dass sie tatsächlich in Sicherheit ist.«

»Pennsylvania.«

»Was? Wie ist sie dorthin gekommen?«

»Es war nicht einfach. Sie hatte sich mit so vielen Medikamenten vollgestopft, dass ich mir nicht einmal sicher bin, ob sie mich erkannt hat, als ich sie vom Bahnhof abgeholt habe.«

»Meine Güte«, hauchte Cade. »Jeder hätte ihr etwas antun können, während sie in diesem Zustand war. Ist sie bei dir?«

»Nein. Sie hat sich selbst in ein Krankenhaus eingewiesen, das auf die Behandlung von Patienten mit Agoraphobie spezialisiert ist. Ich habe keine Ahnung, wie es ihr gelungen ist, da die Klinik eine Warteliste von sechs Monaten hat, aber ich habe während der letzten Jahre gelernt, keine Fragen zu stellen, wenn es um Computer und meine Schwester geht.«

Cade lachte freudlos. Es klang exakt nach dem, was seine Beth tun würde. Sich in die Datenbank einzuhacken und sich einen begehrten Platz in einem Behandlungszentrum zu beschaffen. »Du bist in Philadelphia, oder?«

»Denke gar nicht erst daran hierherzukommen, Cade. Ich rufe nur an, weil Tex darauf bestand, dass du es wissen müsstest. Andernfalls hätte ich mir nicht die Mühe gemacht.«

Als Cade bewusst wurde, wie sauer Beths Bruder tatsächlich auf ihn war, wurde er vorsichtig. »Ich gebe zu, dass ich einigen Mist gesagt habe, mit dem ich vermutlich hätte warten sollen, bevor ich mit ihr darüber spreche. Aber sie hat mich gedrängt. Und noch mal, bevor du es sagst, ich weiß, dass das von meiner Seite nichts entschuldigt. Aber ich habe mir Sorgen um sie gemacht. Ich hatte Angst, dass sie in ihrer Wohnung gefangen war, als das Gebäude um sie herum gebrannt hat. Ich habe gedacht, dass ich sie nie wiedersehen würde. Als sie darauf bestanden hat, dass ich es ihr erzähle, war ich gestresst und besorgt um sie. Ich liebe deine Schwester, David. Ich habe noch niemals so viel Angst empfunden wie in den letzten vier Tagen, als ich nicht wusste, wo sie ist und ob es ihr gut geht. Ich werde Abstand zu ihr halten, solange sie es braucht, aber ich werde sie nicht aufgeben. Sie ist die Frau meines Lebens.«

»Und wenn es ihr nicht möglich ist, wieder ein normales Leben zu führen?«

»Dann werde ich ihr Normal zu *meinem* neuen Normal machen.«

»Einfach so?«

»Einfach so. Ich liebe sie. Hast du mir nicht zugehört? Es ist mir egal. Ich werde tun, was immer ich tun muss.«

Es gab eine kurze Pause, bevor David in einem Tonfall weitersprach, der ein wenig freundlicher war als der, den er zuvor noch angeschlagen hatte. »Sie ist im Zentrum für Angststörungen und Agoraphobie in Bala Cynwyd, Pennsylvania, außerhalb von Philadelphia.«

»Danke.«

»Sie will dich nicht sehen.«

»Ich weiß. Ich verstehe das. Ich werde ihr Zeit geben, aber ich gebe sie nicht auf.«

Cade hörte David seufzen. »Wenn es dir hilft, sie liebt dich. Du hast ihr wehgetan, aber selbst als sie wegen der Menge an angstlösenden Medikamenten, die sie geschluckt hatte, um hierherzukommen, fast schon komatös war, galt ihre erste Sorge dir. Sie hat sich darum gesorgt, dass sie einfach abgehauen ist und wie du es auffassen würdest. Hätte sie ein Telefon gehabt, hätte sie dich sofort angerufen.«

Als Cade das hörte, fühlte er sich ein klein wenig besser. Er fühlte sich in Bezug auf nichts in dieser Situation gut, aber zu wissen, dass Beth sich Sorgen um ihn gemacht hatte, gab ihm das Gefühl, als hätte er vielleicht noch eine Chance, das wieder geradezubiegen, was er falsch gemacht hatte. »Kannst du mit mir in Kontakt bleiben und mich wissen lassen, wie es ihr geht?«

»Wir werden sehen.«

Cade war über seine Antwort nicht erfreut, konnte dem Mann aber keinen Vorwurf machen. »Okay. Wenn du sie siehst oder mit ihr sprichst ... sag ihr, dass ich sie liebe und hier auf sie warte.«

»Ich muss jetzt auflegen«, sagte David plötzlich.

»Danke für den Anruf. Ernsthaft. Du hast keine Ahnung, wie viel es mir und ihren anderen Freunden hier bedeutet.«

»Tschüss.«

Cade war nicht überrascht, dass David das Gespräch so abrupt beendet hatte. Er rieb sich mit der Hand übers Gesicht und atmete tief durch. Er musste Penelope und die anderen anrufen und sie wissen lassen, dass es Beth gut ging. Jetzt war es ein Wartespiel, um herauszufinden, was als Nächstes passieren würde. Er hatte Beths Bruder nicht angelogen, er würde sie nicht aufgeben. Er würde so lange warten, wie sie wollte, aber er würde sie nicht kampflos aufgeben.

KAPITEL ACHTZEHN

Cade saß in der Wache auf dem Sofa und starrte auf das Footballspiel im Fernsehen, ohne es zu verfolgen. Zwei Wochen waren vergangen, seit er mit Beths Bruder gesprochen hatte, und seitdem hatte er weder von Beth noch von David gehört. Er hatte sich damit abgefunden, dass es schwierig sein würde, nichts zu wissen und einfach nur zu warten, aber keine Ahnung gehabt, dass es *so* schwierig sein würde.

»Hast du irgendwas gehört, Sledge?«, fragte Chief neben ihm.

Cade seufzte. »Nein. Nichts. Aber ich gehe davon aus, dass es ihr gut geht.«

»Warum?«

»Weil ich während der letzten Woche bei mindestens fünf Online-Dating-Webseiten angemeldet wurde.«

»Hä? Was hat das damit zu tun?«, fragte Squirrel, der auf dem Fernsehsessel neben dem Sofa saß.

Cade hatte allen seinen Freunden gestanden, was passiert war, und ihnen den ganzen Mist erzählt, den er an jenem Abend zu Beth gesagt hatte. Sie hatten Mitgefühl gezeigt, anstatt ihm ein noch schlechteres Gewissen zu machen, wofür er dankbar war.

»Beth langweilt sich schnell. Ich kann mir gut vorstellen, wie es sein muss, sich in einem Krankenhaus aufzuhalten, das voll mit anderen Menschen ist, die Angst haben, nach draußen zu gehen.«

»Wie kannst du dir sicher sein, dass es Beth war, die dich angemeldet hat?«

»In einem Profil wurde ich als ›überheblicher Neandertaler, der erst redet und dann nachdenkt‹ beschrieben.«

»Autsch«, meldete Taco sich zu Wort, der erfolglos versuchte, sein Gelächter zu unterdrücken.

Cade lächelte, wenngleich diese Beschreibung ihn ein wenig verletzt hatte. »Ich hoffe jedoch sehr, dass sie sich mir annähert, denn im letzten Profil wurde ich als ›fehlgeleitet, aber mit dem Herz am richtigen Fleck‹ bezeichnet.«

»Stört es dich, dass sie sich so einfach in jedes elektronische Gerät einhacken kann, das du besitzt? Was ist mit deiner Privatsphäre?«, wollte Crash wissen.

Cade machte diese Frage nichts aus und er zögerte nicht, darauf zu antworten. »Überhaupt nicht. Ich habe vor ihr nichts zu verbergen. Wenn sie meine Kreditkarte hacken und einen Großeinkauf machen will, kann sie das gern tun. Ich hatte erst glauben müssen, dass sie tot ist, um zu erkennen, dass ich ihr alles geben würde, was sie haben will ... selbst wenn sie nicht darum bittet und es sich einfach nimmt.«

»Das ist ziemlich durchgeknallt, Mann«, bemerkte Squirrel mit einem Schaudern.

»Nein, ist es nicht, weil ich sie kenne. Sie wird mich niemals bestehlen. So ein Mensch ist sie nicht. Aber ich bin für sie wie ein offenes Buch. Wenn sie sich in mein Telefon einhacken und meine SMS lesen will, kann sie das gern tun. Wenn sie den Browserverlauf auf meinem Computer ansehen will, soll sie ihren Spaß damit haben. Ich habe nichts zu verstecken. Nichts. Ich liebe sie. In den letzten zwei Wochen habe ich sie mehr vermisst, als ich mit Worten ausdrücken kann.«

»Ja, zwei Wochen keinen Sex zu haben würde mich umbringen, Mann«, scherzte Taco von der anderen Seite des Zimmers.

»Es ist nicht der Sex«, versuchte Cade klarzustellen. »Versteht mich nicht falsch. Ohne sie in meinen Armen schlafe ich nicht gut, aber es ist vielmehr, dass ich es vermisse, mit ihr sprechen zu können. Über die Arbeit zu reden, was sie den Tag über gemacht hat, ihr Lächeln zu sehen. Ihr Kerle versteht das jetzt noch nicht, aber ich schwöre, das werdet ihr, wenn ihr selbst eine Frau findet.«

Im Zimmer war es einen Moment lang still. Die anderen Männer schienen endlich zu verstehen, dass er mit Beth keine lockere Beziehung führte. Für ihn war sie die Frau seines Lebens.

Bevor irgendwer etwas sagen konnte, vibrierte Cades Handy mit einer eingehenden SMS. Als Cade nach unten blickte, stockte ihm der Atem.

Du hast mich verletzt und ich bin immer noch sauer ... aber ich kann nicht aufhören, an dich zu denken.

Cade schwor, dass er spürte, wie sein Herzschlag kurz aussetzte. Sofort schrieb er zurück.

Es tut mir leid. Ich liebe dich und denke jeden Tag an dich. Ich hoffe, es geht dir gut.

Er wartete, aber sie antwortete nicht. Er seufzte und beschloss, ihre Kontaktaufnahme als gutes Zeichen zu werten. Er würde sein Glück nicht überstrapazieren, aber jetzt, da er ihre Nummer hatte – während der letzten zwei Wochen hatte sie sich offensichtlich irgendwann ein Handy besorgt –, würde er sie nicht davonkommen lassen. Sie war ihm zu wichtig, um sie jetzt aufzugeben.

In der Wache ertönte der Alarm und Cade musste seine Gedanken an Beth und ihre SMS für den Moment beiseiteschieben, aber tief im Inneren schmiedete er bereits einen Plan, um dafür zu sorgen, dass sie ihn während ihrer Abwesenheit nicht vergaß.

Beth las die eingegangene SMS und konnte das Kichern nicht unterdrücken, das ihr herausgerutscht war.

Du weißt nicht zufällig etwas über das Paket mit den Männerstringtangas, das soeben bei mir abgegeben wurde, oder?

»Was ist so lustig?«, fragte Dr. Neal, die ihr gegenüber auf einem Stuhl saß.

Beth nickte. »Cade. Er hat mein neuestes Geschenk bekommen.«

Die Ärztin lächelte Beth an. »Meinem Verständnis nach ist er in Texas, aber ich finde, es wird Zeit, dass er herkommt und Sie gemeinsam einige Sitzungen haben. Seit Sie sich vor zwei Wochen bei ihm gemeldet und ihm ihre Gefühle offenbart haben, kommunizieren Sie fast jeden Tag miteinander, nicht wahr?«

»Ja, wir kommunizieren über SMS. Aber Sie wissen so gut wie ich, dass ich ihn nur kontaktiert habe, weil es Teil meiner Therapie ist.«

»Das stimmt, aber ich habe Ihnen zu keinem Zeitpunkt gesagt, dass Sie den Kontakt zu ihm *aufrechterhalten* müssen. Und er war derjenige, der Ihnen nach Ihrer ersten SMS so lange immer weiter geschrieben hat, bis Sie geantwortet haben.«

Beth errötete. Verdammt. Sie hasste es, dass ihre Ärztin alles wusste. Gut, sie *hasste* es nicht, es war nur schwierig, sie anzulügen. »Ich war mir nicht sicher, ob es ihn überhaupt interessieren würde.«

»Mir scheint, als interessierte es ihn sogar sehr. Beth, ich kann an einer Hand die Anzahl der Singlemänner abzählen, die das tun würden, was er getan hat, wenn Sie ihm nicht wichtig wären. Die Tatsache, dass Sie nicht nur die Unterstützung Ihrer Familie haben, sondern anscheinend auch einen Mann, der Sie sehr liebt? Viele Menschen haben das nicht. Ich sage das nicht, um Ihnen ein schlechtes Gefühl zu vermitteln, ganz und gar nicht, aber ich möchte Sie anregen, gründlich darüber nachzudenken.«

Beth biss sich bestürzt auf die Lippe. »Er hat mir gesagt, ich sei nicht normal und würde ihn als Stütze benutzen.«

»Und darüber haben wir bereits gesprochen. Es stimmt, dass Sie *nicht* normal sind und ihn *tatsächlich* als Stütze benutzt haben. Ich will nicht harsch sein, Beth, aber Sie wissen, dass es durch das hervorgerufen wurde, was Ihnen passiert ist. Sie tun es nicht mit Absicht und Sie sind hier, um hart daran zu arbeiten, damit es Ihnen wieder besser geht. Ich werde ehrlich zu Ihnen sein, ich könnte Ihnen so viele Medikamente verschreiben, dass Sie in der Lage wären, ganz allein überallhin zu gehen ... aber welchen Sinn hat das Leben, wenn Sie nichts spüren können?« Sie schwieg kurz, dann schnitt sie ein anderes Thema an.

»Und ich habe bisher noch nicht darüber gesprochen, aber ich muss Ihnen sagen, ich habe den Verdacht, dass Sie nicht wegen eines glücklichen Zufalls hier sind ... habe ich recht? Ich weiß, wie lang die Warteliste ist, und Sie, meine gerissene Patientin, standen bis einige Stunden vor Ihrer Einweisung gar nicht auf dieser Liste.«

Beth sagte nichts, aber die Röte, die ihr Gesicht überzog, verriet sie vermutlich und sie wich Dr. Neals Blick aus.

»Dafür, dass Sie so eine kluge Frau sind, können Sie manchmal ganz schön ahnungslos sein. Beth, ich heiße Ihre Handlungen zwar nicht gut – den Platz von jemandem einzunehmen, der seit Monaten wartet, war nicht das Fairste, was Sie getan haben –, aber jetzt, da Sie hier sind, werde ich alles in meiner Macht Stehende tun, um Ihnen zu helfen. Beth, Sie werden vielleicht nie ›geheilt‹ sein, aber die Bewältigungsmechanismen, die Sie hier lernen, werden Ihnen helfen, wenn Sie nach Texas zurückkehren.«

Beth ignorierte den Teil darüber, dass sie sich in die Einrichtung eingehackt hatte, und fragte erstaunt: »Zurück nach Texas?«

»Ja. Zurück zu Cade. Er liebt Sie, Beth.«

»Aber mein Bruder lebt hier. Er kann mir helfen.«

»Das tut er und er hat Sie in wunderbarer Weise unterstützt, aber Sie brauchen mehr. Sie brauchen jemanden, der immer an Ihrer Seite ist, der Ihnen hilft, wenn Sie stolpern, und dafür sorgt, dass Sie sich in die richtige Richtung bewegen. Ich würde Cade wirklich gern kennenlernen, Beth. Es wird Zeit.«

Als Beths Atem beschleunigte, war Dr. Neal sofort bei ihr. »Nein, bekommen Sie keine Panik, erinnern Sie sich an Ihr Training. Atmen Sie tief ein und aus, schließen Sie die Augen und denken Sie an Ihren sicheren Ort. Genau so ... gut. Sie haben Ihre Panikattacken mittlerweile so viel besser unter Kontrolle. Sie werden hier weitaus früher rauskommen als so gut wie alle anderen, die ich behandelt habe. Ich bin absolut davon überzeugt, dass es an dem Selbstbewusstsein liegt, das die Beziehung mit Cade Ihnen gegeben hat. Sind Sie nun bereit, über einen Besuch von ihm zu sprechen?«

Beth öffnete die Augen und sah, dass ihre Ärztin vor ihr kniete. »Ja.«

»Gut. Ich erwarte, ihn bei Ihrer nächsten Sitzung in zwei Tagen zu sehen. Sorgen Sie dafür, dass er erscheint, Beth.«

»Ja, Ma'am.«

Beth zwang sich dazu, auf dem Balkon ihres Zimmers sitzen zu bleiben. Die Türen waren geöffnet, damit sie innerhalb von Sekunden zurück in ihr Zimmer eilen konnte, aber sie wollte unbedingt in der Lage sein, draußen zu sitzen und das kühlere Wetter zu genießen, das sie in Texas nicht sehr häufig hatte. Sie litt zwar an Agoraphobie, aber sie würde sich ihr nicht kampflos ergeben.

Mühsam tippte sie eine SMS an Cade. Eigentlich zog

sie ihre Tastatur vor, aber sie hatte keine Lust, sich zu bewegen. Sie war hier. Es benötigte sowieso schon zu viel ihrer mentalen Kraft, um überhaupt raus auf den Balkon zu gehen, deshalb würde sie nicht riskieren, diesen Zustand zu gefährden.

Meine Ärztin ist der Meinung, du solltest zu einer meiner Sitzungen kommen.

Beth kaute auf ihrem Daumennagel herum, während sie auf Cades Antwort wartete. Sie glaubte nicht, dass er sich weigern würde zu kommen, sondern hatte fast mehr Angst davor, *dass* er käme.

Ganz egal wann, ich werde da sein.

Sie atmete lange aus. Beth hatte gewusst, dass er zustimmen würde. Sie war sich dessen immer noch nicht ganz sicher, konnte aber nicht leugnen, dass ein Teil von ihr nichts lieber wollte, als sich in Cades Arme zu werfen, damit er sie festhielt und sie sich sicher fühlte.

Wann immer du herkommen kannst. Es besteht keine Eile.
Ich kann morgen da sein, wenn du mich brauchst.

Herrgott. Gerade als sie dachte, sie könnte den Mann nicht noch mehr lieben, gab er ihr das Gefühl, ein weicher Marshmallow zu sein.

Übermorgen habe ich meine nächste Sitzung.
Um wie viel Uhr?
Wann immer es dir passt.
Ich werde pünktlich zu Beginn der Besuchszeit da sein.

Beth legte das Handy kurz in ihren Schoß, blickte auf und versuchte, nicht zu weinen, als sie plötzlich eine Eingebung über ihre Beziehung zu Cade hatte.

Sie war nicht wegen der Dinge, die er gesagt hatte, vor ihm weggelaufen ... zumindest nicht so, wie er es vermutlich annahm. Nachdem sie in sein Schlafzimmer gegangen war, hatte sie erkannt, dass er recht hatte. Mit jedem einzelnen Wort, das aus seinem Mund gekommen war, hatte er den Nagel auf den Kopf getroffen. Sie wusste, dass das Spiel mit den Streichhölzern und Kerzen eine heikle Sache war, aus der sie vielleicht nicht mehr rauskommen würde. Sie hatte einen Bewältigungsmechanismus gegen einen anderen eingetauscht.

Sie wollte ein Mensch sein, neben dem Cade voller Stolz stehen wollte. Sie wollte da sein, um ihn zu unterstützen, und nicht, damit er sie die ganze Zeit aufbaute. Zu wissen, dass sie dazu nicht in der Lage wäre, wenn er ihre Hand hielte, gab ihr die Kraft, die schmerzhafte Trennung zu vollziehen.

Aber ganz plötzlich sagten ihr der Gedanke daran, ihn wiederzusehen, und das Wissen, dass er alles stehen und liegen lassen würde, um für eine simple Therapiesitzung durchs halbe Land zu fliegen, alles, was es zu sagen gab.

Die Besuchszeit fängt um neun Uhr an.

Ich werde um halb neun da sein, damit ich als Erster durch die Tür treten kann.

Wegen der Tränen, die ihr über das Gesicht liefen, konnte Beth kaum den Bildschirm erkennen. Oh Gott.

Ich liebe dich, Beth. Ich werde ganz sicher eine der tollen Unterhosen anziehen, die du für mich bestellt hast.

Darüber lächelte sie und war dankbar, dass ihr Mann Spaß verstand.

Ihr Mann. Ihr gefiel, wie das klang.

Wenn sie nun nur die Sitzung mit Dr. Neal hinter sich bringen konnte, ohne es zu vermasseln.

KAPITEL NEUNZEHN

Cade saß auf der Bank vor dem Zentrum für Angststörungen und Agoraphobie, ließ die Hände zwischen den Beinen baumeln und wartete darauf, dass die Türen geöffnet wurden. Es war zwanzig nach acht und er hatte keinen Moment länger warten können, um dort einzutreffen. Er war am Vorabend hergeflogen und hatte nur wenige Stunden schlafen können. Zu wissen, dass er Beth ganz nahe war, aber nicht zu ihr gelangen konnte, brachte ihn um.

Er musste sie sicher in seinen Armen spüren. Er musste ihr so vieles sagen, und als Erstes würde er sie um Verzeihung bitten. Er hatte keine Ahnung, was sie durchmachte. Es war ihm ein Leichtes gewesen zu sagen, dass sie ihn benutzte, aber interessierte ihn das? Nein. Sie konnte ihn benutzen, wann immer sie wollte.

Eine schlanke Frau in einem dunkelblauen Hosenanzug ging auf die Eingangstür zu, hielt an und schaute Cade von oben an. »Cade Turner?«

Cade blickte überrascht auf. »Ja, das bin ich.«

Die Frau setzte sich auf die Bank und stellte ihre dunkelbraune Aktentasche neben sich auf den Boden. Sie schlug die Beine übereinander und streckte ihm die Hand entgegen. »Ich bin Dr. Neal, Elizabeths Ärztin.«

Sofort erwiderte Cade die Geste und ergriff ihre Hand. »Es freut mich, Sie kennenzulernen. Beth hat nur Gutes über Sie zu sagen.«

»Dann lügt sie. Es gibt Situationen, in denen sie mich wirklich ganz und gar nicht mag, aber das gehört alles zum Prozess. Danke, dass Sie heute gekommen sind.«

»Es gibt nichts, was ich für Beth nicht tun würde. Sie braucht mich nur zu bitten, und sie kann alles haben.« Cade rutschte nicht einmal unruhig hin und her, als die Ärztin ihn einige Sekunden lang musterte.

Endlich sagte sie: »Ich habe es ihr bereits gesagt, aber ich bin der Meinung, Sie sollten es ebenfalls hören. Ich kann es nicht oft genug sagen. Es kann sein, dass sie niemals vollständig geheilt wird. Agoraphobie ist häufig ein lebenslanges Leiden. Es wird ihr besser gehen und Sie werden denken, dass sie darüber hinweg ist. Dann wird der Tag kommen, an dem sie sich nur die Decke über den Kopf ziehen und sich verstecken will. Sie könnten einen ganz normalen Ausflug machen, den sie schon hundertmal gemeistert hat, bevor sie einen Rückschlag erleidet. Hier zu sein ist keine Heilung, Cade.«

»Ich glaube, Sie verstehen nicht«, sagte Cade sehr deutlich, wobei sein Zorn trotz seiner beherrschten Worte hervorblitzte. »Ich *liebe* sie. Sie ist der großartigste Mensch, den ich je getroffen habe. Sie ist lustig, unfassbar klug, mitfühlend und ich kann mir mein Leben ohne sie nicht vorstellen. Ich will keine perfekte Beth. Sie ist so, wie sie ist, wegen allem, was sie durchgemacht hat. Ich wünschte, ich könnte die Zeit zurückdrehen und dafür sorgen, dass dieses Arschloch sie nicht in die Finger bekommt, aber das kann ich nicht. Ich kann jetzt nur an ihrer Seite sein, während sie das Leben meistert, das sie eben hat.

Und was die ›Rückschläge‹ angeht, die sind mir egal. Wenn sie sich den ganzen Tag in unserem Bett verkriechen will, werde ich tun, was immer ich kann, um bei ihr zu sein. Wenn sie im Supermarkt eine Panikattacke bekommt, werde ich alle unsere Lebensmittel im Gang stehen lassen und sie an einen Ort bringen, an dem sie sich sicher fühlt. Sie müssen mir sagen, was ich tun kann, um ihr zu helfen, aber Sie brauchen mir nicht beizubringen, an ihrer Seite zu sein und sie zu unterstützen. Denn das tue ich bereits.«

»Gut. Und ich stimme Ihnen zu. Sie sollten wissen, dass Beth zu den wenigen Glücklichen gehört, auch wenn es nicht den Eindruck erweckt. Sie hat eine überaus funktionsfähige Agoraphobie. Da ihre durch ein traumatisches Ereignis ausgelöst wurde, ist sie einfacher zu behandeln.«

»Was ist mit dieser Feuersache?«, fragte Cade und wusste, dass ihre Antwort darauf nicht unbedingt das sein könnte, was er hören wollte.

Dr. Neal winkte mit der Hand ab. »Ich glaube, das ist die kleinste Ihrer Sorgen.« Als Cade sie ungläubig ansah, fuhr sie fort: »Schauen Sie, ich weiß, dass Sie Feuerwehrmann sind und Ihr Job darin besteht, Brände zu löschen, aber Pyromanie ist eine Störung der Impulskontrolle. Beths Problem liegt darin, dass sie das Gefühl hat, *keine* Kontrolle zu haben.«

»Störung der Impulskontrolle?«

»Entschuldigen Sie. Ja. Sie liegt vor, wenn ein Mensch dem impulsiven Wunsch, ein Feuer zu legen, nicht widerstehen kann. Es ist ebenfalls dieselbe Störung, die Kleptomanie und Spielsucht hervorruft. Menschen, die darunter leiden, wissen normalerweise, dass es nicht richtig ist, können aber tatsächlich nichts dagegen tun. Beth hat angefangen, mit Feuer zu experimentieren, weil es sich um etwas gehandelt hat, über das sie Macht hatte. Es hat ihr mit ihrer Angststörung geholfen, weil sie dadurch, abgesehen von dem, was ihr Stress bereitet, etwas anderes hatte, worauf sie sich konzentrieren und das sie kontrollieren konnte. Ich bin jedoch davon überzeugt, dass die Sache mit dem Feuer kein Problem mehr darstellen wird, wenn wir ihr andere Bewältigungsmechanismen beibringen.«

Als Cade nicht beruhigt aussah, fragte Dr. Neal: »Worum machen Sie sich wirklich Sorgen, Cade? Dass sie Ihr Haus niederbrennt? Dass es Ihnen peinlich sein wird, wenn Ihre Kumpel erfahren, dass Sie mit jemandem zusammen sind, der gern Feuer legt? Was ist es?«

»Nein! Oh Gott, das ist mir wirklich egal. Gut, am Anfang habe ich mir darum Sorgen gemacht, aber Beth – meine größte Sorge gilt *Beth*. Was, wenn sie sich verletzt? Was, wenn sie ein Feuer entzündet und nicht mehr entkommen kann? Wenn ich sie nicht rechtzeitig erreichen kann, wird sie verbrennen.«

»Ah, die größte Angst eines Feuerwehrmannes. Schauen Sie, Cade, ich kann Ihnen nicht versprechen, dass ihr nichts passieren wird, genau wie Sie ihr nicht versprechen können, dass *Ihnen* bei Ihrer Arbeit nichts zustoßen wird. Sie könnten sich beim Entzünden Ihres Grills im Garten verletzen. Der beste Rat, den ich Ihnen geben kann, besteht darin, mit ihr zu sprechen. Kommunikation mit einem Menschen wie Beth ist sehr wichtig. Fragen Sie sie, wie es ihr geht, was sie empfindet, und sorgen Sie dafür, dass sie weiß, dass Sie da sind, um ihr zuzuhören. Und sollte sie tatsächlich mit Ihnen sprechen, dann hören Sie ihr gut zu. Unterbrechen Sie alles, was sie gerade tun, und lauschen Sie aufmerksam dem, was sie sagt.«

Cade nickte, behielt den Blick auf die Ärztin gerichtet und nahm alles auf, was sie ihm erzählte.

»Ich glaube wirklich, dass die Pyromanie nur kurzfristig war. Sie hatte das Gefühl, die Kontrolle verloren zu haben, und das Feuer hat ihr geholfen, einen Teil davon wiederzuerlangen.«

»Als ich sie nach ihrem Verschwinden suchen wollte, habe ich in ihrer Wohnung einen Müllsack voll mit Streichhölzern und Kerzen und anderem Zeug gefunden.«

»Ja, davon hat sie mir erzählt. Sie war bereits zu dem Schluss gekommen, dass sie diese Sache unter Kontrolle bekommen muss, was eine gesunde Entscheidung war. Nicht viele Menschen in ihrer Situation hätten die Kraft gehabt, das zu tun. So seltsam es auch klingen mag, ich glaube, dass der Brand in ihrem Wohngebäude eine gute Sache war. Er hat ihr ausreichend Angst eingejagt, um deutlich zu sehen, dass sie sich in einer heiklen Lage befand.«

Cade seufzte erleichtert auf und versuchte, unauffällig auf die Uhr zu schielen. Viertel vor neun.

Dr. Neal lachte, da ihr seine nicht ganz so subtile Aktion offensichtlich aufgefallen war. »Na, sind wir aufgeregt?«

»Sie haben ja keine Ahnung.«

»Noch eine Sache vor unserem Treffen heute Morgen.«

Cade sah sie erwartungsvoll an.

»An unserer Sitzung werden noch zwei weitere Personen teilnehmen. Beth weiß nichts von ihnen, aber ich bin ehrlich der Meinung, dass sie sie sehen muss.«

»Wird es ihr wehtun? Denn ich will nicht, dass sie –«

»Ich denke, Sie beide werden keine Probleme haben.« Dr. Neal lächelte Cade strahlend an. »Aber um auf Ihre nicht implizierte Beleidigung zu sprechen zu kommen, ich würde niemals etwas tun, was meinen Patienten schaden könnte. Wird sie überrascht sein? Ja. Würde sie sich dafür entscheiden, diese Menschen zu sehen, wenn ich sie nicht eingeladen hätte? Ich bezweifele es. Aber Cade, es ist meine professionelle Meinung, dass sie sie treffen und mit ihnen sprechen *muss*. Wenn sie weiterhin Fortschritte machen will, führt kein Weg daran vorbei.«

Cade war sich nicht sicher, ob ihm gefallen würde, was die Ärztin vorhatte, aber es schien, als hätte er keine Wahl. Er nickte einmal und knirschte frustriert mit den Zähnen, weil er nicht alle von Beths Dämonen bekämpfen konnte. Für den Moment reichte es aus, dass sie ihn gebeten hatte zu kommen. Dass er bei dem, was die Ärztin geplant hatte, an ihrer Seite wäre.

»Kommen Sie«, sagte Dr. Neal, als sie sich erhob, »machen wir uns auf die Suche nach Ihrer Beth. Ich weiß, dass sie genauso aufgeregt ist, Sie zu sehen, wie Sie es sind.«

KAPITEL ZWANZIG

Beth saß in dem kleinen Gemeinschaftsraum des Behandlungszentrums und stocherte in dem Essen auf ihrem Tablett herum. Die Verpflegung war erstaunlich gut, aber sie hatte keinen Appetit. Sie war nervös und aufgeregt gleichzeitig. Als sie Cade zum letzten Mal gesehen hatte – schwer zu glauben, dass es schon mehr als einen Monat her war –, hatten sie beide nicht gerade nette Dinge zueinander gesagt, aber ihr war nicht bewusst gewesen, wie sehr sie ihn vermissen würde, bis sie weit entfernt von ihm war. SMS zu schreiben war schön, aber es war nicht das Gleiche, wie das Gefühl seiner Hand zu spüren, die ihre fest- und die Welt von ihr fernhielt.

In den Jahren nach ihrer Entführung war ihr Computer ihr Freund geworden. Er war zuverlässig und tat, was sie ihm sagte. Sie hatte Hunderte Menschen online kennengelernt und würde einige von ihnen sogar als ihre Freunde bezeichnen, aber ihr war nicht klar gewesen, wie einsam sie war, bis Penelope und Cade in ihr Leben getreten waren.

Es war eine Sache, Worte auf einem Bildschirm zu sehen und sie in seinem Kopf zu »hören«, aber es war eine vollkommen andere, die warme Haut von jemandem an seiner eigenen zu spüren. Ihn lachen zu hören und zu sehen, dass er sich um einen sorgte.

Beth wusste, dass sie ihre Liebe zu Computern nie ablegen würde, aber sie konnte es nicht erwarten, Cade wiederzusehen.

Dr. Neal steckte den Kopf ins Zimmer und rief leise: »Beth, Sie haben Besuch.«

Beth atmete tief durch und nickte der Ärztin zu. Sie nahm ihr Tablett und trug es in die Ecke, wo sie es einer der Frauen übergab, die in der Küche arbeiteten. Dann nahm sie ihren Mut zusammen und verließ den Raum, um Cade zu sehen.

Als Beth das Besuchszimmer betrat, auf das Dr. Neal gedeutet hatte, war sie nicht sicher, was sie erwarten sollte, doch sie hätte sich keine Sorgen machen müssen.

Sobald sie eintrat, befand sie sich in Cades Umarmung. Er zog sie schwungvoll an sich, schlang beide Arme um sie und hielt sie einfach nur fest. Sie hatten sich nichts zu sagen und Beth wusste irgendwie, dass Cade das gleiche Gefühl von Frieden empfand, endlich wieder vereint zu sein, wie sie es tat.

Endlich löste Cade sich von ihr und Beth sah ihm in die Augen.

»Ich habe dich vermisst«, murmelte er in der tiefen Rumpelstimme, die sie so sehr liebte.

»Es tut mir leid, dass ich –«

»Es braucht dir nicht leidzutun. Ich bin einfach nur

so froh, dass es dir gut geht. An allem anderen können wir arbeiten.«

Wow, das hatte Beth nicht erwartet. Sie dachte, sie würde eine Art Tadel oder so etwas erhalten, aber keine umgehende Akzeptanz.

Cade erriet durch ihren Gesichtsausdruck offensichtlich einige ihrer Gedanken und sagte rasch: »Ich habe mir Sorgen um dich gemacht. Dr. Neal meint, ich solle so viel wie möglich mit dir kommunizieren, deshalb fange ich jetzt damit an. Ich war vielleicht eine Zeit lang verstimmt darüber, dass du einfach so die Stadt verlassen hast, aber Beth, ich habe mir mehr Sorgen um *dich* gemacht. Alles, was ich gesagt habe, kam direkt von hier …« Cade ergriff Beths Hand und legte sie flach auf die Brust über sein Herz.

»Ich hatte solche Angst, dass du in diesem Feuer gefangen oder verletzt warst, dass ich Sachen gesagt habe, die vollkommen falsch formuliert waren. Ich liebe dich. Ich liebe dich so sehr, dass ich mich gegenüber den anderen Jungs auf der Wache wie ein Arschloch verhalte und Penelope kurz davor steht, mich zu verstoßen. Ich will, dass es dir besser geht, damit du mit mir nach Hause kommen kannst.«

Nach Hause. Diese Worte nisteten sich in Beths Herz ein und zum ersten Mal, seit sie das Behandlungszentrum betreten hatte, schien der Knoten in ihrem Magen sich zu lösen. »Ich will normal für dich sein, Cade. Und ich habe schreckliche Angst, dass ich es nie sein werde.«

»Was zur Hölle ist überhaupt normal?«, fragte Cade sofort. »Ist irgendwer von uns normal? Ich laufe in brennende Gebäude, wenn alle anderen herauslaufen. Ich höre Sirenen und werde aufgeregt. Ich habe es dir noch nicht erzählt, aber ich habe meinen Wagen Curly Sue genannt.«

Sie lächelte schwach, war aber noch nicht bereit, sich umstimmen zu lassen. »Du verdienst mehr.«

»Mehr als was?«

»Mehr als mich«, sagte Beth zu ihm.

»Komm, setz dich zu mir.« Cade hielt ihre Hand fest und ging mit ihr zu dem kleinen Zweisitzersofa, das in dem Zimmer stand. Er setzte sich und zog sie auf seinen Schoß.

»Es gibt niemanden, der ›mehr‹ ist als du, Liebes. Vor all diesen Monaten habe ich dich einmal angesehen, wie du in deiner Wohnung standest, als wir den Fettbrand gelöscht haben, und um mich war es geschehen. Du bist einfach rundum perfekt.«

»Ich bin nicht perfekt.«

»Nein, das bist du nicht. Und ich bin es auch nicht. Ich hätte sagen sollen, dass du *für mich* rundum perfekt bist. In deiner Nähe fühle ich mich wie ein besserer Mensch. Das lässt mich vermutlich wie einen Idioten klingen und Dr. Neal hätte ihre helle Freude daran, da bin ich mir sicher. Warte. Werden diese Zimmer überwacht?«

Zum ersten Mal lächelte Beth aufrichtig. »Sollte es der Fall sein, werde ich mich einhacken und dafür sorgen, dass die Videoaufnahmen gelöscht werden. Aber nur, damit das klar ist, ich denke, du könntest nichts sagen, was dich wie einen Idioten klingen lässt.«

»Dass du mich brauchst, gibt mir ein Gefühl der Vollkommenheit.« Die Worte hingen einen Moment lang in der Luft, bevor er weitersprach. »Ich weiß nicht, was in meiner DNA dafür sorgt, dass ich ein Held sein will. Vielleicht liegt es an Penelope. Sie ist meine kleine Schwester und ich wollte sie schon immer beschützen. Mehr als alles andere ist sie der Grund dafür, dass ich so bin, wie ich bin.« Er grinste. »Wenn sie zu mir aufgeblickt hat, nachdem ich einen lustigen Witz erzählt hatte oder wenn ich einen Jungen in die Schranken gewiesen hatte, der sie geärgert hat, habe ich mich drei Meter groß gefühlt.«

»Ich bin mir sicher, dass ich deshalb diesen Beruf ausübe. Es fühlt sich gut an, anderen Menschen zu helfen. Da zu sein, wenn sie jemanden brauchen. Aber du ... du gibst mir das Gefühl, ein Ritter in einer glänzenden Rüstung zu sein, einzig dadurch, dass ich deine Hand halten darf. Ich glaube, eine Beziehung mit einer Frau, die mich nicht so braucht wie du mich, würde niemals funktionieren. Ich würde mir überflüssig vorkommen. Du denkst, dass du diejenige bist, die von mir nimmt, aber da liegst du falsch. Ich profitiere so sehr davon, an deiner Seite zu stehen und dir zu helfen, deine Dämonen in Schach zu halten, du hast ja keine Ahnung.«

»Wäre es dir möglich, das gleiche Gefühl zu bekommen, wenn du irgendjemand anderem hier im Behandlungszentrum helfen würdest? Du wärst auch dessen Held, wenn derjenige deine Hand halten könnte und du für ihn seine Dämonen in Schach halten würdest, während er auf dem Gelände spazieren geht.« Beth wollte verstehen, aber sie konnte nicht leugnen, dass seine Worte ihre Seele beruhigten und einige der Sorgen zerstreuten, die sie mit sich herumschleppte.

»Das ist nicht das Gleiche, und ich hoffe sehr, dass du das weißt. Es liegt an dir, Beth. *Du* bist es. Ich halte ständig die Hände von Menschen, in Autowracks, in Krankenhäusern, bei Bränden, aber ich muss *deine* Hand festhalten, um mich vollkommen zu fühlen. Du sorgst dafür, dass ich ein besserer Mensch sein will. Es gibt nichts, und ich meine nichts, was ich lieber mag, als mit dir zusammenzusitzen, so wie jetzt.«

»Aber du bist gern draußen ... du bist sportlich und hast viele Freunde.«

»*Wir* haben viele Freunde und du hast recht, ich spiele gern Softball und verbringe auch gern Zeit mit meinen Freunden, aber Beth, du machst auch Sachen, die ich nicht tun kann.«

»Nein, das stimmt nicht.«

»Doch, dein Computerzeug. Das werde ich niemals verstehen.«

»Aber das mache ich nur zum Spaß.«

»Nicht wenn Tex ein Wörtchen mitreden darf. Sieh mal, ich will damit nur sagen, dass wir nicht jeden Tag vierundzwanzig Stunden aufeinanderhocken müssen. Aber wenn ich am Ende des Tages nach Hause komme, bist du der Mensch, den ich sehen und mit dem ich sprechen will. Du bist der Mensch, dem ich lustige Sachen erzählen will, während ich bei der Arbeit bin. Ich liebe dich, Beth. *Dich.*«

»Auch wenn ich wahrscheinlich immer Panikattacken haben werde?«

»Ja. Wirst du mich noch lieben, wenn ich eine Glatze bekomme?«

Beth kicherte. »Du wirst keine Glatze bekommen.«

»Darauf würde ich nicht wetten, Liebes. Ich glaube, in meinem Familienstammbaum gibt es einen oder zwei glatzköpfige Verwandte.«

»Dann werde ich dich trotzdem lieben, auch wenn du dir das Haar über deine kahlen Stellen kämmst.«

»Wenn du mich so nimmst, wie *ich* bin, werde ich dich so nehmen, wie *du* bist.«

Beth schaute Cade kurz in die Augen, bevor sie an seiner Brust zusammensackte und ihn so fest umarmte, wie es ihr möglich war. »Ich liebe dich, Cade Turner. Mehr, als du dir je vorstellen kannst.«

»Dieses Gefühl beruht auf Gegenseitigkeit, Liebes.«

Nach einigen Minuten hörte Beth, wie Cade fragte: »Um wie viel Uhr haben wir unseren Termin mit Dr. Neal?«

»Ich glaube, um zehn.«

»Dann haben wir also noch etwas Zeit.«

»Zeit? Ja, ich denke schon.«

»Wie privat ist dieses Zimmer?«

»Nicht *so* privat«, entgegnete Beth und errötete.

»Beth, wenn wir das nächste Mal miteinander schlafen, wird es nicht übereilt sein und auch nicht in einem Besucherraum, in dem sich schon wer weiß was zugetragen hat und in den jederzeit jemand reinkommen könnte. Wir werden uns Zeit nehmen und ich werde dir zeigen, wie viel du mir bedeutest, indem ich deinen Körper Zentimeter für Zentimeter neu kennenlerne. Ich habe nur gefragt, weil ich ein bisschen mit dir fummeln wollte. Wir waren schon eine Weile nicht mehr bei der zweiten Base.«

»Oh ... okay.«

Cade lächelte und küsste ihre Stirn. Dann ihre Nasenspitze und dann ihre Wange, als er sich nach unten vorarbeitete. Beth neigte den Kopf und gab ihm mehr Platz, um seine Küsse zu platzieren. Sie spürte seinen heißen Atem an ihrem Hals, als er darüberleckte und leicht daran saugte. Er nahm ihr Ohrläppchen zwischen die

Zähne und biss zärtlich hinein, während er an ihr schnupperte.

Als er endlich von ihr abließ, brachte er seine Lippen an ihr Ohr. »Ich kann es nicht erwarten zu spüren, wie mein Schwanz von deiner Hitze umschlossen wird. Du hast ja keine Ahnung, wie gut es sich anfühlt, wie gut *du* dich anfühlst. Aber es ist schon zu lange her, seit ich deine Lippen auf meinen gespürt habe. Kannst du mich küssen, Beth?«

Beth ignorierte die Gänsehaut, die sich bei seinen Worten und dem Gefühl seines Schwanzes unter ihr auf ihren Armen gebildet hatte, nahm Cades Kopf in beide Hände und gab ihm, was er wollte. Was sie beide wollten.

Sie drückte ihre Lippen auf seine und seufzte, als er sie sofort für sie öffnete. Sie glitt mit ihrer Zunge in seinen Mund und traf auf seine. Sie wanden sich in den Armen des anderen, während der erotische Kuss kein Ende fand. Cade neigte sie nach hinten, bis er sie mit einer Hand an ihrem Rücken festhielt und sie sich mit beiden Händen an seinem Hals festklammerte. Erst als Beth spürte, wie Cade langsam die Hand unter ihr T-Shirt schob und das Körbchen ihres BHs hinunterzog, wurde ihr bewusst, wo sie waren.

Schwer atmend zog sie sich zurück, schaute zu Cade auf – und brach in Tränen aus.

Cade sagte nichts, zog sie bloß an sich und drückte sie an seine Brust, während sie weinte.

»Ich dachte, ich hätte alles vermasselt.«

»Pst, du hast gar nichts vermasselt. Ich bin hier. Ich gehe nirgendwo hin.«

»Seit ich hier bin, habe ich kein Streichholz, keine

Kerze und auch kein Feuerzeug mehr angefasst.« Sie presste die Worte zwischen Schluchzern hervor.

»Gut. Du bist so stark. Du wirst deine Dämonen besiegen, Beth. Ich weiß es.«

Sie saßen lange auf dem Sofa, sprachen miteinander, küssten sich und genossen die Tatsache, dass sie wieder vereint waren.

Irgendwann wurden sie von Dr. Neal unterbrochen. »Sind Sie bereit für Ihre Sitzung?«

»Wir kommen, nachdem Beth sich frisch gemacht hat.«

»In Ordnung, aber beeilen Sie sich bitte. Ich habe heute einen vollen Terminkalender.«

Beth lächelte Cade an. »Ich glaube, das war ihre Art, uns zu sagen, wir sollen aufhören rumzuknutschen und unsere Hintern in ihr Sprechzimmer bewegen.«

Cade strich liebevoll über Beths Haar. »Bist du bereit dafür?«

»Ja. Ich denke, wir müssen beide hören, was sie zu sagen hat. Bis jetzt war sie sehr hilfreich und ich will dafür sorgen, dass du weißt, worauf du dich mit mir einlässt.«

»Ich lasse mich darauf ein, dich jeden Abend in meinen Armen zu haben. Dich zu lieben, mit dir zu lachen und niemals zu wissen, welches Paket als Nächstes bei mir abgegeben wird.«

»Hast du tatsächlich einen der Stringtangas angezogen, die ich dir geschickt habe?«

Cade erhob sich und half Beth beim Aufstehen. »Du wirst abwarten und es selbst herausfinden müssen.«

»Spielverderber.«

»Los, ich will es mir mit der Ärztin nicht verscherzen.«

Bevor Cade die Tür öffnen konnte, zog sie ihn am Arm und wurde ernst. »Wenn heute irgendetwas passiert, mit dem du nicht umgehen kannst, dann ist es in Ordnung. Ich verstehe das.«

Cade trat wieder auf Beth zu und umarmte sie, sodass seine Hände an ihrem Kreuz ruhten, bevor er sie an sich zog. »Hör mir gut zu – mich wird *nichts* abschrecken. Ich sehe dich, Beth. Und ich liebe, was ich sehe. Wir werden uns diese Dämonen einen nach dem anderen vornehmen, Tag für Tag. Gemeinsam. Okay?«

»Okay.«

KAPITEL EINUNDZWANZIG

Beth lehnte sich an Cade und hielt seine Hand fest, während Dr. Neal mit ihren Erklärungen fortfuhr, was sie zu erwarten hatten, wenn Beth wieder nach Hause käme. Sie hatte gedacht, dass die Sitzung überaus peinlich sein würde, aber es stellte sich heraus, dass Dr. Neal nur über Dinge gesprochen hatte, die Cade bereits wusste. Sie fühlte sich entspannt, sicher und glücklich, als die Ärztin ihnen ruhig mitteilte, dass sie noch andere Personen zu der Sitzung eingeladen hatte.

Beth setzte sich aufrecht hin und fragte sich, um wen es sich wohl handeln könnte. Es gab nur wenige Menschen in ihrem Leben, mit denen sie überhaupt sprach ... ihr Bruder und ihre Eltern und ihre neuen Freunde in Texas. Hatte Dr. Neal Cades Freunde von Feuerwehr oder Polizei eingeladen, um an der Sitzung teilzunehmen? Sie glaubte es nicht, Cade hätte ihr erzählt, dass sie kommen würden.

Bevor sie noch weiter darüber nachgrübeln konnte,

wen um alles in der Welt ihre Ärztin zu ihrer Therapiesitzung einladen musste, ging Dr. Neal zur Tür und öffnete sie.

Zuerst wusste Beth nicht, wer das Paar war, das das Sprechzimmer betrat. Die Frau sah aus, als sei sie etwa in Cades Alter, Mitte dreißig, und der Mann war groß, sogar noch größer als Cade. In seinem Gesicht hatte er eine schon lange verheilte Narbe, durch die eine Seite seines Mundes einen dauerhaft finsteren Ausdruck machte.

Beth öffnete den Mund, um die Ärztin zu fragen, wer die beiden waren, als plötzlich die Erinnerungen ihr Gedächtnis wie ein Tsunami überfluteten.

Mit einem Mal war Beth wieder in Kalifornien. Sie hatte die tränenerfüllten blauen Augen der Frau gesehen, wie sie sie entsetzt angestarrt hatte.

Und der Mann ... Beth hatte keinen guten Blick auf ihn erhaschen können, als alles passiert war, aber ihr war nicht entgangen, wie er sich ganz behutsam um die Frau gekümmert hatte, als sie in das Zimmer gestürmt waren.

Aus weiter Ferne hörte Beth Dr. Neals Stimme, die das Paar vorstellte, aber sie würde sie nie vergessen. Summer und Sam Reed. Natürlich, damals war sie noch Summer Pack gewesen.

Ohne dass ihr bewusst war, was sie tat, stand Beth auf und wich vor den neuen Gästen zurück. Sie wollte sie nicht sehen, wollte sich nicht daran erinnern, was passiert war.

Beth hörte einzig ein Dröhnen in den Ohren und drehte sich um, um wegzulaufen, aber sie konnte nirgends hin. Summer und ihr Mann standen in der Tür und es gab keine anderen Ausgänge. Beth wich zurück in eine Ecke und sank zu Boden. Sie umklammerte ihre Knie und vergrub den Kopf dazwischen, damit sie die beiden Menschen nicht sehen musste, die sie dazu zwingen konnten, das wiederzuerleben, was ihr zugestoßen war.

Wie im Schnellvorlauf tauchten Bilder in ihrem Kopf auf, die sich ständig wiederholten. Ben Hursts lachendes Gesicht. Summers Wimmern, der Geruch von Beths verbrannter Haut, als eine brennende Zigarette darauf ausgedrückt wurde, die Reflexion eines Lichts auf der Messerklinge ...

Beth konnte den klagenden Schrei nicht unterdrücken, der aus ihrem Mund drang. Es war zu viel, sie hatte Dr. Neal vertraut. Sie konnte damit nicht umgehen. Ganz und gar nicht.

Beth hatte keine Ahnung, wie lange sie in ihren Erinnerungen gefangen gewesen war, aber als Erstes bemerkte sie, dass sie von zwei Armen gegen einen warmen, festen Körper gedrückt wurde. Sie atmete immer noch viel zu schnell und ihr war schwindelig, aber sie konnte hören, wie jemand in ihr Ohr sprach.

Cade.

»Alles ist gut. Du bist in Sicherheit. Ich bin hier. Niemand wird dir etwas tun. Atme langsamer ... genau so. Gut. Noch einmal, atme tief ein, halte den Atem an. Gut. Atme jetzt aus. Noch mal.«

»I-Ich muss aufstehen.«

»Nein, musst du nicht. Entspanne dich einfach. Wenn es dir besser geht, kannst du aufstehen. Aber jetzt konzentriere dich erst einmal auf dich.«

»D-Das ist peinlich.«

»Nein, ist es nicht.«

Beth öffnete die Augen und sah, dass Cade direkt vor ihr hockte. »Ich bin gerade vollkommen durchgedreht, Cade.«

»Nein, das würde ich nicht als Durchdrehen bezeichnen. Vielleicht eher als Flashback.«

Beth konnte sehen, wie besorgt er um sie war, aber er hatte genau das getan, was sie gebraucht hatte, er war entspannt geblieben. Seine scherzhafte Art tat ihr gut.

»Sieben Minuten«, sagte Dr. Neal von der anderen Seite des Raumes. »Ich würde sagen, das war ziemlich gut.«

Beth sah sie verwirrt an und vermied es weiterhin, zu dem Paar zu schauen, das nun auf dem Sofa saß. »Sieben Minuten?«

»Jup«, sagte die Ärztin, als hätte sie keinerlei Sorgen. »Sie waren lediglich sieben Minuten lang weggetreten. Erinnern Sie sich daran, wie Sie nach Ihrer Ankunft hier zum ersten Mal versucht haben rauszugehen? Ich glaube, Sie haben etwa zwanzig Minuten lang Panik gehabt.«

Beth wusste nicht, ob sie über ihren Fortschritt beschämt oder zufrieden sein sollte. Sie entschied sich für zufrieden. »Danke ... glaube ich.«

Dr. Neal wurde ernst und beugte sich auf ihrem Stuhl nach vorn, kam jedoch nicht näher. »Ich weiß, Sie denken, dass ich einen schmutzigen Trick angewandt habe, aber ich glaube wirklich, dass Sie das hier brauchen. Sie müssen darüber sprechen, was Ihnen widerfahren ist, und Sie müssen es mit jemandem tun, der dort war, der aus erster Hand weiß, was Sie durchgemacht haben.«

Beth spürte, wie ihr Herzschlag beschleunigte. Cade musste es ebenfalls bemerkt haben, denn er drückte ihre

Hand fester und murmelte: »Ganz ruhig, Liebes. Du schaffst das.«

Beth war sich nicht ganz so sicher, aber für Cade würde sie es versuchen. »Okay.«

Dr. Neal war damit beschäftigt, zwei Stühle vor dem Sofa aufzustellen. Cade schnupperte an Beths Ohr und flüsterte: »Wenn es dir zu viel wird, brauchst du nur Bescheid zu sagen und dann machen wir eine Pause, okay?«

Sie schaute den wundervollen Mann in ihren Armen an. Sie hatte keine Ahnung, wie ihr so viel Glück widerfahren war, aber in jenem Moment schwor sie, immer dafür zu sorgen, dass er wusste, wie sehr sie ihn liebte und wie viel er für sie tat. Sie hielt ihn nicht für einen Idioten, weil er ihr gestanden hatte, es zu mögen, wenn sie bei ihm Halt suchte. Sie verstand, dass es für ihn ein tiefes Bedürfnis war, gebraucht zu werden, und sie würde bereitwillig dafür sorgen, dass er alles bekam, was er brauchte.

Sie nickte, stand unbeholfen auf und stolperte, weil sich in ihrem Kopf alles drehte. Cade schlang einen Arm um ihre Taille und hielt sie fest. Er ging mit ihr zu einem der Stühle, aber anstatt sich neben sie zu setzen, zog er sie ein weiteres Mal auf seinen Schoß. Beth errötete, denn es war nicht unbedingt die Position, in der sie mit Summer und ihrem Mann sprechen wollte, doch so fest, wie Cade sie hielt, war es offensichtlich, dass sie nirgends hingehen würde.

Endlich blickte Beth in das Gesicht der Frau, die vor solch langer Zeit die Zielscheibe der Wut des Verrückten gewesen war. Sie beschloss, die Oberhand zu gewinnen, und sagte mit zitternder Stimme: »Hi, es ist schön, dich endlich offiziell kennenzulernen. Ich bin Beth.«

Summer lächelte vorsichtig und entgegnete mit freundlicher, gleichmäßiger Stimme: »Du weißt ja nicht, wie sehr ich mich freue, dich kennenzulernen. Wie du weißt, heiße ich Summer, und das ist mein Mann Sam. Er war einer der Navy SEALs, die uns an jenem Tag gefunden haben.«

Wenn Summers Fingerknöchel nicht weiß gewesen wären, weil sie die Hand ihres Mannes festhielt, hätte Beth gedacht, dass Summer mit alten Freunden zusammentraf. Dieser kleine Hinweis darauf, dass sie nicht so entspannt war, wie sie vorgab zu sein, half enorm dabei, dass Beth sich besser fühlte.

»Und bevor wir das Gespräch beginnen, möchte ich dir bloß sagen, wie leid es mir tut. Ich weiß, dass du zur falschen Zeit am falschen Ort warst, und nichts von dem, was dir passiert ist, war deine Schuld. Ich hätte alles getan, um deinen Platz einzunehmen, es war nicht –«

Beth sprach zur gleichen Zeit wie der attraktive Mann an Summers Seite.

»Es war nicht deine Schuld.«

»Sonnenschein, tu das nicht«, sagte Sam mit leiser Stimme und legte seine freie Hand auf ihr Knie.

Alle lächelten schwach, bevor Summer weitersprach. »Ich habe eine Therapie gemacht. Aus rationaler Sicht weiß ich, dass es nicht meine Schuld war, was er getan hat. Ich wollte nicht, dass es dir oder mir passiert, aber es ist passiert. Auf emotionaler Ebene habe ich damit jedoch größere Schwierigkeiten. Verstehst du?«

»Ja, ich verstehe«, sagte Beth zu der bestürzten Frau.

»Gut. Jetzt, da Sie sich miteinander bekannt gemacht

haben ... hat irgendjemand von Ihnen ein Problem damit, wenn ich während der nächsten dreißig Minuten das Gespräch leite?«

Beth seufzte erleichtert auf. Dr. Neal war kein schwacher Mensch. Sie sorgte dafür, dass jeder sich seinen Gefühlen stellte, aber sie war eine verdammt gute Psychiaterin und wusste, wann sie drängen und wann sie sich zurückhalten musste. Beth war froh, dass sie ihr durch das Treffen mit der Frau half, von der sie gedacht hätte, sie nie wiederzusehen.

Eine Stunde später seufzte Beth erleichtert auf, als Dr. Neal verkündete, dass sie der Meinung sei, sie hätte große Fortschritte gemacht.

Das Geschehene wiederzuerleben war nicht lustig gewesen, aber von Summer zu erfahren, wie es sich angefühlt hatte, dem zuzusehen, was ihr widerfahren war, war sehr aufschlussreich gewesen. Beth hatte nicht darüber nachgedacht, wie es sich angefühlt hätte, Summer zu sein und hilflos dabei zusehen zu müssen, wie Hurst sie verletzte. Es verschaffte ihr eine ganz neue Perspektive auf die gesamte Situation.

Es war keine Wunderheilung, die Angst davor, von Fremden umringt zu sein und aus dem Nichts entführt zu werden, war immer noch präsent, aber sie war irgendwie ... abgestumpft. Summers Mann und sein Team waren gerade noch rechtzeitig gekommen. An ihre Rettung erinnerte Beth sich nicht sehr gut, nur, dass großes Chaos geherrscht hatte und sie beim Verlassen des Berges von starken Armen gehalten wurde.

Als sie zur Tür gingen, legte Summer die Hand auf Sams Arm. »Kann ich kurz allein mit Beth sprechen?«

Beth erkannte den Blick in den Augen des SEALs, als

er seine Frau von oben ansah. Sie hatte ihn bereits heute Morgen in Cades Augen gesehen. Bewunderung. »Natürlich. Ich bin im Flur, wenn du mich brauchst.«

Summer streckte sich nach oben und küsste ihren Mann. »Danke.«

Cade ahmte Summers Verhalten nach und küsste Beth. Er zog sich zurück und sah ihr einen Moment lang in die Augen, als wollte er sich davon überzeugen, dass sie wirklich in Ordnung war, bevor er dem SEAL hinaus in den Flur folgte.

»Danke, dass Sie sich einverstanden erklärt haben, heute herzukommen, Summer«, sagte Dr. Neal. »Sie beide sind großartige Frauen und ich bin sehr zufrieden mit Ihnen. Lassen Sie sich Zeit. Ich werde mich um Ihre Männer kümmern.«

Summer grinste, als Dr. Neal den beiden Männern nachging, und wandte sich an Beth.

»Es tut mir wirklich leid, dass wir dich heute so überrumpelt haben. Ich dachte, du wüsstest, dass wir kommen.«

»Dr. Neal scheint Überraschungen zu mögen«, sagte Beth freundlich zu Summer.

»Offensichtlich. Ich möchte etwas sagen, das nichts mit uns und dem zu tun hat, was wir durchgemacht haben.«

Beth zog die Augenbrauen nach oben. Es war nicht so, als beklagte sie sich, denn sie hatte das Gefühl, während der letzten sechzig Minuten in die Mangel genommen worden zu sein. Es sah mehr und mehr so aus, als würde sie in der näheren Zukunft ein Nickerchen einlegen müssen. Aber sie war neugierig, was Summer wohl zu sagen haben könnte, das nichts mit

Ben Hurst und ihrer Entführung zu tun hatte. »Schieß los.«

»Du solltest den Job annehmen, den Tex dir angeboten hat.«

»Was?« Ihre Aussage kam so überraschend, dass es Beth schwerfiel zu verstehen, wovon Summer sprach.

»Ich mache es kurz, okay? Tex war einmal ein SEAL. Er ist mit meinem Mann und dem gesamten Team befreundet. Er musste den Job wegen einer Verletzung aufgeben, arbeitet aber im Hintergrund, um nicht nur dem Team meines Mannes, sondern auch zahlreichen anderen Militärgruppen zu helfen – und wahrscheinlich anderen, von denen ich gar nichts wissen will. Er ist derjenige, der das heutige Treffen eingefädelt hat.«

»Ich dachte –«

»Ich weiß, du dachtest, deine Ärztin hätte es arrangiert. Nun, sie hat eine E-Mail von ›mir‹ bekommen, in der ich sie um ein Treffen mit dir gebeten habe ... obwohl ich keine Ahnung hatte, wo du bist und was du machst.«

»Tex.«

Summer nickte. »Er mag dich. Wir sprechen nicht so häufig mit ihm, wie wir es gern tun würden, aber er hat mir gestanden, was er getan hat. Natürlich hatte er danach erklären müssen, wie der Kontakt mit dir zustande gekommen ist ... ich bekomme Kopfschmerzen davon, aber er erwähnte Feuerwehrmänner, den Nahen Osten, eine Armeeprinzessin und Hintertüren.«

Beth lächelte. Ja, das fasste in etwa zusammen, wie sie Tex kennengelernt hatte.

Summer fuhr fort: »Er hat uns erzählt, dass du vermutlich klüger seist als er, wenn es um Hacking und Computermist geht. Und ich werde dir sagen, das ist einfach sensationell, denn Tex ist mit Abstand der talentierteste Mann, den ich in Bezug auf das Internet kenne. Wenn er sagt, dass du klüger bist als er, dann ist das eine unheimliche Befürwortungserklärung.«

»Er meinte, er könne mir einen Job besorgen, wenn ich es wollte.«

»Ich weiß. Das bringt mich wieder zu dem, worüber ich mit dir sprechen wollte. Nimm den Job an.«

»Aber ich bin mir nicht sicher –«

»Ernsthaft, nimm ihn an. Beth, es kann schon sein, dass du hier oben Sachen verarbeiten musst«, sie deutete auf ihren Kopf und fuhr fort zu sprechen, »aber das hat nichts damit zu tun, wer du im Inneren bist.« Summer legte eine Hand über ihr Herz, um ihr Argument zu verstärken. »Wenn die Arbeit mit Computern dich glücklich macht, dann solltest du sie tun. Wenn du eine professionelle Puzzlezusammensetzerin sein willst, dann tu das. Aber ich habe gesehen, wie Tex arbeitet. Er hat Leben gerettet, unter anderem deins und meins an jenem Tag.«

Als Beth nach Luft schnappte, kniff Summer die Augen zusammen. »Du wusstest das nicht?«

Beth schüttelte den Kopf.

»Er hat dein Handy geortet. Hurst hatte es weggeworfen, aber nicht, bevor Tex ihn als Ziel auffassen konnte und herausfand, wohin er mit dir auf dem Weg war. Wenn er nicht gewesen wäre, hätten Sam und die anderen uns vielleicht nicht rechtzeitig gefunden.«

Beth konnte es nicht glauben. Seit die beiden angefangen hatten, miteinander zu sprechen, hatte Tex *diese* Information zu keinem Zeitpunkt erwähnt. Sie hatte ihn lediglich für Pens Freund gehalten. Sie konnte es nicht erwarten, sie in die Finger zu bekommen und ihr zu erzählen, wie Tex in das Leben von ihnen allen verstrickt war. Es war, als sei er ein lebensechter Kevin Bacon ... das Kleine-Welt-Phänomen war einfach verblüffend. Beth fragte sich kurz, wen der Mann wohl noch kannte.

Aber sein Eingriff in ihres und Summers Leben ergab Sinn. Tex war ein Mann, der andere um sich herum zu Loyalität inspirierte. Verdammt, Beth hatte eines Abends einen anderen Hacker in die Schranken gewiesen, als dieser sich über einen Code lustig machte, den Tex programmiert und in einem Chatroom im Dark Web geteilt hatte. Sie hatte mit dem Mann nur ein paarmal online gesprochen, nachdem er versucht hatte, sich in ihren Computer zu hacken, aber es hatte ausgereicht, um ihn zu kennen und ihm zu vertrauen.

»Ich werde mit Cade darüber sprechen.«

»Gut. Eine Sache noch ...«

Beth sah, dass Summer zögerte. »Ja?«

»Darf ich dich umarmen? Das will ich schon so lange tun.«

Sofort breitete Beth die Arme aus und trat einen Schritt nach vorn. Summer und sie waren etwa gleich groß, weshalb es einfach war, ihren Kopf zwischen ihrer Schulter und ihrem Hals zu vergraben und sie festzuhalten.

In der Lage zu sein, eine Verbindung zu dem Menschen aufzubauen, der zusammen mit ihr durch die Hölle gegangen war, war eine der befriedigendsten und herzzerreißendsten Erfahrungen, die sie in ihrem ganzen Leben gemacht hatte. Nach geraumer Zeit lösten sie sich voneinander und sahen einander an.

»Ich habe wegen dem, was passiert ist, mehr geweint, als irgendjemand sich vorstellen kann, aber du sollst wissen, dass ich in diesem Moment kein Bedürfnis habe zu weinen«, sagte Summer. »Ich bin einfach so glücklich, mit dir hier zu sein, du hast ja keine Ahnung.«

»Ich denke, ich habe eine *kleine* Ahnung«, scherzte Beth.

»Meinst du, wenn du Lust hast ... möchtest du dich vielleicht noch einmal treffen?«, sprach Summer rasch weiter. »Wo immer du willst. Ich kann nach Texas kommen oder hierher oder ganz egal wohin.«

»Das fände ich toll. Sehr toll.«

Summer seufzte erleichtert auf. »Okay. Gut. Vielleicht kannst du Penelope überreden mitzukommen.«

Beth wurde wieder daran erinnert, dass sie mit ihrer Freundin so einiges zu besprechen hatte. Warum Summer sich mit Pen treffen wollte, überstieg ihr Vorstellungsvermögen, aber sie war zu müde, um alles sofort zu erfragen. »Natürlich.«

»Danke, dass du an jenem Tag so verdammt stark warst, Beth. Ich weiß nicht, was Hurst getan hätte, wenn du nicht gewesen wärst.«

Der Kloß in Beths Hals, der verschwunden war, kehrte zurück. So hatte sie das Ganze noch nie betrachtet. Was wäre mit Summer passiert, wenn sie gestorben wäre? Hurst hätte sich zweifellos auf sie gestürzt. Es ließ die Sache in einem ganz anderen Licht erscheinen. »Gern geschehen.« Die Worte waren unpassend, aber es war das Beste, was ihr in diesem Moment einfiel.

»Bist du so weit, Sonnenschein?« Sam war hinter sie getreten und stand an der Seite, wo er auf seine Frau wartete. »Wir können entweder heute zurück nach Pittsburgh fahren, wozu ich neige, da ich Angst habe, April zu lange mit Tex und Melody allein zu lassen. Entweder wird er ihr beibringen, wie sie sich in unsere iPads hackt, um Zeichentrickfilme zu schauen, oder Melody wird sie entführen, weil ihre Schwangerschaftshormone derzeit vollkommen außer Kontrolle sind. Oder wir bleiben über Nacht hier und fahren morgen früh los.«

Summer lachte und schlang den Arm um Sam. »So sehr ich mich auch davor fürchte, was Tex unserer Tochter wohl beibringen könnte, hätte ich dich heute Nacht gern ganz für mich.«

Das Leuchten in Sams Augen war nicht zu übersehen und Beth spürte einen kleinen Stich der Eifersucht in der Brust. Sie wollte das mit Cade haben. Sie wusste, dass sie Arbeit vor sich hatten, um dorthin zu gelangen, aber sie war entschlossener denn je, dieses Ziel zu erreichen.

»Es hat mich wirklich gefreut, euch beide kennenzulernen«, sagte Beth und lehnte sich seitlich an Cade, als er sich neben sie stellte.

»Uns auch. Pass auf dich auf und solltest du jemals etwas brauchen, vergiss nicht, dass ich mit meinem gesamten Team hinter dir stehe«, sagte Sam mit deutlicher Aufrichtigkeit in der Stimme zu ihr.

Beth war sich nicht sicher, was sie darauf erwidern sollte, also sagte sie nur kurz: »Danke.«

»Ich bin erschöpft«, sagte Beth an Cades T-Shirt, nachdem Summer und Sam außer Sichtweite waren.

»Warum legst du dich nicht hin und schläfst ein wenig? Ich komme später wieder.«

Ohne ihn loszulassen, schaute Beth zu ihm auf. »Ich will nicht, dass du gehst.« Sie biss sich auf die Lippe, als Cade sie musterte.

»Dann werde ich nicht gehen. Komm mit.«

Beth wusste nicht, wohin sie gingen, aber es spielte

auch keine Rolle. Cade war hier bei ihr. Er hätte mit ihr in einen Schrank gehen können und sie hätte nicht protestiert.

Es war allerdings kein Schrank, in den er sie führte, sondern das Fernsehzimmer. Es war ihm offensichtlich aufgefallen, als sie auf dem Weg zu ihrer Sitzung vorhin daran vorbeigegangen waren.

Er machte es sich in der Ecke des Sofas bequem und streckte einen Arm aus. Sofort kuschelte Beth sich an ihn und seufzte zufrieden.

»Ich liebe dich, Cade.«

»Ich liebe dich auch, Liebes. Mach die Augen zu. Schlaf ein bisschen.«

»Du weißt, dass dieser Raum auch von anderen benutzt wird, nicht wahr?«

»Ja, solange sie nicht schreiend rein- und rauslaufen, denke ich, dass du tief und fest schlafen wirst.«

»Geschrei solltest du nicht ausschließen. Wir befinden uns immer noch in einem Behandlungszentrum, Cade.«

Er lachte leise. »Verstanden.« Cade küsste ihre Stirn. »Mach die Augen zu. Ich werde dafür sorgen, dass dir nichts passiert.«

»Das weiß ich. Seit wir uns begegnet sind, habe ich daran keinen Zweifel.«

Dr. Neal warf kurze Zeit später einen Blick in den Raum und lächelte, als sie Beth und Cade schlafend vorfand. Beth war zwar noch nicht so weit, nach Hause gehen zu können, aber heute Vormittag hatte sie große Fortschritte gemacht. Cade war das, was die Ärztin allen Patienten wünschte: ein liebevoller, unterstützender Mensch, der an ihrer Seite war, ganz egal was passierte.

Und zu sehen, wie Cade ihr geholfen hatte, ihre Panikattacke während der Sitzung zu überwinden, war lehrreich und befriedigend gewesen. Diese zwei würden es schaffen. Beth würde eine der Glücklichen sein. Sie würde das Geschehene verarbeiten und wäre mit Liebe, einigen Medikamenten und fortgesetzter Therapie in der Lage, ein langes, glückliches Leben zu führen.

KAPITEL ZWEIUNDZWANZIG

Beth atmete tief durch, als Cade die Tür seines Hauses hinter ihnen schloss. Es war ein langer Tag gewesen, der durch den von Dr. Neal verschriebenen Medikamentencocktail um ein Vielfaches einfacher gemacht wurde. Nach einigen Medikamenten, die nicht gewirkt hatten, hatte sie angefangen, Effexor zu nehmen, das gegen die Sozialphobie half, die sie bekam, wenn sie nach draußen ging, und Klonopin, das die Panikattacken reduzierte.

Für die Reise nach Hause hatte Beth eine Xanax genommen, um die Tortur des Fliegens zu überstehen. Cade hatte ihnen ebenfalls Flugtickets in der ersten Klasse besorgt, damit sie mehr Platz hatten und nicht im hinteren Teil des Flugzeugs sitzen mussten. Das und Hunderte andere Dinge, die er während der letzten Wochen für sie getan hatte, sorgten dafür, dass Beth sich noch einmal in ihn verliebte.

Sie hatten jeden Abend telefoniert und über nichts Wichtiges gesprochen. Cade hatte sich über die Jungs und die Schwierigkeiten lustig gemacht, in die sie sich brachten. Anscheinend hatte Driftwood eines Abends bei einer Schicht eine Frau kennengelernt, es war ihm jedoch schwergefallen, sie davon zu überzeugen, mit ihm auszugehen. Es kam nicht häufig vor, dass dem Mann etwas nicht gelang, weshalb er es sich zur Lebensaufgabe gemacht hatte, die Frau dazu zu bringen, sich ihm »zu fügen«.

Darüber hatte Beth gekichert und gesagt: »Sich zu fügen? Daran wird er scheitern.«

Cade legte Beth die Hand ins Kreuz und folgte ihr in sein Wohnzimmer. »Setz dich, Liebes. Ich werde dir etwas zu trinken holen.«

Beth nickte und machte es sich auf dem Sofa bequem, während sie zusah, wie Cade in der Küche hantierte. Es war spät und sie war müde, doch sie wollte dafür sorgen, dass Cade wusste, wie dankbar sie dafür war, dass er mit ihr gereist war. Sie war bereit gewesen, es allein zu versuchen, doch er wollte sie nicht einmal darüber nachdenken lassen, ohne ihn von Philadelphia nach San Antonio zu fliegen.

An einem ihrer letzten Abende im Behandlungszentrum waren Dr. Neal, David und Beth zum Abendessen in ein Schnellrestaurant gegangen. Die Fahrt dorthin hatte nicht lange gedauert, hatte aber ausgereicht, um Beth das Selbstvertrauen zu geben, das sie benötigte, um zu spüren, dass sie Fortschritte machte.

Besuche bei Walmart würden vermutlich nie möglich sein, da sie dort auf dem Parkplatz entführt worden war – selbst das Schild zu sehen löste manchmal eine Attacke aus –, aber zu wissen, dass es ihr möglich war, mit Cade einige der Dinge zu tun, die normale Paare miteinander unternahmen, machte sie in Bezug auf ihre Zukunft mit ihm weitaus optimistischer. Sie hatte schon eine ganze Weile nicht mehr an den Treppensteigewettbewerb gedacht, er stand jedoch definitiv auf der Liste der Dinge, die sie tun wollte ... irgendwann.

Cade kam zurück ins Wohnzimmer und stellte ein Glas Orangensaft ohne Fruchtfleisch vor sie auf den Couchtisch. Dann stellte er sein Glas Wasser daneben und zog sie in die Arme. »Wie kommst du soweit klar?«

»Ganz gut. Von der Xanax bin ich ein bisschen benommen, aber bis morgen früh ist das auch wieder weg.«

»Ich bin stolz auf dich. Du hast dich heute toll geschlagen.«

Beth zuckte mit den Schultern. »Ich bin froh, dass es diese Familienwaschräume gibt.«

Cade lachte leise. »Ich kann mir gut vorstellen, was die Leute gedacht hätten, wenn ich dir in die Damentoilette gefolgt wäre. Sie hätten vermutlich geglaubt, wir würden für einen Quickie dort reingehen.«

Beth nickte lachend. »Ich ... ich hatte einfach das Gefühl, dass alle mich angestarrt haben.«

Cade küsste sie auf den Kopf. »Das haben sie auch ... weil du so hübsch bist.«

Beth rollte mit den Augen und schüttelte den Kopf. »Danke, dass du mich abgeholt hast.«

»Immer und jederzeit. Wie war es, als David dich besucht hat?«

»Gut.« Beth gähnte und kuschelte sich näher an Cade. »Er ist heute früh vorbeigekommen und wir haben uns verabschiedet. Er will später in diesem Jahr zu Besuch kommen.«

»Kein Problem. Ich bin mir sicher, dass er sich um

dich sorgt und dich gern sehen würde. Ich würde ebenfalls gern mehr als fünfzehn Minuten mit ihm verbringen. Ich glaube nicht, dass er mir schon vollständig verziehen hat, aber ich mag ihn wirklich und wir hatten ein gutes Gespräch miteinander.«

»Worüber habt ihr gesprochen?«

»Ach, dies und das.«

Beth verstand den Wink, dass Cade nicht unbedingt darüber reden wollte, und wechselte das Thema. »Ich habe heute auch eine SMS von Summer bekommen.«

»Ach ja?«, fragte Cade überrascht.

»Ja. Tex muss ihr meine Handynummer gegeben haben. Sie meinte, es hätte sie gefreut, mich zu treffen, und hat eine offene Einladung ausgesprochen, sie jederzeit in Riverton, Kalifornien zu besuchen.«

»Aha.«

»Ich bin mir nicht sicher, ob ich schon bereit bin, dorthin zurückzukehren.«

»Wo auch immer du bist, ich werde direkt an deiner Seite sein. Wir können bei deinen Eltern vorbeifahren und uns gleichzeitig mit Summer treffen.«

Beth war immer noch erschöpft und fühlte sich, als sei ihr Kopf in einen dichten Nebel eingehüllt. Trotzdem richtete sie sich auf und setzte sich rittlings auf Cades Schoß. »Habe ich dir heute schon gesagt, wie sehr ich dich liebe?«

»Nein.«

»Ich liebe dich.«

»Ich weiß.«

Beth lächelte Cade von oben an. »Frechdachs.« Ohne ihm die Chance zu geben, etwas zu erwidern, beugte sie sich hinunter und küsste ihn. Dabei verschmolz sie an seiner Brust, während die beiden sich ohne Eile erkundeten und streichelten.

Beth zog sich zurück, legte den Kopf auf seine Schulter und seufzte zufrieden, als sie spürte, wie er die Arme um ihren Rücken schlang und sie an sich drückte. »Ich fühle mich nirgends sicherer als hier in deinen Armen.«

»Gut. Denn während du nicht da warst, habe ich alle deine Sachen, die nicht von dem Wasserschaden zerstört wurden, hierhergebracht.«

Bei diesen Worten hob Beth den Kopf. »Äh ... was? Wann hattest du vor, mir diese kleine Neuigkeit mitzuteilen?«

Cade zuckte mit den Schultern und errötete schuldbewusst. »Das habe ich soeben getan. Außerdem hat es in deiner Wohnung nach Rauch gestunken und sie ist jetzt vermutlich voller Schimmel. Wegen des Chaos hat der Vermieter es den Bewohnern gestattet, ihre Verträge vorzeitig zu kündigen. Ich habe sein Angebot angenommen.«

Beth hatte weder die Kraft noch das Verlangen, sauer auf ihn zu sein. Wahrscheinlich half ihr die Xanax auch *damit*. »Okay.«

»Okay?«

»Ja. Ich fühle mich sicher mit dir ... es spielt keine Rolle, ob du bei mir bist oder ich bei dir. Solange das Herholen meiner Sachen bedeutet, dass du zusammen mit mir hier wohnen willst, bin ich damit einverstanden.«

»Ich will, dass du hier mit mir zusammenwohnst.«

Beth gähnte erneut und legte den Kopf wieder auf seiner Schulter. »Super.«

Cade lachte leise und stand auf, wobei er Beth mit

Leichtigkeit auf den Armen trug. »Los, du Schlafmütze, du musst jetzt ins Bett.«

»Erwarte nicht, dass ich immer so bin«, warnte Beth.

»Was? Gefügig, warm und in meine Arme gekuschelt?«

»Ganz genau. Wenn die Wirkung der Xanax nachlässt, werde ich wieder so bissig sein wie vorher.«

»Gut. So mag ich dich auch.«

Beth war eingeschlafen, bevor ihr Kopf das Kissen berührte, und erinnerte sich nicht daran, dass Cade ihr die Sachen auszog und ihr eins seiner T-Shirts von Wache sieben überstreifte. Sie erinnerte sich auch nicht daran, dass sie sich zu ihm umdrehte und einen Arm und ein Bein um seinen Körper schlang, als er sich neben sie ins Bett legte. Und sie hatte definitiv keine Erinnerung daran, wie fest Cade sie hielt, während sie schlief.

KAPITEL DREIUNDZWANZIG

Es war unglaublich, welchen Unterschied eine Woche machte. Beth hatte ihren Job im Kundenservice verloren, als sie nach Pennsylvania geflohen war, hatte aber Tex' Angebot angenommen, mit ihm und der Regierung zusammenzuarbeiten, und steckte nun bis über beide Ohren in den Recherchen über einen Kerl, der im Raum Waco lebte und arbeitete. Sie wusste nicht, für wen Tex diese Informationen beschaffte, aber sie besaß genügend Respekt für ihn, um ihn nicht danach zu fragen. Davon abgesehen erhielt sie eine unfassbare Summe Geld dafür, das zu tun, was sie liebte. Es war definitiv eine Win-win-Situation.

Die Jungs von Wache sieben waren neulich Abend vorbeigekommen, um sie zu Hause willkommen zu heißen und dafür zu sorgen, dass sie wusste, wie froh sie waren, dass sie mit Cade zusammen war. Cruz, Quint und Daxton waren ebenfalls mit ihren Freundinnen vorbeigekommen. Es war toll, Mackenzie wiederzusehen, da sie urkomisch war und sehr viel Aufmerksamkeit von

Beth und allem, was geschehen war, ablenkte. Die Jungs verbrachten sehr viel Zeit damit, über sie zu lachen, wenn sie wieder einmal über jedes beliebige Thema losplapperte.

Quints Freundin Corrie war blind, doch Beth wäre es nicht aufgefallen, wenn Penelope es ihr nicht im Vorfeld erzählt hätte. Sie war der am wenigsten hilflose »behinderte« Mensch, den Beth jemals getroffen hatte, und ihr neues Vorbild. Wenn es Corrie gelang, sich mit wenig bis keiner Hilfe zu bewegen, dann konnte sie es auch, verdammt.

Cruz, der FBI-Agent, sah zufrieden aus, mit seiner Freundin Mickie auf dem Schoß im Fernsehsessel zu sitzen. Sie war attraktiv und kurvig, hatte kurzes schwarzes Haar und die beiden wirkten, als seien sie absolut verliebt ineinander. Beth hatte nicht viele Freundinnen, aber sie hoffte, dass sie diese Frauen irgendwann noch einmal treffen könnte. Ihre Männer sahen genauso besitzergreifend und bis über beide Ohren verliebt aus, wie Cade bei ihr wirkte. Es wäre schön, ab und zu einmal die Sichtweise einer anderen Frau zu gewissen Dingen zu erfahren.

Es war spät und im Haus war es still. Cade war schon vor Stunden ins Bett gegangen, während sie noch mitten in ihrem »Computerding« steckte, wie er es nannte. Es war jetzt zwei Uhr morgens und Beth hatte das Gefühl, einen Knick in der Optik zu haben, weil sie so lange ohne Unterbrechung auf den Bildschirm gestarrt hatte. Sie war müde, aber gleichzeitig aufgekratzt, vermutlich weil ihr Körper sich immer noch an die Medikamente gewöhnte, die sie einnahm, um ihre Agoraphobie zu kontrollieren.

Beth lächelte, stellte den Laptop zur Seite und stieg

die Treppe zum Schlafzimmer hinauf. Sie öffnete leise die Tür und spürte, wie ihr Lächeln noch strahlender wurde. Cade lag ausgebreitet auf dem Bett und schlief tief und fest. Er hatte die Decke von sich gestrampelt und war splitterfasernackt.

Seit sie bei ihm eingezogen war, hatte er angefangen, nackt zu schlafen. Er hatte ihr gesagt, dass es einfacher sei, sich keine Gedanken darüber machen zu müssen, dass seine Klamotten im Weg waren, wenn sie nachts zu ihm ins Bett kam. In der ersten Nacht hatte Beth ihn nicht stören wollen und auf dem Sofa geschlafen. Er war aufgewacht, hatte den Platz neben sich leer vorgefunden und war daraufhin nach unten gegangen, um sie in ihr Bett zu tragen. Er hatte ihr gesagt, es sei ihm wichtig, dass sie immer zu ihm ins Bett kam, ganz egal wie spät es war.

Seit dieser Nacht hatte sie sich immer vorsichtig neben ihn auf die Matratze gelegt und versucht, ihn nicht zu stören, aber er war jedes Mal aufgewacht. In manchen Nächten hatten sie zärtlichen Sex gehabt und in anderen hatte er sie einfach in die Arme genommen und festgehalten, bis sie eingeschlafen war. Beth wusste nicht, was ihr besser gefiel.

Aber heute Nacht war sie nicht in Kuschelstimmung und wollte auch nicht sofort schlafen. All die Male, die sie miteinander geschlafen hatten, hatte Beth ihn noch nie oral befriedigt, und heute war ihre Zeit gekommen. Er war der selbstloseste Liebhaber, den sie jemals gehabt hatte – was nichts heißen wollte, da er erst der zweiten Mann war, mit dem sie aus freien Stücken Sex gehabt hatte. Sie hatte jedoch online nachgeforscht und war bereit herauszufinden, ob die Tipps und Tricks, von denen sie gelesen hatte, nützlich waren oder nicht.

Lautlos zog Beth sich ihr Trägerhemd aus und schob die Leggings an den Beinen nach unten. Nachdem sie beschlossen hatte, dass sie sich ihm am besten von unten nähern sollte, kletterte sie am Fußende vorsichtig auf die Matratze und rutschte langsam und gleichmäßig auf Cade zu. Dadurch, dass er bereits mit gespreizten Beinen dalag, machte er es ihr einfacher, sich einfach nur dazwischenzulegen, bevor sie versuchte, gleichmäßig zu atmen.

Sie beugte sich nach unten und atmete ein. Sie liebte es, dass Cade immer nach Cade roch. Sie würde ihn überall wiedererkennen. Da sie wusste, dass er wegen seines leichten Schlafs höchstwahrscheinlich aufwachen würde, sobald sie ihn berührte, machte Beth sich an die Arbeit.

Sie ergriff seinen Schwanz vorsichtig mit der Hand, nahm nur die Spitze in den Mund und saugte sanft daran. Als er sich nicht bewegte, wurde sie mutiger und leckte um die pilzförmige Spitze herum, wobei sie dafür sorgte, der Unterseite besondere Aufmerksamkeit zukommen zu lassen, da in allen Videos gesagt worden war, dass Männer dort am empfindlichsten seien. Als er in ihrer Hand steif wurde, lächelte sie und fand es toll, dass sie ihn so schnell erregen konnte.

Sie bemerkte den Moment, in dem Cade vollständig aufwachte und ihm klar wurde, was sie tat. Er legte eine Hand leicht auf ihren Hinterkopf und ballte die andere neben sich zu einer Faust.

»Oh Gott, Beth ...«

Sie hielt nicht inne, um etwas zu sagen, sondern fuhr einfach mit ihren Liebkosungen fort. Da sie ein Gefühl der Kühnheit verspürte, kniete sie sich hin und nahm seinen Schwanz so weit in den Mund auf, wie es ihr möglich war. Sie spürte, wie er an ihr Zäpfchen stieß, und zog sich zurück. Nachdem sie tief Luft geholt hatte, senkte sie sich erneut auf ihn ab, entspannte ihre Kehle dieses Mal aber so weit, dass sie ihren Würgereflex überwand. Sie schluckte einmal übertrieben und spürte, wie sein Schwanz zuckte.

Beth liebte die Laute, die Cade von sich gab, und fuhr fort, ihm den, wie sie hoffte, besten Blowjob zu geben, den er jemals in seinem Leben bekommen hatte. Sie nutzte abwechselnd ihre Hand, um seinen Schwanz zu drücken und zu streicheln, und Mund und Kehle, in die sie ihn so tief wie möglich aufnahm.

Sie beschloss, ihn ein wenig zu necken, und brachte ihren Mund an seine Hoden, während sie seinen Schwanz mit der Hand weiterstreichelte. Sie nahm einen in den Mund und saugte fest daran. Da sie angesichts der Kraftausdrücke, die aus Cades Mund kamen, und der Art, wie er die Hüften nach oben drückte, wusste, dass sie einen Volltreffer gelandet hatte, konzentrierte sie ihre Bemühungen an dieser Stelle, bis sie spürte, wie sein Präejakulat aus dem Schlitz an seiner Schwanzspitze tropfte.

Beth wollte mehr als alles andere spüren, wie er die Kontrolle verlor, und brachte den Mund wieder an seine zuckende Spitze, um sie sauber zu lecken. Dann blickte sie ihm ins Gesicht und sagte leise: »Ich liebe dich«, bevor sie den Kopf wieder nach unten neigte und seinen Körper verehrte.

Es dauerte nicht lange, bis Cade zu ihr sagte: »Beth, ich halte es nicht mehr aus, komm nach oben.«

Unheimlich zufrieden darüber, dass es ihr gelungen war, ihn so schnell an den Rand des Abgrunds zu bringen, ignorierte sie ihn und erhöhte das Tempo sowohl mit ihrer Hand als auch mit ihrem Kopf. Beth schmeckte sein moschusartiges Aroma, als er dem Höhepunkt immer näher kam, und nahm ihn so tief wie möglich in ihren Mund auf, bevor sie zweimal hintereinander schluckte und gleichzeitig summte. Das funktionierte.

»Beth!«, war alles, was er herausbekam, bevor er in ihrem Mund explodierte.

Sie zog sich gerade ausreichend zurück, um atmen zu können, und schluckte, so schnell sie konnte, damit ihr kein einziger Tropfen entging. Er zuckte weiterhin in ihrem Mund und ihrer Hand, während sie seinen Schwanz molk, bis sein Höhepunkt vorüber war.

Nachdem er aus ihrem Mund gerutscht war, küsste sie die Falte, wo sein Bein mit seinem Oberkörper verbunden war, und streichelte ihn zärtlich, wobei sie das Gefühl seines schlaffen Schwanzes in ihrer Hand beinahe so sehr genoss, wie als er steif gewesen war. Es war intim und berauschend zu wissen, dass sie ihn befriedigt hatte.

Bevor Beth damit fertig war, sich in der Tatsache zu sonnen, ihren Mann befriedigt zu haben, packte Cade sie am Oberarm und zog sie zu sich hinauf. Er rollte sich auf sie, fing sie unter sich ein und vereinnahmte ihren Mund in einem stürmischen, erotischen Kuss. Sie hätte sich losgemacht und ihm gesagt, sie würde sich den Mund ausspülen, bevor er sie küsste, aber er gab ihr keine Chance.

Als sie beide einige Minuten später schwer keuchten, zog Cade sich zurück. »Meine Güte, Weib. Ich wurde noch niemals in meinem Leben so fantastisch aufgeweckt.«

»Ach ja? Das tut mir leid, ich wollte dich nicht aufwecken.«

»Frechdachs.«

»Ich liebe dich, Cade. Du hast so viel für mich getan und ich habe das Gefühl, immer nur von dir zu nehmen. Danke, dass du mir das hier heute Nacht ermöglicht hast. Dafür, dass du es mir gestattet hast, dich zum Höhepunkt zu bringen.«

»Gern geschehen. Und jetzt leg dich hin, damit ich mich anständig bei dir bedanken kann.«

»Du brauchst nicht –«

Ihre Worte wurden durch ein Kreischen unterbrochen, als Cade es sich anders überlegte, sich umdrehte und sie auf sich zog, bis sie rittlings auf seiner Brust saß. Beth schaute nach unten und sah das sündhafte Grinsen in seinem Gesicht. »Ich weiß, dass ich das nicht tun muss, aber glaub mir, das hier ist nun wirklich keine Last. Komm nach oben, damit ich dir ein gutes Gefühl bereiten kann, Liebes.«

Ohne ein Wort und mit Hilfe von Cades Händen brachte Beth sich über ihm in Position. Sie klammerte sich am Kopfteil des Bettes fest, während Cade dazu überging, ihre Welt aus den Angeln zu heben ... nicht einmal, sondern zweimal.

Einige Stunden später bewegte Beth sich kaum, als Cades Alarm ertönte und er aus dem Bett kletterte. Entfernt hörte sie, wie die Dusche eingeschaltet wurde, als er sich für seine Schicht fertig machte. Er kam zurück ins Schlafzimmer, setzte sich neben sie auf die Matratze und strich ihr mit einer zärtlichen Berührung eine Haarsträhne aus der Stirn.

»Ich habe keine Ahnung, wie du so früh aufstehen kannst«, beklagte Beth sich verschlafen.

»Ich bleibe ja nicht wie andere Leute bis in die frühen Morgenstunden auf und sitze an meinem Computer«, sagte Cade lächelnd zu ihr.

»Es ist unnatürlich, dass du ein Morgenmensch bist.«

Während der vergangenen Woche hatten sie mehrere Male diese Diskussion geführt und immer hatte er sie angelächelt und ihr das letzte Wort gelassen.

»Ich habe heute eine Zwölfstundenschicht. Ich bin gegen zwanzig Uhr dreißig wieder da.«

»Pass auf dich auf.«

»Das werde ich. Ich sage dir Bescheid, wenn ich auf dem Nachhauseweg bin. Soll ich irgendwas mitbringen?«

Beth schloss die Augen und kuschelte sich tiefer in die Decke. »Nein, ich brauche nichts.«

»Okay, dann schlaf weiter. Schreib mir eine SMS, wenn du wach bist. Ich werde dich vermissen.«

»Ich dich auch.«

Sobald die Worte über ihre Lippen gekommen waren, war Beth schon wieder eingeschlafen und spürte nicht den zärtlichen Kuss, den Cade ihr auf den Mund und die Stirn gab, bevor er sich erhob, das Zimmer verließ und für seine Schicht zur Wache fuhr.

Einige Stunden später wachte sie auf und fühlte sich putzmunter, was typisch war. Wenn sie einschlief, dann schlief sie tief und fest, aber sobald sie aufwachte, war es das. Dann war sie wach.

Beth streckte sich und dachte darüber nach, was sie mit ihrem Tag anfangen würde. Sie musste ihre

Recherche für Tex beenden und sich danach auf die Suche nach der ISP-Adresse des kranken Arschlochs machen, den sie neulich Nacht entdeckt hatte und der versuchte, Kinder im Internet zu finden, die zum Verkauf standen. Wer zur Hölle kaufte Kinder im Dark Web? Ein perverses Arschloch tat das. Beth hatte keinen Zweifel daran, was er mit den kleinen Jungen und Mädchen tun wollte, wenn er sie erst in die Finger bekommen hatte.

Sie würde ein ausgiebiges Mittagessen zu sich nehmen und dann sehen, ob Cade Hunger hatte, wenn er nach Hause kam. Wenn er Zwölfstundenschichten arbeitete, aß das Team manchmal zusammen in der Wache, manchmal aber auch nicht, abhängig davon, wann und zu wie vielen Einsätzen sie gerufen wurden.

Als Beth im Bett lag und sich an das Gefühl von Cades Körper an ihrem erinnerte, während sie letzte Nacht gemeinsam eingeschlafen waren, hörte sie ein seltsames Geräusch.

Da sie sich drinnen am wohlsten fühlte, hatte sie sich die »normalen« Geräusche des Hauses eingeprägt. Die Klimaanlage, die sich ein- und ausschaltete, die Eismaschine, aus der die Würfel herauspurzelten, und selbst das entfernte Rumpeln des Müllwagens, der jeden Donnerstag vorbeifuhr. Aber das hier war kein Geräusch, das sie zuvor schon einmal gehört hatte, und das allein sorgte bereits dafür, dass sie sich sofort anspannte.

Bevor sie überhaupt richtig darüber nachgedacht hatte, war sie bereits aus dem Bett aufgestanden und griff sich das T-Shirt von Wache sieben, das sie getragen hatte, bevor sie letzte Nacht zu Bett gegangen war. Sie hatte es sich über den Kopf gezogen und war in eine Jogginghose geschlüpft, als das Geräusch erneut ertönte.

Beth neigte den Kopf und runzelte die Stirn, während sie versuchte herauszufinden, worum es sich handelte und woher es kommen könnte. Bevor sie es erkennen konnte, wurde die morgendliche Ruhe von männlichen Stimmen unterbrochen.

»Halt's Maul, du Arschloch. Willst du, dass die gesamte Nachbarschaft dich hört?«

»Meine Güte, Frank. Hier ist doch niemand. Der Wagen von dem Kerl ist verschwunden und das nächste Haus ist so weit weg, dass niemand uns sehen oder sich darum scheren kann, was wir machen.«

»Halt trotzdem das Maul. So wie du herumpolterst, kannst du auch gleich ein Plakat aufhängen, auf dem steht: ›Hier sind Einbrecher, rufen Sie die Polizei.‹«

Beth erstarrte in der Bewegung. Die Stimmen kamen aus dem Erdgeschoss, aber sie ging davon aus, dass die Eindringlinge irgendwann die Treppe hinaufkommen würden, um im ersten Stock nach weiteren Wertgegenständen zu suchen.

Tausend Gedanken schossen ihr durch den Kopf und es fiel ihr schwer, eine Entscheidung zu treffen, was sie tun sollte. Sie kämpfte gegen die Panikattacke an, die verzweifelt versuchte, aus ihrem Körper auszubrechen. Cades Haus war ihr Zufluchtsort, an dem sie sicher war. Aber Bösewichte waren in ihren Kokon eingedrungen. Wenn sie hier nicht sicher war, gab es irgendeinen Ort, an dem sie sich sicher fühlen *konnte*?

Beth riss ihre Gedanken von den dunklen Gefühlen los, die drohten sie zu überwältigen und in eine schwere Panikattacke zu stürzen. Sie versuchte, ein Versteck zu finden, aber als sie sich fieberhaft umblickte, wurde ihr klar, dass es im Schlafzimmer keine guten Stellen gab, an denen sie sich verbergen und unentdeckt bleiben konnte.

Unter ihrem Bett befanden sich Schubladen, weshalb sie sich nicht darunter verstecken konnte, um zu verhindern, dass die Einbrecher sie fanden. Sie ging auf Zehenspitzen zum Schrank und schaute hinein. Cade hatte ihre Kleidung hergebracht, aber sie hatte nicht viele hübsche Anziehsachen, die aufgehängt werden mussten, hauptsächlich bequeme Sachen, die sie im Haus anzog und die sich zusammengelegt in Schubladen befanden. Der Schrank war ein Reinfall. Cades Hemden und Hosen, die säuberlich dort drinnen hingen, würden sie nicht verbergen.

Beth zog das Badezimmer in Erwägung, verwarf den Gedanken aber sofort wieder. Die Duschtür aus Glas würde sie nicht so verstecken, wie es vielleicht ein Duschvorhang aus Plastik getan hätte.

Als Beth wusste, was sie zu tun hatte, beschleunigte ihr Atem, doch sie zögerte trotzdem keine Sekunde. Widerwillig wandte sie sich dem Fenster in dem Zimmer zu.

Das Schlafzimmer befand sich im ersten Stock, doch nachdem sie eingezogen war, hatte Cade ihr als Erstes gezeigt, dass sie im Fall eines Brandes – er war nun einmal ein Feuerwehrmann – aus dem Schlafzimmerfenster klettern und zur Seite des Hauses gelangen konnte, wo ein großer Baum stand. Er hatte ihr gezeigt, wie einfach es war, sich an einem der Äste festzuhalten, die etwas zu nahe an das Haus heranreichten, und am Stamm sicher zu Boden zu rutschen.

Sie hatte ihn gefragt, warum er keine Sicherheitsleiter besaß, woraufhin er sie verwirrt angeschaut hatte.

Damals hatte sie über seine Erklärung gelacht, dass er das Haus schneller verlassen könnte, wenn er am Stamm eines Baumes herunterrutschte, als sich mit einer Leiter abzumühen. Aber jetzt hätte sie ganz sicher eine gebrauchen können.

Die Vorstellung, das Haus zu verlassen, in dem sie geglaubt hatte, sicher zu sein, war bestenfalls beängstigend. Vielleicht könnte sie sich den Männern im Erdgeschoss einfach ergeben, dann könnten sie sich nehmen, was sie wollten, und sie in Ruhe lassen.

»Jackpot, Frank. Schau dir mal die Freundin an. Die würde ich sofort flachlegen.«

Beth ging davon aus, dass sie das Bild gefunden hatten, das Cade gerahmt und im Flur auf dem Tisch aufgestellt hatte. Darauf kuschelte sie sich auf dem Sofa an ihn und lächelte über etwas, das er gesagt hatte. Penelope hatte das Foto in dem Moment aufgenommen, in dem er sie von oben angesehen hatte, und sein verliebter Gesichtsausdruck war offensichtlich.

»Auf keinen Fall würdest du jemals die Chance bekommen, solch ein Mädel flachzulegen, Jimmy.«

»Weiß ich selbst, aber wer hat gesagt, dass sie ein Mitspracherecht bekommt?«

Als das bösartige Gelächter über die Treppe nach oben drang, hatte Beth ihre Entscheidung getroffen. Unter keinen Umständen würde sie irgendwem die Möglichkeit geben, sie noch einmal zu vergewaltigen und zu foltern. Auf keinen Fall. Nicht wenn sie die Chance hatte, es zu verhindern.

Sie ging auf Zehenspitzen zum Fenster, denn sie wusste, dass sie unten manchmal Cades Schritte hören konnte, wenn er im Schlafzimmer herumging. Beth hielt den Atem an, als sie das Fenster öffnete, und hoffte, dass es nicht klemmte. Tat es nicht. Wie bei allem anderen sorgte Cade auch bei den Fenstern dafür, dass sie einwandfrei funktionierten, nur, um auf der sicheren Seite zu sein.

Sie hasste, was sie im Begriff stand zu tun – und hatte keine Ahnung, ob es ihr überhaupt gelingen würde –, aber ihr blieb keine Wahl. Sie dachte darüber nach, zwei Xanax-Tabletten mitzunehmen, wusste aber, dass sie die zusätzlichen fünfzehn Sekunden nicht hatte, die es dauern würde. Sie war auf sich allein gestellt. Sie musste handeln, und zwar schnell.

Beth schaute vorsichtig nach draußen und vergewisserte sich, dass niemand dort war – als würde jemand auf dem Dach warten, um sie zu schnappen –, bevor sie erst ein Bein und dann das andere über die Fensterbank schwang. Als sie mit beiden Beinen fest auf den Dachschindeln stand, schloss sie das Fenster schnell und lautlos. Sie wollte nun wirklich nicht auf dem Dach entdeckt werden, wo sie keine Fluchtmöglichkeit hatte. Sie brauchte einen Moment, bis es ihr gelang, die Hand von der Hauswand zu lösen. Es kam ihr vor, als hätte sie eine Verbindung zu dem Haus und sei sicher, solange sie nur die Backsteine berührte ... aber als sie ein Geräusch vernahm, das von drinnen kam, wurde dieser dürftige Gedanke als Lüge enttarnt.

Wie in Trance eilte Beth zu dem Baum, der zweimal so groß schien wie an dem Tag, an dem Cade ihr gezeigt hatte, was sie in einem Notfall tun sollte. Sie wusste, dass sie zu schwer und schnell atmete, konnte aber rein gar nichts dagegen tun. Trotzdem griff sie nach dem Ast und begann, vorsichtig hinunterzuklettern.

Bevor es Beth klar war, befand sie sich bereits am Boden – und erstarrte.

Auf dem Boden. Oh Gott ... sie hatte heute früh ihre Medikamente nicht genommen und konnte den Unterschied sehr deutlich spüren. Vermutlich hätte sie sich doch die Zeit nehmen sollen, um die Xanax zu holen. Anstatt sich entspannt und in der Lage zu fühlen, die Dinge zu nehmen, wie sie kamen, spürte sie, wie die Panik ihr die Kehle hinaufkroch und dort stecken blieb.

Die Welt drehte sich um sie, als sie versuchte, ruhiger zu atmen. Drinnen war sie nicht sicher, das war sie *draußen* aber ebenso wenig. Wohin sollte sie gehen? In ihrer Panik hatte sie nicht einmal daran gedacht, ihr Handy mitzunehmen oder von Cades Festnetztelefon den Notruf zu wählen, bevor sie geflohen war.

Dämlich! Dämlich! Dämlich! Jetzt wusste niemand, dass sie in Schwierigkeiten steckte – genau, wie es in Kalifornien der Fall gewesen war.

Vor ihrer Panikattacke hatte Beth versucht, sich daran zu erinnern, was Dr. Neal zu ihr gesagt hatte. Sie konzentrierte sich auf ihren sicheren Ort und versuchte nachzudenken.

Die Männer im Haus hatten keine Ahnung, dass sie dort war, andernfalls wären sie sofort nach oben gekommen. Sollte es ihr gelingen, ein Versteck zu finden, wäre alles in Ordnung. Sie würden sich nehmen, was sie haben wollten, und wieder verschwinden. Dann könnte sie wieder reingehen und Cade anrufen oder vielleicht besser seinen Freund Quint. Er arbeitete für die Polizei in San Antonio, er würde kommen und ihr helfen.

Beth ging gerade zögernd einige Schritte nach vorn, während sie wie wild versuchte zu entscheiden, wo sich das beste Versteck befand, als einer der Männer die Haustür öffnete und sie direkt anstarrte. Offensichtlich war sie weit genug gegangen, damit er sie sehen konnte.

Der Einbrecher hielt Cades Laptop und einige andere Gegenstände in den Händen und war gerade auf dem Weg zu dem verbeulten, schwarzen, unauffälligen Wagen, der in der Einfahrt parkte. Der Baum, den sie hintergeklettert war, befand sich neben dem Haus, doch Beth stand an der Vorderseite direkt in seinem Sichtfeld.

»Hey!«

Beth gab dem Mann nicht mehr Zeit, irgendetwas anderes zu sagen, bevor sie herumwirbelte und auf die Bäume hinter Cades Haus zulief.

Er hatte ihr gesagt, dass der nächste Nachbar mehr als anderthalb Kilometer entfernt sei, doch es war ein Vormittag an einem Wochentag. Die meisten Menschen waren vermutlich bei der Arbeit. Niemand wäre zu Hause, um sie hereinzulassen oder ihr zu helfen.

Beth war nicht in Bestform. Sie wusste, dass ihre beste Chance auf Flucht darin bestand, sich in den Bäumen zu verlieren – wenn es ihr nur gelänge, sie zu erreichen, bevor die Männer zu ihr aufschlossen. Sie erinnerte sich an die Geschichte, wie Corrie einen Baum hinaufgeklettert war, um sich vor den Männern zu verstecken, die hinter ihr her waren. Wenn Corrie es blind geschafft hatte, konnte Beth es ganz sicher auch schaffen.

»Frank! Jemand war im Haus, sie hat mich gesehen! Los, komm schon, wir müssen sie schnappen!«

Beth hatte kaum die Worte gehört, da lief sie schon in die relative Sicherheit des Waldes. Als sie wegen eines Schmerzes im Fuß stolperte, schaute sie im Laufen nach unten. Verdammt. Sie hatte nicht einmal Schuhe angezogen und es war ihr gerade erst bewusst geworden, als sie auf eine der verdammten Kletten trat, für die Texas bekannt ist. Dieses verflixte Unkraut wucherte überall und tat sehr weh.

Ohne langsamer zu werden, schob sie den Schmerz der heimtückischen Kletten beiseite, die aus dem Nichts aufzutauchen und sich in ihre empfindlichen Fußsohlen zu bohren schienen. Als sie endlich die Bäume erreichte, behielt Beth ihren geraden Kurs so lange bei, bis sie sich umdrehte und das Haus nicht mehr sehen konnte. Dann bog sie abrupt nach rechts ab und versuchte, sich so weit wie möglich von den Männern zu entfernen, bevor sie durch das Gehölz kommen und sie sehen würden.

Die Einbrecher versuchten während ihrer Verfolgung nicht, leise zu sein. Sie brüllten Drohungen und Warnungen darüber, was sie ihr antun würden, wenn sie sie geschnappt hätten. Da Beth wusste, dass sie bei jeglicher körperlichen Auseinandersetzung den Kürzeren ziehen würde, versuchte sie, einen Ort zu finden, an dem sie sich verstecken konnte, bis die Männer aufgaben. Mit etwas Glück würden sie denken, dass sie es zu einem der benachbarten Häuser geschafft hatte, und abhauen.

Es gab keine Bäume, auf die sie klettern konnte, um sich darauf zu verstecken, dieser Plan schied also aus. Doch endlich sah Beth etwas, von dem sie glaubte, dass es funktionieren könnte. Da sie wusste, dass sie kurz davor stand zu hyperventilieren und anhalten musste, warf sie sich in den Graben und griff wie wild nach den nahe gelegenen Ästen und Blättern in dem Versuch, sich von Kopf bis Fuß mit dem Waldabfall zu bedecken. Es war nicht ideal, aber derzeit blieb ihr keine andere Wahl.

Beth weigerte sich, darüber nachzudenken, wie verletzlich und verängstigt sie war, und versuchte stattdessen, sich darauf zu konzentrieren, ihren Atem zu beruhigen. Sie würde niemals lange unentdeckt bleiben, wenn sie weiter so laut keuchte. Es fiel ihr unheimlich schwer, sich ihren sicheren Ort vorzustellen, da sich vor ihrem inneren Auge einzig die Erinnerungen an Hurst abspielten, der sie festhielt und ihr wehtat. Die Bilder waren lebhaft und die derzeitige Situation brachte sie wieder in den Vordergrund.

Beth hörte, wie die Männer ihrem Versteck immer näher kamen, und wimmerte beinahe laut, bevor sie sich so fest auf die Lippe biss, dass es blutete.

»Das Miststück muss doch hier irgendwo sein, sie kann sich ja nicht in Luft aufgelöst haben.«

»Wo zum Teufel steckt sie dann? Siehst du sie irgendwo? Und wo zur Hölle ist sie überhaupt hergekommen?«

»Sie muss im Haus gewesen sein.«

»Ich dachte, du hättest es observiert, Frank! Du hast gesagt, der Kerl von der Feuerwehr lebt allein.«

»Das hat er auch ... zumindest hat er das getan, als ich ihm das letzte Mal nach Hause gefolgt bin.«

Sie hörte ein lautes Klatschen, dann grunzte einer der Männer. »Nun, offensichtlich ist in der Zwischenzeit irgendwann die Freundin bei ihm eingezogen, was?«

Beth atmete so flach wie möglich, damit die Blätter, die sie bedeckten, nicht raschelten und ihr Versteck verrieten.

»Los, das Miststück ist mittlerweile wahrscheinlich schon auf dem Weg zum Nachbarn. Verschwinden wir von hier.«

Die Stimmen der beiden Männer wurden leiser und verstummten, aber Beth wagte es nicht, sich zu bewegen. Sie konnte nicht wissen, ob sie wirklich gegangen waren oder nur so taten, damit sie aus ihrem Versteck käme und sie sie in die Finger kriegen könnten.

Beth schloss die Augen und stellte sich ihren sicheren Ort vor, genau wie Dr. Neal es ihr beigebracht hatte. Wenn sie sich nur stark genug konzentrierte, gelang es ihr fast, sich dorthin zu träumen.

Beth weigerte sich, die Gedanken eines anderen Tages und eines anderen Ortes an ihren sicheren Ort dringen zu lassen, und gab sich große Mühe, nicht durchzudrehen.

KAPITEL VIERUNDZWANZIG

»Sledge, wie geht es Beth?«, fragte Crash, als sie sich zwischen zwei Einsätzen im Fernsehzimmer von Wache sieben entspannten.

»Besser. Neulich haben wir tatsächlich draußen auf der Terrasse gegessen. Für sie ist das ein großer Schritt.«

»Das ist toll«, sagte Crash ehrlich begeistert. »Und ich kann sehen, dass du sehr viel glücklicher bist, du Mistkerl.«

Als die anderen lachten, meldete sich Driftwood zu Wort. »Ja, sie kümmert sich anscheinend seeeehr gut um dich.«

Cade warf seinem Freund ein Kissen an den Kopf. »Wir kümmern uns gut umeinander«, entgegnete er unbeschwert, ohne im Geringsten peinlich berührt zu sein, weil seine Freunde wussten, dass er regelmäßig Sex hatte.

Später schrieb Cade zum zweiten Mal eine Nachricht an Beth. Er hatte auf seine erste SMS keine Antwort bekommen und wollte sich nach ihr erkundigen.

Ich vermisse dich. Wie war dein Tag bisher?

Als er nach zwanzig Minuten keine Rückmeldung erhalten hatte, wurde Cade besorgt. Normalerweise antwortete sie ihm sofort auf seine Nachrichten. Er tippte eine weitere SMS.

Beth? Ist alles in Ordnung?

Er wartete weitere zehn Minuten, aber als der Alarm durch die Wache dröhnte, hatte er keine Gelegenheit, sich weiter darum zu sorgen, da er in seine Einsatzuniform schlüpfte und zum Löschwagen eilte.

Als er anderthalb Stunden später zurückkehrte, nachdem sie einen Brand unter Kontrolle gebracht hatten, der in der Waschküche einer älteren Dame ausgebrochen war, überprüfte Cade sein Handy und sah, dass Beth immer noch nicht geantwortet hatte.

Er war nun extrem besorgt und wusste instinktiv, dass etwas nicht stimmte, da Beth seine Kommunikationsversuche unmöglich so lange ignorieren würde. Umgehend machte er sich auf den Weg zum Büro des Feuerwehrchefs. Er musste nach Hause fahren. Sofort.

Nachdem er die Erlaubnis erhalten hatte, seine Schicht vorzeitig zu beenden, fuhr Cade so schnell wie möglich durch die Kurven zu seinem Viertel, während Penelope sich im Wageninneren festklammerte. Sie hatte gesehen, wie er zu seinem Wagen geeilt war, und war, ohne zu fragen, eingestiegen. Während der Fahrt hatte sie sowohl Hayden im Büro des Sheriffs als auch Quint bei der Polizei von San Antonio angerufen und sie gebeten, sicherheitshalber zu Cades Haus zu kommen.

Quint hatte sie einen Moment lang warten lassen, dann war er wieder an den Apparat gekommen und hatte gesagt, dass weder von Cades Haus noch aus seinem Viertel ein Notruf eingegangen sei.

Das beruhigte Cade jedoch nicht im Geringsten. Er bekam die Vorstellung einer verletzten, blutenden Beth einfach nicht aus dem Kopf. Sie könnte in der Dusche ausgerutscht sein, sich den Kopf angestoßen haben und nun bewusstlos in seinem Badezimmer liegen. Vielleicht hatte sie sich geschnitten, als sie etwas zu essen machen wollte. Gott bewahre, dass sie mit dieser Feuersache rückfällig geworden war und in seinem brennenden Haus festsaß.

Die furchtbaren Situationen, in denen Beth sich wiederfinden könnte und die es ihr unmöglich machen würden, zum Telefon zu gelangen, überschlugen sich in seinem Kopf.

Er bog in seine Einfahrt und sah, dass Quint bereits vor ihnen eingetroffen war. Cade stellte den Motor ab, sprang aus dem Wagen und lief zur Haustür, die offen stand. Bevor er eintreten konnte, hielt Quint ihn auf.

»Die Tür war geöffnet, als ich ankam, Cade. Ich muss das Haus durchsuchen. Bleib hier.«

»Einen Scheiß werde ich tun. Was, wenn Corrie dort drinnen wäre?« Cade wusste, dass es ein Tiefschlag war, aber er konnte nicht einfach herumstehen, wenn Beth möglicherweise verletzt im Haus lag.

»Dann würde ich dafür sorgen wollen, dass ich sie in keine noch größere Gefahr bringe, indem ich, ohne nachzudenken oder herauszufinden, was sich zugetragen hat, ins Haus stürme«, entgegnete Quint sofort.

Cade seufzte und – da er die Situation beschleunigen wollte – gestikulierte ungeduldig zur Tür. »Also schön, sieh schon nach. Beeil dich bitte.«

Quint nickte und biss entschlossen die Zähne zusammen, als er seine Waffe aus dem Holster zog und sie auf dem Weg ins Haus schussbereit vor sich ausgestreckt hielt.

Cade wartete mit kaum verhohlener Ungeduld auf Quints Rückkehr. Er ging nervös vor der Tür auf und ab und malte sich das Schlimmste aus.

»Cade ... schau mal«, sagte Pen und deutete zu Boden.

Er blickte dorthin, wo seine Schwester hingezeigt hatte, und sah Fußspuren auf dem trockenen, staubigen Untergrund neben seinem Haus. Er runzelte die Stirn und ging gerade einen Schritt darauf zu, als Hayden eintraf. »Ist Quint drinnen?« Ihre Worte waren nüchtern und auf den Punkt.

»Ja. Sieh dir das an«, sagte Cade und zeigte auf die Fußspuren. Da waren kleinere, aber auch größere. Alle von ihnen befanden sich in großem Abstand zueinander, als seien drei Personen gelaufen. »Diese hier müssen von Beth stammen.«

»Nimm es mir nicht übel, aber würde sie tatsächlich draußen sein?«, fragte Hayden.

»Vielleicht«, antwortete Penelope anstatt ihres Bruders, »wirken die Medikamente, die sie nimmt, sehr gut und sie hat daran gearbeitet, Zeit vor dem Haus zu verbringen.«

Als Hayden sie ungläubig ansah, schaltete Cade sich ein. »Sie würde nicht für einen Nachmittagsspaziergang nach draußen gehen.« Er schaute zu dem großen Baum hinauf. »Ich habe ihr einmal gezeigt, wie sie aus unserem Schlafzimmerfenster klettern und an diesem Baum hinunterrutschen kann, sollte das Haus jemals in

Flammen stehen und die anderen Ausgänge versperrt sein.«

Quint erschien wieder an der Haustür. »Drinnen ist alles sauber, aber von Beth fehlt jede Spur. Ich hasse es, derjenige zu sein, der dir das sagen muss, aber es sieht so aus, als seist du ausgeraubt worden, Cade. Du wirst reinkommen und nachsehen müssen, was fehlt.«

»Das ist es. Herrgott. Jemand ist eingebrochen, während sie im Haus war, sie ist durch das Fenster entkommen und in den Wald gelaufen. Erinnert ihr euch, wie fasziniert sie von Corries Geschichte war? Ich bin mir sicher, dass sie sich daran erinnert hat, wie sie ihren Entführern entkommen ist, indem sie in den Wald gelaufen und auf einen Baum geklettert ist. Das muss sie auch getan haben.« Cade weigerte sich zu glauben, dass jemand sie noch einmal entführt hatte, darüber hinaus ergab kein weiteres Szenario einen Sinn. Wenn jemand in sein Haus eingebrochen war, während sie sich im Inneren aufhielt, hätte es die Erinnerungen an ihre Entführung geweckt. Vermutlich war sie abgehauen und hatte den Baum als Leiter benutzt, um das Haus zu verlassen. Noch bevor Cade zu Ende gesprochen hatte, setzte er sich bereits in Bewegung. Hayden, Penelope und Quint hatten Mühe, ihm nachzugehen.

Sie folgten den Fußspuren, so weit sie konnten, bis der staubige Untergrund endete und das Gras anfing. Sie gingen weiter in den Wald hinein und hofften inständig, Beth zu finden, die auf sie wartete.

»Beth! Bist du hier?«, rief Penelope.

»Teilen wir uns auf. Cade, du und Hayden geht hier entlang und Penelope und ich werden diesen Weg nehmen«, sagte Quint ruhig. »Wir werden sie finden.«

Ohne den Worten seines Freundes zuzustimmen oder sie zu bestätigen, setzte Cade sich ostwärts in Bewegung und gab sich im Stillen allerlei Schimpfnamen, weil er nicht da gewesen war, um Beth zu beschützen, wie er es ihr versprochen hatte.

Er konnte hören, wie Penelope und Quint Beths Namen riefen, als sie sich von ihnen entfernten. Hayden tat es ihnen gleich und rief ebenfalls nach Beth, während die beiden das dichte Waldstück nach irgendeiner Spur von ihr durchkämmten.

»Sorge dafür, dass du sowohl nach unten als auch nach oben schaust«, wies Hayden ihn an. »In Corries Fall war es erstaunlich effektiv.«

Die beiden entfernten sich etwa drei Meter voneinander und suchten sowohl den Boden als auch die Baumwipfel ab, wobei sie immer wieder Beths Namen riefen.

Cade hörte, wie Hayden ihm etwas zurief, verstand aber nicht, was sie sagte. Er schaute zu ihr hinüber und sah, wie sie loslief. Sofort folgte er ihr, denn er wusste, dass Hayden nicht einfach so durch den Wald laufen würde, hätte sie nicht etwas Wichtiges gefunden.

Es dauerte einen Moment, aber Cade erhöhte das Tempo, als er erblickte, was Hayden offensichtlich gesehen hatte. Beth. Eine überaus zerzauste Beth, aber sie lebte.

Sie machten mehr Krach als eine Herde Elefanten, doch Cade bemerkte es nicht einmal. Seine gesamte Aufmerksamkeit galt der Frau, die er befürchtet hatte, nie wieder lebendig zu sehen. Hayden und er kamen gleichzeitig bei Beth an, woraufhin Cade ihr die Hand auf den Rücken legte und erleichtert war, als er ihre schnellen Atemzüge spürte.

Beth stand barfuß zwischen drei Bäumen und hatte die Arme um einen der Stämme geschlungen, als würde sie ihn umarmen. Cade fühlte sich, als sei *er* dieses Mal derjenige, der die Panikattacke bekommt, und sah Beth verwirrt an, als sie sich mit einem breiten Lächeln im Gesicht zu ihnen umdrehte.

Ein Grinsen war das Letzte, das er erwartet hatte zu sehen. Seit er Beth kannte, hatte er sie noch nie so glücklich gesehen, draußen zu sein. Sie sah nie wirklich unglücklich aus, doch sie strahlte immer Besorgtheit und Konzentration aus. Aber in diesem Moment stand ihr die Freude buchstäblich ins Gesicht geschrieben.

Sie war von Kopf bis Fuß dreckig, auch sein T-Shirt der Wache sieben, das sie gern stibitzte, war dreckverschmiert und Cade sah, dass einige sture, welke Blätter daran klebten. In ihrem Haar hingen ein winziger Zweig und weiteres Laub. Ihre Jogginghose war ihr so weit am Körper heruntergerutscht, dass er beinahe ihren Hintern sehen konnte, als sie dort standen.

Aber dennoch war es das Lächeln, das absolut fehl am Platz war.

»Cade.« Beth hauchte seinen Namen.

Er konnte die Erleichterung in der einen Silbe hören, als käme sie tief aus ihrem Inneren. Er ging einen Schritt auf sie zu und schlang den Arm um ihre Taille. »Geht es dir gut?«

»Erstaunlicherweise ja, tut es.«

Er berührte mit der anderen Hand ihr Gesicht und streichelte mit den Fingerknöcheln über ihre Wange. Sie hatte den Klammergriff um den Baumstamm nicht gelöst, folgte Cade aber aufmerksam mit ihrem Blick. Als er sie berührte, seufzte sie und er spürte, wie sie sich ein wenig an seine Handfläche lehnte.

»Was ist passiert?«, fragte Hayden und sah sich um, als würden die Bösewichte jeden Moment hinter einem Baum hervorspringen.

Penelope und Quint gesellten sich zu dem Trio. Penelope lief zu Beth, umarmte sie unbeholfen – sie hatte den Baumstamm immer noch nicht losgelassen und Cade hatte weiterhin seinen Arm um ihre Taille geschlungen – und rief: »Gott sei Dank! Wir haben uns solche Sorgen um dich gemacht!«

»Was ist passiert?«, wollte Quint von Hayden wissen.

»Keine Ahnung, sie hatte bislang noch keine Gelegenheit, es uns zu erzählen.«

»Du bist jetzt in Sicherheit, du kannst den Baum loslassen«, sagte Cade zu Beth und legte seine freie Hand auf ihren Unterarm, um sofort ihre Hand ergreifen zu können, wenn sie den Stamm losließe.

»Es ist so unglaublich seltsam, Cade«, sagte Beth zu ihm, ohne den Griff vom Stamm zu lösen. »Ich lag völlig verängstigt unter einem Haufen Blätter und wusste, dass die Männer auf mich warten würden, um mich zu schnappen, wenn ich es wagte herauszukommen ... und dann wurde mir klar ... dass ich draußen war. Ganz allein. Niemand wusste, wo ich war – und es ging mir gut. Ich hatte Angst und ich habe Panik verspürt – ich verspüre sie *immer noch* –, aber ich habe es geschafft. Ohne mein Feuerzeug. Ohne Medikamente. Ohne dass du oder Pen meine Hand gehalten habt. Ich. Ganz allein.«

Cade verstand es – und er war so stolz auf sie. »Ich habe dir von Anfang an gesagt, wie stark du bist, Beth. Einerseits tut es mir leid, dass du dies durchmachen musstest, aber andererseits bin ich begeistert, dass du dadurch erkannt hast, was wir alle schon die ganze Zeit wussten.«

Einen Moment lang grinsten sie sich wie zwei Verrückte an, bevor Cade mit leiser Stimme zu ihr sagte: »Ich muss dir allerdings sagen, dass *ich* etwas neben mir stehe. Würde es dir etwas ausmachen, wenn du mich anfasst anstatt diesen Baum? Ich könnte eine Umarmung gebrauchen.«

Es war, als hätten seine Worte die zerbrechliche Kontrolle ihrer Gefühle durchdrungen. Beth ließ los und drehte sich zu Cade um. Er schloss sie fest in die Arme und seufzte erleichtert auf.

Die letzten dreißig Minuten waren die absolute Hölle gewesen. Nicht zu wissen, wo sie war, was passiert war oder ob es ihr gut ging, hatte an ihm genagt. Es hatte ihn viel zu sehr an die Tage erinnert, nachdem sie nach Pennsylvania abgehauen war. Beth schlang die Arme um seine Taille und der Klumpen, der ihm im Magen gelegen hatte, wurde zum ersten Mal kleiner.

»Du zitterst«, sagte Beth, ohne den Kopf zu heben.

»Adrenalinabfall«, erklärte Cade, ohne sich darum zu scheren, dass die anderen immer noch um sie herumstanden und Zeuge seines Zitterns wurden.

»Kannst du uns zumindest die Kurzversion von dem erzählen, was passiert ist?«, forderte Hayden, die offensichtlich kurz davor stand, die Geduld zu verlieren, zum dritten Mal.

Jetzt, da Beth sicher in Cades Armen lag, konnte sie problemlos über den Vorfall sprechen, der sie dazu gebracht hatte, in den Wald zu laufen. »Ich lag noch im Bett, als ich jemanden im Haus hörte. Sie haben darüber gesprochen, es auszurauben und dass sie Cade beobachtet haben. Sie haben unser Foto gesehen, Pen, und Bemerkungen darüber gemacht, mich ›flachlegen‹ zu wollen. Mir wurde klar, dass sie mir vermutlich etwas tun würden, wenn ihnen bewusst wäre, dass ich mich im Haus aufhalte. Da es drinnen kein gutes Versteck gab, bin ich aus dem Fenster geklettert und am Baum runtergerutscht. Ich wollte mich gerade irgendwo draußen verstecken, als einer der beiden rauskam und sah, wie ich dort stand und versucht habe, nicht durchzudrehen. Ich bin in den Wald gelaufen und habe mich versteckt. Sie konnten mich nicht finden und haben beschlossen abzuhauen. Jetzt seid ihr hier.«

»Wann ist das passiert?« Quints Stimme war absolut sachlich, als er diese Frage stellte.

»Wie spät ist es jetzt?«

»Dreizehn Uhr dreißig.«

»Wow, äh, vielleicht so gegen zehn?«

»Du bist seit drei Stunden hier draußen?«, fragte Cade ungläubig.

»Wahrscheinlich eher dreieinhalb«, sagte Beth zu ihm, da sie die zusätzlichen dreißig Minuten angerechnet bekommen wollte. Angesichts der Tatsache, wie wacker sie sich geschlagen hatte, schien es wichtig, sie dazuzuzählen.

»Ich liebe dich«, sagte Cade mit sanfter Stimme zu ihr und drückte sie erneut an sich.

»Wir müssen zum Haus zurückkehren«, sagte Quint zu der Gruppe. »Cade, du musst nachsehen, was entwendet wurde, und ich muss die Verstärkungsbeamten koordinieren, die vermutlich mittlerweile eingetroffen sind. Sie werden nach uns suchen und wir brauchen eine Beschreibung der Männer, damit wir eine Fahndung nach ihnen ausschreiben können.«

Beth trat einen Schritt zurück und zuckte zusammen. Jetzt, da sie nicht mehr allein war und keine Panik hatte, machten sich die winzigen Kletten an ihren Füßen bemerkbar.

»Was ist los?«, fragte Cade drängend und sah selbst aus, als stände er kurz vor einer Panikattacke.

Beth hob ein Bein an und zeigte es ihm. »Habe ich dir jemals gesagt, wie sehr ich diese verdammten Dinger hasse?«

Cade zögerte nicht. Er bückte sich und hob Beth an, als sei sie nicht bloß wenige Zentimeter kleiner als er. »Halt dich fest.«

Beth beschwerte sich nicht, als sie zurück zum Haus gingen – diese Scheißdinger taten weh. Sie war sogar noch ruhiger, als Penelope beim Gehen die Hand auf ihr Bein legte. Von den beiden Menschen umgeben zu sein, die sie am besten kannten, machte es ihr um ein Vielfaches leichter, draußen zu sein.

Beth saß ganz still und biss die Zähne zusammen, als Crash sich mit einer Pinzette an ihren Füßen zu schaffen machte. Pen hatte den Feuerwehrchef angerufen, um ihm Bescheid zu sagen, was passiert war, und ihn darüber zu informieren, dass Beth nun in Sicherheit war. Quint hatte über Funk medizinische Unterstützung angefordert, als er das Ausmaß der Verletzungen an ihren Füßen gesehen hatte, und jetzt hatte es den Anschein, als seien alle Freunde von Cade dort.

Sie sog zischend die Luft ein und versuchte ihr Möglichstes, um nicht vor dem Mann zurückzuweichen, der am anderen Ende des Sofas saß und ihr die Klettenstacheln eine nach der anderen aus den Fußsohlen zog.

»Verdammt, das tut weh«, sagte Beth mit schmerzerfüllter Stimme.

»Ja, diese Dinger sind echt scheiße«, bemitleidete Crash sie. »Aber natürlich hatte ich noch nie mehr als hundert gleichzeitig in meiner Haut stecken. Du bist einfach eine Streberin.«

Beth wusste seinen Versuch, die Stimmung aufzulockern, zu schätzen. Sie richtete den Blick auf Cade, der auf der anderen Seite des Zimmers stand und Quint mitteilte, welche Gegenstände er als gestohlen erachtete. Beth hatte ihm die Namen der Männer mitgeteilt, die sich im Haus aufgehalten hatten, Frank und Jimmy, und ihm eine grobe Beschreibung von Jimmy und dem Wagen gegeben. Es lief nun eine Fahndung nach den Männern und ihrem Fahrzeug. Sollte es eine Chance geben, sie zu schnappen, wäre es am besten, wenn es so schnell wie möglich nach der Tat passierte.

Obwohl in das Haus eingebrochen wurde, fühlte Beth sich jetzt, da sie drinnen war, ruhiger ... geerdet. Sobald sie zurückgekommen waren, hatte Cade ihr ihre Medikamente verabreicht, und sie spürte, wie sie sich noch mehr entspannte, als sie in ihren Blutkreislauf eindrangen.

Beth zuckte zusammen, als ein weiterer Stachel aus ihrer Haut entfernt wurde, und versuchte, sich von dem abzulenken, was Crash tat.

»Sag mal ... Crash ... wie hast du diesen Spitznamen bekommen?«

Als wüsste er, was sie vorhatte, hielt Crash sie bei

Laune. »An meinem ersten Arbeitstag gab es vier Verkehrsunfälle. Sobald wir von einem zurückgekehrt waren, wurden wir schon zum nächsten geschickt. Die anderen Jungs beschlossen, dass es meine Schuld sei, und tauften mich Crash.«

»Wie lautet dein richtiger Name?«

Crash schaute zu ihr auf und zog eine Augenbraue hoch. »Ich weiß nicht, ob ich ihn dir verraten will.«

»Wieso nicht?«, fragte Beth beinahe beleidigt.

»Ich weiß, was du mit diesem Computer machst. Wahrscheinlich meldest du mich bei irgendeinem seltsamen Dienst an, als singender Nachrichtenbote oder so was.«

Beth lachte. »Erstens, Crash, wenn ich dich ärgern wollte, müsstest du mir nicht deinen Namen sagen, damit es mir möglich wäre. Ich könnte ihn innerhalb von Minuten herausfinden. Und zweitens bin ich sehr viel kreativer. Trau mir ein bisschen mehr zu.«

Crash beugte sich wieder zu ihren Füßen hinunter und fuhr damit fort, die Stacheln aus ihren Sohlen zu ziehen. »Das stimmt wahrscheinlich. Ich heiße Dean. Aber keiner nennt mich so.«

»Keiner?«

»Nein.«

»Nie?«

Genervt von ihrer Hartnäckigkeit, schaute Crash noch einmal zu ihr auf. »Nein, nie.«

»Wenn du also mit einer Frau im Bett bist, dann schreit sie: ›Oh, Crash, fester. Ja, Crash, genau dort.‹ Das ist seltsam und ein bisschen unheimlich.« Beth lachte über den ungläubigen Blick, den Cades Freund und Feuerwehrkollege ihr zuwarf. »Ernsthaft, es ist seltsam.

Vertrau mir. Wenn du eine Frau findest, an der du echtes Interesse hast, stelle dich ihr nicht als Crash vor. Sag: ›Hi, mein Name ist Dean, freut mich, dich kennenzulernen.‹ Ich glaube, dann wird die Sache für dich weitaus besser laufen.«

»Versuchst du ernsthaft, mir mit meinem Liebesleben zu helfen?«

»Jup.«

Crash grinste und versuchte, sie finster anzublicken, versagte aber vollkommen.

Er wechselte das Thema und sagte: »Ich denke, ich bin hier fertig. Du solltest eine Weile nicht herumlaufen, denn deine Füße werden wund sein. Du musst außerdem für mindestens vierundzwanzig Stunden immer wieder die antibiotische Salbe auftragen, um dafür zu sorgen, dass die Entzündung nicht schlimmer wird. Mit blutenden Füßen im Dreck herumzulaufen hat ihnen nicht gutgetan. Wenn sie weiterhin gerötet sind, musst du zum Arzt gehen. Hast du mich verstanden?«

Beth wollte weiter über Crash und sein Liebesleben sprechen, aber als sie verstand, dass der Moment vorbei war, seufzte sie erleichtert auf, da sie wusste, dass das quälende Entfernen der Klettenstacheln ebenfalls vorüber war. Sie lächelte zufrieden, als sie Cades Hand in ihrem Nacken spürte.

»Ich werde auf sie aufpassen und wenn nötig mit ihr zum Arzt fahren. Danke, Crash.«

»Gern geschehen. Bist du mit Quint fertig?«

Cade nickte.

»Glaubst du, dass die Polizei sie schnappen wird?«, fragte Beth und hielt Cades Hand fest.

»Hoffentlich. Quint sagte, du wirst sie identifizieren

müssen, falls es dazu kommt. Er kann eine Aufreihung von Bildern zu uns nach Hause bringen.«

»Okay, ich werde mein Bestes tun. Ich bin mir allerdings nicht sicher, ob ich sie erkennen werde«, sagte Beth mit leicht besorgtem Unterton. »Ich war gestresst und habe den einen Kerl nicht so genau gesehen, wie ich es hätte tun sollen. Den zweiten habe ich gar nicht erst zu Gesicht bekommen.«

Cade küsste sie seitlich auf den Kopf. »Keine Sorge, Liebes.«

»Was, wenn sie zurückkommen?«

Cade lehnte sich etwas zurück und sah Beth in die Augen. »Du bist hier in Sicherheit, Beth. Ich weiß, dass ich mich nicht besonders gut angestellt habe, um dafür zu sorgen, aber ich habe bereits eine Sicherheitsfirma angerufen und einen Termin vereinbart, um eine Alarmanlage installieren zu lassen. Ich hätte es vorher tun sollen, aber ich bin selbstgefällig geworden. Das hier ist jetzt dein Zuhause. Ich will, dass du dich absolut sicher fühlst. Ich bin sauer, dass diese Kerle eingedrungen sind und dir Angst eingejagt haben, selbst wenn es nur eine Sekunde gedauert hätte.«

Als Crash bemerkte, dass seine Freunde eine tiefgehende Unterhaltung führten, erhob er sich. »Ich werde nur schnell meine Sachen zusammensuchen. Vergiss nicht, der Feuerwehrchef hat gesagt, dass du heute nicht mehr reinzukommen brauchst, Sledge.«

»Bedanke dich für mich bei ihm.«

»Das werde ich tun.«

»Crash?«, sagte Beth, bevor er ging.

»Ja?«

»Das mit dem Namen meinte ich ernst. Und du weißt

nie, wann du der Frau begegnen wirst, die für dich bestimmt ist. Sieh also zu, dass du deine fünf Sinne beisammenhältst, ja?«

»Ich weiß, dass es dir ernst war, und ich werde es im Hinterkopf behalten.« Er hob die Finger an den Kopf, als wollte er sich an einen unsichtbaren Hut tippen. »Gönne deinen Füßen eine Pause.«

»Ja, Sir.«

Crash lächelte sie an und ging zur Haustür.

»Was war das denn?«, fragte Cade verwirrt.

»Gar nichts.« Beth winkte ab und kehrte zu seiner vorherigen Bemerkung über die Alarmanlage zurück. »Cade, ich *fühle* mich sicher hier. Du hast mir als Erstes beigebracht, wie ich im Fall der Fälle das Haus verlassen kann, und das war es, was mich gerettet hat. Sie haben darüber gesprochen, was sie mit mir machen würden, wenn ich hier wäre ... ich hatte keinen Ort, an dem ich mich verstecken konnte. Dass du mir das mit dem Baum beigebracht hast, hat mich davor bewahrt.«

Offensichtlich glaubte Cade ihr nicht, denn er entgegnete: »Ich bin überaus dankbar, dass du es aus dem Haus rausgeschafft hast, aber ich bin trotzdem sauer, dass es überhaupt so weit kommen musste. Ich werde hier sein, wenn in zwei Tagen die Alarmanlage installiert wird, denn ich will nicht, dass du ein seltsames Gefühl bekommst, weil Fremde im Haus sind. Es ist ein Spitzenmodell. Es kann an unsere Tablets und Laptops angeschlossen werden, damit wir von überall Zugriff darauf haben und das System überwachen können. Sie werden dir zeigen, wie man den Alarm einschaltet und –«

»Cade, ich bin eine Hackerin. Ich denke, es wird mir möglich sein, die Funktionsweise des Alarms zu verstehen, ganz besonders nachdem sie die Software auf meinem Laptop installiert haben. Gott sei Dank hatten die Einbrecher keine Zeit, ihn mitzunehmen, als sie das andere Zeug eingesackt haben. Genauer gesagt werde ich wahrscheinlich mit dem Alarm herumspielen und ihn noch besser machen, wenn sie weg sind.«

»Oh ja ... das habe ich vergessen.«

»Du hast vergessen, dass ich eine Hackerin bin?«

»Ja.«

»Ich liebe dich.«

»Äh ... danke. Ich liebe dich auch.«

Als sie sah, wie verwirrt er über ihre begeisterte Reaktion darauf war, ihre Computerfähigkeiten vergessen zu haben, erklärte Beth schnell: »Danke, dass du trotz all meiner Probleme das Gute in mir siehst. Ich weiß, dass das Zusammenleben mit mir kein Zuckerschlecken ist. Wie Dr. Neal bereits sagte, werde ich in der Öffentlichkeit vermutlich immer nervös sein. Ich mache Fortschritte, die sehe selbst ich, und es kann sein, dass ich es sogar schaffe, früher oder später zu dem Softballspiel zu gehen, aber Ausflüge nach Disneyland werde ich niemals hinbekommen. Vielleicht nicht einmal zu Walmart. Ich habe noch nicht einmal versucht, das in Angriff zu nehmen.«

»Und das brauchst du auch nicht. Es gibt viele andere Orte, an denen wir einkaufen können.«

»Ich weiß, aber darum geht es nicht. Es geht darum, dass du mir ein Gefühl von Sicherheit gibst. Das wurde mir klar, als ich in Pennsylvania war. Nicht meine Wohnung. Nicht dein Haus. Nicht Feuerzeug und Feuer, nicht einmal mein Computer. Du.«

»Aber heute warst du allein und ich war nicht bei dir.«

»Aber du *warst* da«, versuchte Beth zu erklären. »Als ich mich versteckt und versucht habe, nicht zu hyperventilieren, habe ich an meinen ›sicheren Ort‹ gedacht. Das hat Dr. Neal mir beigebracht. Wenn ich gestresst und unsicher bin, soll ich mir meinen sicheren Ort vorstellen. Für einige ist es der Strand. Für andere ist es ein See oder ein anderer Ort, an den derjenige gute Erinnerungen hat. Für mich? In deinen Armen. Ich musste nur die Augen schließen und mir vorstellen, wie du die Arme um mich schlingst, und schon habe ich mich sicher gefühlt. Ich schwöre, ich konnte beinahe die Hitze deines Körpers und deinen Herzschlag an meiner Wange spüren, als ich mich versteckt habe. Ich wusste, dass du kommen würdest. Der Baum war ein schlechter Ersatz für deinen Körper, aber er hat es mir gestattet, mich an ihm festzuhalten, bis du gekommen bist und mich gefunden hast.«

Cade zog Beth in die Arme, ohne darüber nachzudenken, dass seine Schwester und Freunde sich immer noch in seinem Haus aufhielten. Er öffnete den Mund, um etwas zu sagen, aber Beth kam ihm zuvor.

»Diese Feuergeschichte tut mir leid. Ich habe nie Gelegenheit bekommen, dafür um Entschuldigung zu bitten. Es war dumm und ich hätte mich schrecklich gefühlt, wenn ich mit den Feuern, die ich entzündet habe, jemanden verletzt hätte. Ich weiß, warum du so reagiert hast, und du hattest vollkommen recht damit. Ich schwöre, es wird nicht mehr vorkommen. Nie mehr.«

»Das wird nicht nötig sein. Ich stehe hinter dir, Beth. Immer.«

»Alles klar bei euch?«

Als sie aufblickten, sahen sie Hayden, die sie von oben ansah. Sie hatte einen seltsamen Gesichtsausdruck, den Beth nicht zuordnen konnte. Sie sah beinahe traurig aus ... und das war eine Emotion, die Beth, seit sie den zähen Hilfssheriff kannte, noch nie gesehen hatte. Sie war immer die knallharte Polizistin, die keinerlei Gefühle zeigte.

»Wir sind okay«, entgegnete Cade nüchtern.

»Gut, dann lasst Quint jetzt seine Arbeit machen. Ich bin froh, dass dir nichts passiert ist, Beth. Ich schwöre bei Gott, ich habe keine Ahnung, was es mit Bäumen und Frauen, die sich selbst retten, auf sich hat, aber es freut mich, dass du den Mut hattest, das Haus zu verlassen und dich in Sicherheit zu bringen. Wir sehen uns, Sledge.«

Nachdem sie sich umgedreht hatte und gegangen war, sah Beth zu Cade. »Wird sie sich wieder fangen?«

Er schaute zu der Tür, durch die Hayden verschwunden war. »Ja. Sie ist Hayden. Sie ist hart wie Stahl, sie kann nichts erschüttern. Ich schätze, als wir hinter meinem Haus durch den Wald gelaufen sind, hat es bei ihr Erinnerungen daran geweckt, wie Corrie sich gerettet hat.« Er zuckte mit den Schultern.

»Kam Hayden dir traurig vor?«

»Hayden ist nie traurig.«

»Cade. Sie hat traurig gewirkt«, wiederholte Beth mit mehr Nachdruck.

»Gut, ich glaube es dir ja. Aber derzeit mache ich mir mehr Sorgen um dich. Ich glaube, du musst duschen ... und vielleicht ein Nickerchen machen.«

Beth lächelte zu dem Mann auf, den sie mehr als alles andere auf der Welt liebte. »Ja, ich glaube, du hast recht. Aber ich denke, ich sollte nicht allein gelassen werden.«

»Wie gut, dass ich etwas Zeit habe und dich beaufsichtigen kann.«

Bis alle gegangen waren, dauerte es länger, als beiden von ihnen lieb war. Aber sobald es so weit war, trug Cade Beth auf den Armen hinauf in ihr Schlafzimmer. Nach einer heißen Dusche, die weitaus kürzer war, als Beth erwartet hatte, trocknete Cade sie beide hastig ab und half ihr ins Schlafzimmer. Da Beth das Bett an jenem Morgen überstürzt verlassen hatte, war die Bettdecke bereits zurückgeschlagen.

»Ich brauche dich, Beth.« Cades Worte waren aufrichtig und verzweifelt. »Aber ich will dir nicht wehtun.«

»Das wirst du nicht. Ich bin bereit für dich. Ich will dich in mir spüren.«

Cade hatte sein Bestes gegeben, um Beth feucht zu machen, als sie in der Dusche waren, und als er jetzt langsam in sie eindrang, seufzte er vor Erleichterung auf, weil sie so bereit für ihn war. Er schob sich so weit in sie hinein, bis sein Schwanz vollständig von ihrer feuchten Hitze umschlossen wurde, und stützte sich auf den Händen ab, als er auf das Beste hinunterblickte, was ihm je passiert war.

»Ich liebe dich, Elizabeth Parkins. Ich liebe dich genau so, wie du bist ... mit allen Fehlern, Nachteilen und Mängeln.«

Er spürte, wie sie an seinem steifen Schwanz zuckte, und hielt ihrem Blick stand, als er sich zurückzog und wieder in sie hineinstieß.

»Ich liebe dich auch, aber ich habe gar keine Mängel«, neckte sie. »Danke, dass du früher nach Hause gekommen bist, um mich zu finden.«

»Ich werde mein Bestes tun, um immer da zu sein, wenn du mich brauchst.« Cade setzte sich auf, ohne dabei die Verbindung zu ihr zu verlieren, da er ihre Hüften auf seinen Schoß zog. Jetzt hatte er die Hände frei, um ihren Körper zu streicheln, während er langsam und gleichmäßig in sie hineinstieß, um sie immer näher an den Höhepunkt zu bringen.

Keiner von ihnen sagte etwas, als er damit fortfuhr, sie zu lieben. Mit den Händen streichelte Cade über ihre Brüste und kniff ihr in die Brustwarzen, während er sich an ihr rieb. Sie stöhnte und platzierte die Beine an seinen Oberschenkeln noch höher, sodass er spürte, wie ihre Fersen sich in seinen Po bohrten. Er behielt einen gleichmäßigen Rhythmus bei, selbst als Beth sich unter ihm wand.

Als Cade spürte, wie seine Hoden sich für seinen bevorstehenden Orgasmus zusammenzogen, schob er eine Hand dorthin, wo sie verbunden waren. Er fand Beths kleines Nervenbündel, das unter seiner schützenden Hautfalte hervorschaute, benetzte seinen Daumen mit ihrer Feuchte und rieb fest darüber. Sie riss sich beinahe aus seinem Halt los, während sie unter ihm zuckte und sich aufbäumte, als ihr Orgasmus sie durchschüttelte.

Cade sah mit zusammengebissenen Zähnen zu, als Beth sich in der Lust verlor, die er ihr bescherte. Sie war so unfassbar hübsch. Er zog ihren Höhepunkt in die Länge, indem er weiter ihre empfindliche Klitoris streichelte, und spürte, wie ihre Hüften zuckten, als sie stöhnte und einen weiteren kleinen Orgasmus erlebte. Als sie sich endlich beruhigte, legte Cade beide Hände auf ihre Schultern, beugte sich über sie und zwang sie, für den Stellungswechsel die Beine zu spreizen. Er wartete, bis sie die Augen geöffnet hatte und zu ihm aufblickte.

»Du bist so hübsch.«

Sie keuchte immer noch, presste jedoch hervor: »Fick mich, Cade.«

Ihre Erlaubnis war es, worauf er gewartet hatte. Er zog sich zurück und stieß in sie hinein, wobei er mit Leichtigkeit durch die Feuchte glitt, für die ihre Orgasmen gesorgt hatten. Dann wiederholte er es. Und dann noch einmal, ohne langsamer zu werden. Es war außerordentlicher Sex und er erinnerte sich nicht, wann er das letzte Mal so erregt gewesen war.

Cade gelang es nicht, den Blickkontakt zu Beth aufrechtzuerhalten, und er warf den Kopf nach hinten, als er spürte, wie das Ejakulat aus seinen Hoden hinaufstieg. Als sie ihm in die Brustwarzen kniff, war es genau der Impuls, den er brauchte, um in den Abgrund zu stürzen.

»Oh Gott, Scheiiiiße«, stöhnte er, als er sich bis zur Schwanzwurzel in sie hineindrückte und abspritzte. Es dauerte einige Sekunden, bis ihm auffiel, dass er zitterte. Beth hatte ihn ausgepresst und er hatte sich in seinem gesamten Leben nie besser gefühlt.

Er senkte sich ab, wobei er dafür sorgte, den Großteil seines Gewichts mit den Ellbogen abzustützen, und küsste Beth stürmisch. Er verschlang ihren Mund, selbst als er spürte, wie ihre inneren Muskeln sich um seinen Schwanz verkrampften und versuchten, seine Lust zu verlängern. Sie hatte ihre Hände an seinem Rücken und drückte ihn an sich.

Cade zog sich gerade ausreichend zurück, um ihr in die Augen sehen zu können. »Wenn du dir das nächste

Mal deinen sicheren Ort vorstellst, sollst du das hier sehen. Erinnere dich daran, wie ich mich in dir anfühle, erinnere dich daran, wie sicher du hier in unserem Bett bist.«

Als ihre Augen sich mit Tränen füllten, erschrak Cade. Seine Beth war niemand, der weinte. Sie hatte heute nicht geweint und wenn dieses Erlebnis sie nicht zum Weinen gebracht hatte, wusste er nicht, was es jetzt hervorrief. »Oh Scheiße, tu das nicht. Ich wollte dich nicht traurig machen.«

Sie schniefte und brachte ihre Tränen unter Kontrolle. »Du hast mich nicht traurig gemacht. Das hier *ist* mein sicherer Ort. Mit dir. Unter dir. Mit dir in mir, auf mir. Ich liebe dich, Cade.«

Cade rückte mit dem Oberkörper zur Seite und versuchte, mit ihr verbunden zu bleiben. Beide atmeten enttäuscht aus, als sein erschlaffter Schwanz aus ihrer tropfnassen Muschi rausrutschte.

»Ich hasse es, dich zu verlieren«, sagte Beth schläfrig.

»Diesen Teil des Sex mit dir mag ich am wenigsten«, stimmte Cade zu.

»Du hast kein Kondom benutzt«, bemerkte Beth.

»Nein.«

Beth kicherte. »Was, wenn ich die Pille nicht nehme?«

»Ich schätze, dann sollten wir wohl besser heiraten, damit du kein uneheliches Kind von mir bekommst.«

Beth richtete sich auf und sah Cade überrascht an. Sie konnte seinen Tonfall nicht deuten. »Äh ... ich *nehme* aber die Pille, Cade.«

»Mist.« Er lächelte sie zärtlich an. »Beth, ich liebe dich. Ich will dich heiraten. Ich weiß, es geht alles sehr schnell und wir haben noch einiges durchzustehen, aber du sollst wissen, dass ich mit David gesprochen habe, als ich in Pennsylvania war.«

»Was? Wann?«

»Bevor du entlassen wurdest. Ich wollte seine Zustimmung, um dich zu fragen, ob du mich heiraten willst.«

Beth runzelte verwirrt die Stirn. »Du hast David gefragt? Wieso nicht meinen Vater?«

»Ehrlich? Ich wusste, dass es schwieriger wäre, deinen Bruder zu überzeugen. Er liebt dich. Er will das Beste für dich. Oh, ich bin mir sicher, dass dein Vater das ebenfalls will, aber du bist Davids kleine Schwester. Er hat dich sein ganzes Leben lang beschützt und wird immer hinter dir stehen. Er ist derjenige, bei dem ich sichergehen wollte, dass er nichts dagegen hat, wenn wir heiraten.«

Beth ließ den Kopf dramatisch aufs Kissen fallen. »Ich fasse es nicht. Wie sind wir vom besten Sex unseres Lebens dazu gekommen, über Verhütung zu sprechen, und dann ... warte, hast du mir gerade einen Antrag gemacht?«

»Wie würde deine Antwort lauten, wenn ich sagte, dass ich genau das gerade getan habe?«

»Ich würde sagen, dass du verrückt bist.« Beth musste seinen konzentrierten Gesichtsausdruck gesehen haben, denn sie flüsterte: »Du meinst es ernst.«

»Nicht bewegen.« Cade entknotete seine Gliedmaßen von ihren und rutschte zur Seite des Bettes, bevor er splitterfasernackt das Schlafzimmer verließ. Kurze Zeit später kam er zurück und positionierte Beth so, dass sie aufrecht in der Bettmitte saß. Dann setzte er sich vor sie, spreizte die Beine und platzierte sie jeweils links und rechts von ihrer Hüfte, wobei er die Tatsache ignorierte, dass er nackt und vollkommen entblößt vor ihr saß.

Er hielt einen Diamantring zwischen den beiden und bemerkte kurz, wie glänzend er bei Tageslicht aussah.

»Elizabeth Parkins. Ich liebe dich. Du bist die stärkste, sturste, köstlichste, höhnischste Frau, die ich je getroffen habe, und ich will den Rest meines Lebens dafür sorgen, dass du glücklich, sicher, zufrieden und geschützt bist. Ich werde Himmel und Hölle in Bewegung setzen, um dir zu geben, was du brauchst. Ich bin mir sicher, dass wir uns streiten werden. Wir werden daran arbeiten müssen, unsere Zeitpläne anzugleichen, da du gern wie ein Vampir die ganze Nacht wach bleibst und ich es tatsächlich vorziehe, nachts wie ein normaler Mensch zu schlafen.«

Er lächelte, damit sie erkannte, dass er nur Spaß machte. Ihr ausdrucksloses Gesicht machte ihm etwas Angst, aber er beeilte sich, den Antrag zu Ende zu bringen, in dessen Perfektionierung er so viel Zeit investiert hatte.

»Ich werde Fehler machen – ich bin ein Mann, und das tun wir nun mal –, aber ich werde dich für immer lieben. Ich verspreche dir, dich niemals zu etwas zu zwingen, was du nicht willst, und ich werde an deiner Seite sein und dich anfeuern, wenn du es brauchst, und dich tragen, wenn du es allein nicht schaffst. Willst du mich heiraten?«

Beth sah den Mann an, der vor ihr saß. Von außen wirkte er ruhig und gefasst, aber als sie genauer hinschaute, fiel ihr auf, wie besorgt er war. Sein Kiefer war angespannt und als sie eine Hand auf sein Knie neben ihrer Hüfte legte, spürte sie, wie seine Muskeln bei ihrer Berührung zusammenzuckten.

Sie schaute auf den wunderschönen Ring, den er zwischen ihnen hochhielt. Er war aus Platin und hatte einen großen Diamanten im Prinzess-Schliff. Auf jeder Seite befand sich ein kleinerer, viereckiger Rubin. Schnell erklärte er ihr seine Ringauswahl.

»Ich habe einen Diamanten ausgesucht, weil er traditionell ist. Die Rubine stehen für Feuer. Einer für mich und einer für dich. Ich hoffe sehr, dass du die Flammen nicht mehr brauchst, um dich sicher zu fühlen, aber ich wollte dir zwei geben, die du mitnehmen kannst, wohin du auch gehst, damit du weißt, dass ich ab jetzt deine Dämonen für dich bekämpfen werde.«

»Ja.«

Cade sagte kein Wort, sondern starrte sie bloß an.

Beth leckte sich über die Lippen. »Hast du mich verstanden?«

»Du willst mich heiraten?«

»Selbstverständlich. Du bist mein sicherer Ort. Wie soll ich meine Panikattacken überstehen, ohne dich offiziell zu meinem Mann zu machen?«

Cade stürzte sich auf Beth und zog sie an sich, dann lehnte er sich nach hinten, bis sie auf ihm saß. »Ich liebe dich. Oh Gott, du hast ja keine Ahnung, wie sehr.«

»Ich habe eine winzige Ahnung«, sagte Beth lächelnd, als sie sich auf ihm bewegte und spürte, wie sein Schwanz unter ihr steif wurde. Als sie den Beweis ihres vorherigen Sex auf seinem Schwanz verteilte, erinnerte sie sich an das andere Gespräch, das sie fortsetzen mussten.

»Wie ich bereits sagte, ich nehme die Pille, Cade.

Nach meiner Entführung habe ich angefangen, sie zu nehmen. Ich war so durcheinander, dass ich nicht unbeabsichtigt schwanger werden wollte.«

Sie erkannte die Frage hinter Cades verwirrtem Blick und fuhr rasch fort: »Du bist der erste Mann, mit dem ich seitdem geschlafen habe, aber tief im Inneren glaube ich, dass ich Angst hatte, noch einmal vergewaltigt zu werden, weil es mir bereits passiert war. Meine Paranoia und das alles. Deshalb wollte ich dafür sorgen, dass ich mir um ein Kind keine Gedanken machen müsste, falls es noch einmal dazu kommt.«

»Ob und wann wir beschließen, Kinder zu haben, werden wir gemeinsam besprechen, okay? Wenn du bereit bist. Wir haben Zeit. Aber ich muss sagen ... ich bin begeistert, dass ich dich nun jedes Mal als meine Frau markieren kann, wenn wir miteinander schlafen«, sagte Cade mit heiserer Stimme.

Beth rollte mit den Augen und schob die Hand zwischen ihre Körper, um ihn zu streicheln. »Du bist ein Neandertaler.«

»Wenn es um dich geht, ja. Als ich sagte, dass ich dich beschützen würde, Beth, habe ich das in jeder Hinsicht gemeint. Deinen Uterus davor zu beschützen, befruchtet zu werden, bevor du bereit dazu bist, ist nur eine davon. Wenn du willst, dass ich ein Kondom benutze, werde ich es tun.«

»Ich mag das hier«, sagte Beth aufrichtig zu ihm und ließ ihn lange genug los, um ihre Finger mit etwas von seinem Ejakulat zwischen ihren Beinen zu benetzen und seinen steifen Schwanz zu befeuchten.

»Scheiße, das ist so sexy.«

»Vielleicht nicht ganz so sexy, wenn wir einen Quickie

haben wollen. Sperma, das mir am Bein runterläuft oder mein Höschen durchnässt, ist nicht besonders angenehm.«

»Ich muss zugeben, dass ich darüber tatsächlich noch nie nachgedacht habe«, sagte Cade und drückte sich an ihre Berührung, als sie ihn weiter streichelte.

»Nicht viele Männer denken darüber nach. Außerdem ist es kein Problem, wenn man Sex mit einem Kondom hat.«

Ohne Vorwarnung drehte Cade Beth auf den Rücken und sorgte dafür, dass ihrem Mund ein mädchenhaftes Kreischen entfuhr. »Gib mir deine linke Hand.«

Sie tat es und sah zu, wie Cade ihr den wunderschönen Ring an den Finger steckte, bis er an der richtigen Stelle saß. »Einfach verdammt wunderbar. Feuer und Eis.« Er rutschte an ihrem Körper nach unten, schaffte sich zwischen ihren Beinen Platz und öffnete sie seinem Blick.

»Cade! Was tust du –«

Beth konnte den Satz nicht zu Ende sprechen, bevor er sie mit dem Mund berührte. Es war offensichtlich, dass er ihren gemeinsamen Geschmack liebte, denn er verbrachte unverhältnismäßig viel Zeit damit, zu lecken, zu saugen und sie zu säubern. Als sie sich am Rand eines weiteren Orgasmus befand, lehnte Cade sich zurück. »Steig auf, Beth. Fick mich.«

Sofort tat sie, worum er sie gebeten hatte, und scherte sich nicht darum, dass er freie Sicht auf ihren Körper hatte, als sie sich über ihm aufrichtete. Sie ergriff seinen Schwanz und führte ihn dorthin, wo sie ihn am meisten brauchte. Beth nahm ihn vollständig in sich auf und beide stöhnten.

Sie lehnte sich zurück und drückte den Rücken durch, wodurch ihre Brüste in die Luft gereckt wurden. Sie legte die Hände auf seine Oberschenkel und lächelte, als sie ihn ritt, denn sie wusste, dass er jeden Zentimeter von ihr sehen konnte. Seit langer Zeit war sie wirklich glücklich. Die Erinnerungen an Ben Hurst und das, was er ihr angetan hatte, verblassten schnell und nachdem sie in der Lage gewesen war, allein rauszugehen, hatte sie nun mehr Selbstvertrauen. Sie würde sich wegen des Einbruchs keine Sorgen machen. Cade und seine Freunde würden sich darum kümmern – und um sie.

»Beth Turner. Das gefällt mir.«

»Oh Scheiße, Liebes«, fluchte Cade, setzte sich rasch auf und hielt Beth in der Position fest, als er einen Stellungswechsel vornahm. Sie saß nun auf seinem Schoß und obwohl sie sich wegen seines festen Griffs nicht auf ihm bewegen konnte, war es ihr weiterhin möglich, sich an ihm zu reiben und seinen Schwanz mit ihren inneren Muskeln zu bearbeiten. Auch wenn er gerade erst gekommen war, spürte Beth, wie Cade in ihr zuckte, als er explodierte.

Schnell schob sie eine Hand zwischen ihre Körper und rieb grob über ihre Klitoris, sodass es ihr nach nur wenigen festen Bewegungen gelang, ihm zu folgen, und stöhnte auf, weil er sich so gut in ihr anfühlte.

Keuchend und erschöpft hielten sie sich danach noch lange fest.

»Ich liebe dich, Cade. So sehr.«

»Ich dich ebenfalls, Mrs. Beth Turner in spe. Ich dich ebenfalls.«

EPILOG

Hayden schloss ihre Wohnungstür mit einem Seufzer hinter sich. Sie ließ ihren Schlüsselbund auf den Tisch neben der Tür fallen und ging durch den Flur zu ihrem Schlafzimmer. Die kleine Dreizimmerwohnung war spärlich eingerichtet. Sie hatte einige Fotos ihrer Eltern im Wohnzimmer und einige Bilder an der Wand, doch nirgendwo in ihrem Wohnbereich fanden sich irgendwelche typisch weiblichen Dinge.

Keine Fransenkissen, keine Blumen auf der Küchenanrichte. Die Wohnung roch ebenfalls nicht nach irgendeinem fruchtigen Lufterfrischer. Wenn sich jemand in ihrer Küche umblickte, fand er sehr viele Fertiggerichte, Dosensuppen und sehr wenig im Kühlschrank, abgesehen von Soßen und vielleicht etwas Käse.

Hayden ignorierte alles. Ihr einziger Gedanke galt einer heißen Dusche. Als sie die Tür öffnete, hatte sie bereits damit begonnen, ihre Uniform auszuziehen. Sie nahm die Hilfssheriff-Dienstmarke ab, die sie trug, und warf sie auf ihre Kommode, dann öffnete sie die Klettverschlüsse ihrer kugelsicheren Weste und ließ sie zu Boden fallen. Als Nächstes öffnete sie die Schnalle des Waffengürtels, den sie um die Hüften trug, und legte ihn neben der Dusche auf den Badezimmerteppich, wo sie ihn achtlos liegen ließ.

Sie knöpfte ihre braune Uniformhose auf, schob den Reißverschluss nach unten und beugte sich in die Duschkabine, um das Wasser anzustellen. Hayden blinzelte ihre Tränen weg und beeilte sich, ihre Kleidung abzulegen, die sie zu einem Haufen auf den Fliesen auftürmte, bevor sie in die Dusche und unter den heißen Wasserstrahl trat.

Sie krümmte sich unter der Brause zusammen, senkte den Kopf und ließ das Wasser auf ihre Schultern prasseln.

Es war ein furchtbarer Tag gewesen. Wie viele Tage war auch dieser durchsetzt mit Adrenalinschüben, die durch Angst und Aufregung hervorgerufen wurden, und stundenlanger Langeweile sowie polizeilicher Routinearbeit. Es war jedoch der Gedanke an die Liebe zwischen ihren Freunden gewesen, die Hayden um den Verstand gebracht hatte.

Es war einfach erstaunlich. Die Liebe, die Dax und Mack, Cruz und Mickie, Quint und Corrie, Wes und Laine und nun auch Cade und Beth füreinander empfanden, war echt. Wäre sie nicht so zynisch gewesen, hätte sie gesagt, sie alle seien Seelenverwandte, die sich in dieser großen, bösen Welt irgendwie gefunden hatten. Oh, sie hatte in den Liebesromanen davon gelesen, die sie im Geheimen verschlang, aber nicht geglaubt, dass so etwas tatsächlich existierte. Sie hielt es für ein Hirngespinst, das sich ausgetrocknete, sexuell frustrierte, altmodische Romanautorinnen in ihren einsamen Köpfen ausgedacht hatten.

Wie falsch sie gelegen hatte. Verdammt, die Romanautorinnen, die ihre Lieblingsgeschichten verfassten, hatten wahrscheinlich sehr viel mehr Sex als sie. Irgendwoher mussten sie ihre Inspiration ja bekommen, nicht wahr?

Hayden hob zitternd die Hände und strich ihr Haar zurück, während das heiße Wasser weiter auf sie hinunterprasselte. Diese Art von Liebe war Hayden schon ihr ganzes Leben lang versagt geblieben. Als Kind, als Teenager, als Collegestudentin und selbst als Erwachsene. Sie hatte genügend feste Freunde gehabt und hätte einige von ihnen sogar lieben können ... wenn sie ihnen nur eine Chance gegeben hätte. Aber kein einziges Mal hatte *sie* diese Art von Gefühl bei einem anderen Menschen hervorgerufen.

Sie hatte Beth und Cade heute Abend ein wenig bei ihrer offensichtlichen Liebesbezeugung belauscht, die trotz der Herausforderungen, die sie in der Vergangenheit gemeistert hatten und in der Zukunft definitiv würden meistern müssen, überwältigend war. Es war nicht zu übersehen gewesen, dass Cade Beths Krankheit vollkommen egal war. Für ihn war es keine große Sache. Sie war großartig und perfekt.

Hayden dachte daran zurück, wie sie Corrie nach ihrer Entführung gefunden hatten und allen klar wurde, dass sie einen hohen Baum hinaufgeklettert war, um sich vor den Arschlöchern zu verstecken, die hinter ihr her waren. Quint hatte sich zu Hayden umgedreht, als sie gerade den Baum hochklettern wollte, und gesagt: »Sei vorsichtig.« Hayden hatte einen winzigen Einblick darin bekommen, wie es sich anfühlen könnte, wenn ein Mann besorgt um sie war.

Doch dann hatte Quint weitergesprochen. Er hatte gesagt: »Sei vorsichtig, sie bedeutet mir die Welt.«

Sie hätte wissen sollen, dass Quint nicht *ihr* mitgeteilt hatte, vorsichtig zu sein, weil er sich um Corrie gesorgt hatte, nicht um sie. Sie war Hilfssheriff Hayden Yates, niemand sorgte sich um sie.

Hayden atmete tief durch und wusch sich rasch das Haar, dann gab sie etwas Duschgel auf ihren Duschschwamm und rieb sich damit über den Körper. Als sie fertig war, spülte sie Seife und Shampoo ab und schaltete das Wasser aus. Sie griff nach einem Handtuch und trocknete sich schnell ab, bevor sie es wieder auf den Handtuchhalter hing. Sie stellte sich nackt ans Waschbecken, putzte sich die Zähne und spülte mit Mundwasser nach, bevor sie alles ausspuckte.

Mit langen Schritten, die schon bei mehr als einer Gelegenheit als männlich bezeichnet worden waren, verließ sie das Badezimmer und schlug die Bettdecke zurück. In ihrem Wohnzimmer fand sich vielleicht nichts Weibliches, aber in ihrem Schlafzimmer sah es ganz anders aus. Es war der einzige Ort, an dem sie immer das Gefühl hatte, sie selbst sein zu können. Die Bettwäsche hatte eine Fadendichte von eintausend und fühlte sich an ihrem nackten Körper luxuriös an. Ihre Bettdecke war rosa und geblümt und beinahe schon unerträglich weiblich. Ihr Schlafzimmer war ihr sicherer Ort, und genau den brauchte sie jetzt.

Hayden kuschelte sich in die Decke und drückte sich das Stofftier aus ihrer Kindheit fest an die Brust. Es war ein rosafarbener Elefant, der schon bessere Zeiten gesehen hatte. Der Plüsch war schon lange abgenutzt und die Füllung bereits einige Male ausgetauscht worden. Der Rüssel von Ellie, dem Elefanten war mehr als einmal unbeholfen wieder angenäht worden. Hayden hatte ihren wertvollen Besitz noch nie jemandem gezeigt, da sie wusste, dass er nicht zu dem Bild passen würde, das die anderen von ihr hatten. Knallhart. Kompetent. Mannsweib.

Sie unterdrückte ein Schluchzen, vergrub den Kopf an Ellies weichem Körper und dachte über all die Dinge nach, die sich während der letzten Monate zugetragen hatten. Sie dachte an die Art, wie Cade Beth anschaute und nicht jemanden sah, der Angst hatte rauszugehen, sondern stattdessen die tolle Frau erkannte, die sie im Inneren war. Und sie dachte an Quint und seine offensichtliche Liebe für Corrie, seine Erleichterung, als sie in Sicherheit war, und ihre Gesichter, als sie einander festhielten, nachdem Hayden ihr geholfen hatte, vom Baum hinunterzusteigen ...

Haydens traurige, einsame Worte hallten in dem leeren Zimmer wider, in dem niemand außer ihr sie hören konnte.

»Ich wünschte, dass nur einmal jemand Angst hätte, *mich* zu verlieren.«

Sichern Sie sich das nächste Buch in der Badge-of-Honor-Reihe über die Texas Heroes, in der Sie in *Gerechtigkeit für Boone* Haydens Geschichte erfahren. Demnächst erhältlich!

BÜCHER VON SUSAN STOKER

Badge of Honor: Die Texas Heroes
Gerechtigkeit für Mackenzie (1 Dez)
Gerechtigkeit für Mickie (1 Dez)
Gerechtigkeit für Corrie (1 Mar)
Gerechtigkeit für Laine (1 Mar)
Sicherheit für Elizabeth (1 Apr)
Gerechtigkeit für Boone (1 Apr)
Sicherheit für Adeline (1 Jun)
Sicherheit für Sophie (1 Jun)
Gerechtigkeit für Erin
Gerechtigkeit für Milena
Sicherheit für Blythe
Gerechtigkeit für Hope
Sicherheit für Quinn
Sicherheit für Koren
Sicherheit für Penelope

Die Männer von Alpha Cove
Ein Soldat für Britt (12 Aug)

SUSAN STOKER

Ein Seemann für Marit (3 Mar)
Ein Pilot für Harper
Ein Wächter für Jordan

Ein Spiel des Glücks
Ein Beschützer für Carlise
Ein Prinz für June
Ein Held für Marlowe
Ein Holzfäller für April

Die Männer von Silverstone
Vertrauen in Skylar
Vertrauen in Taylor
Vertrauen in Molly
Vertrauen in Cassidy

SEALs of Protection: Alliance
Schutz für Remi
Schutz für Wren
Schutz für Josie
Schutz für Maggie
Schutz für Addison
Schutz für Kelli
Schutz für Bree

Die Rescue Angels
Hilfe für Laryn (1 Jul)
Hilfe für Amanda (4 Nov)
Hilfe für Zita
Hilfe für Penny
Hilfe für Kara
Hilfe für Jennifer

Das Bergungsteam vom Eagle Point
Ein Retter für Lilly
Ein Retter für Elsie
Ein Retter für Bristol
Ein Retter für Caryn
Ein Retter für Finley
Ein Retter für Heather
Ein Retter für Khloe

Die SEALs von Hawaii:
Die Suche nach Elodie
Die Suche nach Lexie
Die Suche nach Kenna
Die Suche nach Monica
Die Suche nach Carly
Die Suche nach Ashlyn
Die Suche nach Jodelle

Die Zuflucht in den Bergen
Zuflucht für Alaska
Zuflucht für Henley
Zuflucht für Reese
Zuflucht für Cora
Zuflucht für Lara
Zuflucht für Maisy
Zuflucht für Ryleigh

SEALs of Protection: Legacy
Ein Beschützer für Caite
Ein Beschützer für Brenae
Ein Beschützer für Sidney
Ein Beschützer für Piper

Ein Beschützer für Zoey
Ein Beschützer für Avery
Ein Beschützer für Kalee
Ein Beschützer für Jane

Mountain Mercenaries:
Die Befreiung von Allye
Die Befreiung von Chloe
Die Befreiung von Morgan
Die Befreiung von Harlow
Die Befreiung von Everly
Die Befreiung von Zara
Die Befreiung von Raven

Ace Security Reihe:
Anspruch auf Grace
Anspruch auf Alexis
Anspruch auf Bailey
Anspruch auf Felicity
Anspruch auf Sarah

Die Delta Force Heroes:
Die Rettung von Rayne
Die Rettung von Emily
Die Rettung von Harley
Die Hochzeit von Emily
Die Rettung von Kassie
Die Rettung von Bryn
Die Rettung von Casey
Die Rettung von Wendy
Die Rettung von Sadie
Die Rettung von Mary

Die Rettung von Macie
Die Rettung von Annie

Delta Team Zwei
Ein Held für Gillian
Ein Held für Kinley
Ein Held für Aspen
Ein Held für Jayme
Ein Held für Riley
Ein Held für Devyn
Ein Held für Ember
Ein Held für Sierra

SEALs of Protection:
Schutz für Caroline
Schutz für Alabama
Schutz für Fiona
Die Hochzeit von Caroline
Schutz für Summer
Schutz für Cheyenne
Schutz für Jessyka
Schutz für Julie
Schutz für Melody
Schutz für die Zukunft
Schutz für Kiera
Schutz für Alabamas Kinder
Schutz für Dakota
Schutz für Tex

Eine Sammlung von Kurzgeschichten
Ein langer kurzer Augenblick

BIOGRAFIE

Susan Stoker ist die New York Times, USA Today und Wall Street Journal Bestsellerautorin der Buchreihen »Badge of Honor: Texas Heroes«, »SEAL of Protection«, »Die Delta Force Heroes« und einigen mehr. Stoker ist mit einem pensionierten Unteroffizier der US-Armee verheiratet und hat in ihrem Leben schon überall in den Vereinigten Staaten gelebt – von Missouri über Kalifornien bis hin zu Colorado. Zurzeit nennt sie die Region unter dem großen Himmel von Tennessee ihr Zuhause. Sie glaubt ganz und gar an Happy Ends und hat großen Spaß daran, Geschichten zu schreiben, in denen Romantik zu Liebe wird.

Besuchen Sie Susan im Netz!
www.stokeraces.com
facebook.com/authorsusanstoker
twitter.com/Susan_Stoker

bookbub.com/authors/susan-stoker
instagram.com/authorsusanstoker
Email: Susan@StokerAces.com

www.ingramcontent.com/pod-product-compliance
Lightning Source LLC
LaVergne TN
LVHW021757060526
838201LV00058B/3127